LA VIE A PLUS
D'IMAGINATION
QUE NOUS

De la même autrice :

Les Lettres de Rose, 2017
La Plage de la mariée, 2018
Le Jardin de l'oubli, 2019
La vie est belle et drôle à la fois, 2019
Ceux qui voulaient voir la mer, 2019
La Femme au manteau violet, 2020
Et nous danserons sous les flocons, 2020

© Charleston, une marque des éditions Leduc.s, 2020
10 Place-des-Cinq-Martyrs-du-Lycée-Buffon
75015 Paris
www.editionscharleston.fr

ISBN : 978-2-36812-550-2
Maquette : Patrick Leleux PAO

Pour suivre notre actualité, rejoignez-nous sur Facebook
(Editions.Charleston), sur Twitter (@LillyCharleston)
et sur Instagram (@LillyCharleston) !

Charleston s'engage pour une fabrication écoresponsable !
Amoureux des livres, nous sommes soucieux de l'impact de notre
passion et choisissons nos imprimeurs avec la plus grande attention pour que nos ouvrages soient imprimés sur du papier issu
de forêts gérées durablement.

LES LECTRICES ONT AIMÉ !

« J'ai beaucoup aimé me retrouver plongée dans l'ambiance familiale de ce livre. Ce roman se lit tout seul, il est très difficile de le lâcher une fois commencé ! Le rythme est addictif et l'ambiance est à la fois drôle et touchante. »
Maud, du blog *Les Tribulations d'une Maman Mammouth*

« J'ai passé un excellent moment. C'est une comédie de Noël comme je les aime, légère et drôle. Impossible de s'ennuyer avec ces personnages si hauts en couleur. Ils sont désopilants et imprévisibles, c'est un régal de suivre leurs aventures. J'ai dévoré ce livre d'une traite tant il était impossible à lâcher. La plume de Clarisse Sabard est fluide, son imagination semble sans limite. »
Aurélie, du blog *Mon jardin littéraire*

« J'aime tellement les livres de Clarisse Sabard, car je sais que dès que je l'aurai commencé, je ne pourrai plus m'arrêter. Elle a ce pouvoir d'enfermer le lecteur dans une bulle de bien-être dont on a du mal à sortir. »
Élodie, du blog *Au chapitre*

« Un roman étincelant de douceur et de magie de Noël, avec une touche de mystère et une pointe d'amour qui réchauffera votre cœur en cette fin d'année. »
Alexandra, du blog *La bibliothèque des rêves*

« Des personnages attachants, loufoques, et aux caractères bien trempés. Une famille attendrissante avec laquelle on aimerait partager un repas. Une ambiance très intime, chaleureuse, familiale qui fait chaud au cœur. »
Marion, du blog *Loeildem*

« *La vie a plus d'imagination que nous* est une comédie à la fois drôle et pétillante, saupoudrée d'émotions qui rendent la lecture très agréable en cette fin d'année. »
Adeline, du blog *Adeline au pays des livres*

« Une très chouette comédie de Noël. C'est très agréable à lire et on retrouve avec bonheur Léna et sa famille haute en couleur. On va de rebondissement en rebondissement tout en passant du rire aux larmes. J'ai passé un très bon moment. »
Harmony, du blog *La Fille Kamoulox*

« Un livre qui réchauffe le cœur, comme les fêtes de Noël. La neige, le chocolat chaud, un sapin qu'on décore… Une famille, ses blessures et ses chagrins, ses secrets, ses révélations et ses douleurs… Des personnages bienveillants, auxquels on s'attache. Un agréable moment de lecture. »
Michelle, du blog *A book is always a good idea*

« Je me suis une nouvelle fois délectée de la plume immersive de l'autrice. Un nouveau récit riche en émotions auquel s'ajoute la douce nostalgie du livre précédent. Un nouveau Clarisse Sabard, un nouveau coup de cœur, assurément l'une des meilleures autrices de sa génération ! »
Élodie, du blog *Eliot et des livres*

Pour en savoir plus sur les Lectrices Charleston, rendez-vous sur la page
www.editionscharleston.fr/lectrices-charleston

Clarisse Sabard

LA VIE A PLUS D'IMAGINATION QUE NOUS

Roman

CHARLESTON
POCHE

*À toutes les personnes qui croient encore
en la magie de Noël.
Gardez ce goût du merveilleux en vous.*

« *La vie a beaucoup plus d'imagination que nous.* »
François Truffaut

« *Il n'est pas d'hiver sans neige, de printemps sans soleil, et de joie sans être partagée.* »
Proverbe serbe

PROLOGUE

Vallenot, fin août 2018

L a soirée s'étirait en longueur, ce qui n'était pas pour me déplaire. Clément avait fermé le restaurant à vingt-deux heures et j'en avais profité pour faire un saut chez ma mère pendant qu'il rejoignait des amis. La chaleur estivale s'était peu à peu estompée, laissant planer dans l'air une certaine douceur.

— Quelle merveilleuse nouvelle ! s'exclama ma mère, avant de se tourner vers Antoine, son compagnon. Si on ouvrait une bouteille de champagne pour fêter ça ?

Je souris, sachant pertinemment qu'il était inutile de protester. Après tout, je venais de leur annoncer ma décision de m'installer avec Clément ! Ce qui impliquait de quitter Nice et revenir vivre dans mon village d'enfance, auprès d'une partie de ma famille et de l'homme que j'aimais. Après huit mois de relation à distance, j'en avais plus qu'assez de tergiverser sur notre avenir qui, à l'évidence, était ici. Clément et son frère, Rémi, avaient repris le restaurant de leurs parents, après les départs en retraite successifs de ces derniers, et le succès ne se démentait pas. Clément mettait un point d'honneur à proposer une cuisine familiale faite maison, à base de produits de saison et locaux. L'ambiance chaleureuse des lieux contribuait au fait que les clients s'y sentaient comme chez eux. Quant à moi, mon activité de décoratrice textile en free-lance me permettait de travailler dans n'importe quel endroit où je pouvais disposer de mon ordinateur et de mes crayons. Ma principale source d'inspiration étant les animaux de la forêt, ce rapprochement avec la nature me serait des plus bénéfiques. Cette fois-ci, j'étais suffisamment sûre de moi pour ne plus avoir peur de sauter le pas.

— Clément doit être fou de joie, déclara Antoine en faisant tinter sa coupe de champagne contre la mienne.

— Il ne le sait pas encore, avouai-je en riant. Je compte le lui dire demain puisque c'est son jour de repos… Bizarrement ça me rend nerveuse.

— Oh, ma chérie, ce sera indéniablement le plus beau jour de sa vie ! s'émut Maman. Depuis le temps que Clément te supplie de t'installer avec lui !

— Ce n'était pourtant pas gagné, m'amusai-je en me remémorant notre histoire.

En effet, Clément et moi nous connaissions depuis notre prime enfance. Nous avions même flirté durant tout un été où j'avais travaillé dans le restaurant de ses parents afin de payer mes études, mais à l'époque il n'était pas prêt à s'engager dans une relation sérieuse. Et puis à Noël dernier, lors de mon arrivée à Vallenot, il s'était produit une sorte de déclic entre nous. J'avais été troublée en le revoyant pour la première fois depuis des années. L'ancien adolescent charmeur était devenu un homme mature et sûr de lui. Notre idylle m'avait apporté la sensation de légèreté dont j'avais besoin à ce moment-là et finalement, elle s'était muée en une relation sérieuse, de celles qui conduisent à faire des projets d'avenir en souriant de bonheur.

Je repoussai ma coupe à présent vide. Me remémorer tout cela me donnait envie d'aller retrouver Clément et m'envelopper dans la chaleur de ses bras.

— Il s'est passé tant de choses en si peu de temps, déclara pensivement ma mère, caressant la tête de Memphis, son Jack Russell qui, pour une fois, n'était pas occupé à persécuter les perruches de ma grand-mère. Je me réjouis de savoir que cette année nous pourrons être tous réunis pour les fêtes.

— Tu penses à Noël alors que c'est dans quatre mois ? lançai-je en arrondissant les yeux.

Elle était décidément incorrigible !

— Quatre mois, ça passe vite, rétorqua-t-elle d'un ton assuré.

L'église sonna douze coups, ce qui me fit sursauter.

— Déjà minuit ? Je dois y aller. Clément m'attend sûrement pour rentrer.

Je pris congé et redescendis prestement les ruelles pavées. Les terrasses des restaurants avaient éteint

13

leurs lampions colorés, plongeant le village dans l'obscurité, et les effluves des pizzas cuites au feu de bois persistaient dans l'air. Au-dessus de ma tête et par-delà les montagnes, le ciel formait une voûte étoilée qui me rappela certains soirs d'été passés à observer les constellations avec mon frère, lorsque nous étions plus jeunes. Un euphorisant sentiment de satisfaction monta en moi et je respirai à pleins poumons. Comme il était bon de se sentir chez soi, à sa place !

Parvenue à la hauteur du vieux lavoir du XVe siècle, je vis tout à coup une épaisse nappe de brouillard s'élever d'un peu plus bas, vers le centre du village. Du brouillard, par une si belle nuit ? Je secouai la tête, incrédule, et une odeur âcre me détrompa aussitôt : quelque chose était en train de brûler. Pressant le pas, je perçus les bribes d'une agitation inhabituelle.

Au fur et à mesure que je me rapprochais, un mauvais pressentiment m'enveloppa, à m'en glacer l'échine. De là où partait la colonne de fumée, il n'y avait pas trente-six bâtiments, mis à part le brocanteur... et le restaurant de Clément.

Non, mon Dieu. Non...

L'horreur me vrilla les côtes lorsque j'arrivai près du sinistre. À travers les lumières aveuglantes des camions de pompiers, je distinguai les soldats du feu tentant de maîtriser les hautes flammes orangées qui ravageaient avec rage le travail de toute une vie : le *Café du Commerce* brûlait sous mes yeux impuissants et ceux d'une quinzaine de villageois, qui, hébétés, commençaient à se rassembler sur la place de la mairie.

— Léna ! Je t'ai cherchée partout.

Je tournai le visage en direction de Rémi.

— Où est Clément ?! hurlai-je, saisie par une nouvelle angoisse.

Mon beau-frère posa une main apaisante sur mon bras.

— Calme-toi. Il est dans l'ambulance.

— Il est blessé ?

Rémi secoua la tête.

— Non, me répondit-il d'une voix ténue. On était chez Mathieu quand les gendarmes ont appelé. Mais il est sous le choc. On a dû s'y mettre à plusieurs pour l'empêcher d'entrer dans ce brasier.

— Je veux le voir.

Rémi m'entraîna vers l'ambulance. Clément se tenait assis à l'arrière du fourgon, une couverture de survie enroulée autour de ses épaules. Il leva sur moi un regard perdu et m'ouvrit ses bras, dans lesquels je me précipitai.

— Je n'ai rien pu faire, déplora-t-il en enfouissant sa tête dans mon épaule. Tout est foutu.

— Chut, on va trouver une solution, tentai-je de le rassurer, alors qu'au fond de moi je voyais bien qu'il ne restait pratiquement plus grand-chose du restaurant fondé quarante ans plus tôt par ses parents.

Sans ajouter un mot, il se leva et quitta l'ambulance pour observer le triste spectacle de l'établissement qui flambait toujours, même si les flammes avaient diminué en intensité. Il faudrait encore quelques heures avant que les dernières braises ne soient éteintes.

— Je suis là, mon amour, murmurai-je.

Il resserra davantage sa main autour de la mienne, tandis qu'un petit groupe se formait autour de nous pour réconforter les garçons. Seul Rémi parvenait à répondre à ces élans de sympathie. Je n'étais pour ma part plus en état de parler. L'air enfumé me faisait pleurer. Le désespoir muet de Clément aussi.

Malgré la situation dramatique qui se jouait devant nous, j'étais à mille lieues d'imaginer l'étendue des ravages que cet incendie allait laisser dans nos vies…

1

13 *décembre 2018*

— Je suis conscient que les apparences jouent contre moi, mais je te jure que ce n'est pas ce que tu crois.

— Ah oui ? Et qu'est-ce que je pourrais bien penser, selon toi ? je rétorque en adressant à mon père un regard lourd de reproches.

Ce dernier se redresse contre ses coussins et insiste, d'une voix presque suppliante :

— Je n'ai pas tenté de me suicider, Léna. Tu dois me croire.

Et sur mon front, il y a écrit « idiote ».

De justesse, je retiens un profond soupir.

— Tu picoles plus que de raison alors que tu es sous antidépresseurs et Xavier t'a retrouvé inanimé devant la grille du cimetière… Excuse-moi d'émettre quelques doutes.

— Je sais, Léna. Cela va te paraître bête, mais je n'ai pas pensé aux conséquences du mélange alcool et médicaments.

— Bah voyons.

— Assieds-toi, ma chérie.

Fermement décidée à comprendre les raisons de cet acte désespéré, je reste debout et croise les bras. Je dois prendre le problème sous un autre angle si je veux amener mon père à se confier.

— Admettons que tu avais seulement envie de te chiffonner le portrait… On peut savoir ce qui t'a pris ?

Mon père s'efforce de sourire.

— Je n'ai pas réfléchi. J'étais embourbé dans mes pensées et je me suis dit qu'un petit remontant m'aiderait à les faire passer. Je… je n'ai pas su m'arrêter.

— Visiblement, tu ne vas pas très bien. Si ton médecin t'a placé sous antidépresseurs…

Une grande femme à la carrure solide entre tout à coup dans la chambre, une série de stylos ingénieusement attachés à la poche de sa blouse blanche.

— Bonjour, monsieur Pichon, je suis Esther Hauquier, la psychiatre en charge de votre dossier, se présente-t-elle. Notre entretien permettra de déterminer si on vous laisse sortir aujourd'hui.

Avec un peu de chance, cette inconnue marquera plus de points que moi. Faire parler les gens, c'est son métier, non ?

— Bien, dis-je en me dirigeant vers la porte. Je vais boire un café, je vous laisse papoter.

— Je vous retrouve en salle d'attente, me précise le docteur.

J'opine du chef et me dirige à grand pas vers le distributeur de boissons. Pendant que ma dose de caféine coule dans le gobelet en carton, je préviens ma mère par SMS qu'elle peut passer me récupérer. Puis, café en main, je me laisse tomber sur le premier siège venu et touille machinalement le liquide fumant. J'en suis déjà à mon quatrième café de la matinée. Vu les circonstances, mon organisme, qui n'a pas apprécié d'être tiré du lit en plein milieu de la nuit par la sonnerie du téléphone, me le pardonnera. Un mal de crâne lancinant m'enserre la tête comme un étau et je n'ai qu'une envie : dormir. Ce qui risque de ne pas être possible avant plusieurs heures.

Et moi qui espérais secrètement que Noël ne virerait pas au désastre, cette année…

Il était une heure du matin quand ma mère m'a annoncé que mon père venait d'être transporté à l'hôpital le plus proche du village, après que mon oncle avait appelé les secours. Rongée par l'inquiétude, j'ai failli louer une voiture sur-le-champ depuis Nice pour me rendre au plus vite sur place, mais Maman m'a assuré que je ne pourrais rien faire de plus et que mon père n'était plus en danger de mort.

— J'avais bien compris qu'il déprimait un peu, a-t-elle ajouté d'un ton coupable, mais je n'imaginais pas que c'était à ce point.

J'ai donc péniblement regardé les heures s'écouler avant de préparer ma valise et de sauter dans le premier train de la journée, à l'heure où les minces lueurs de l'aube apparaissaient dans le ciel. Ma mère est venue me chercher à la gare deux heures plus tard et nous avons foncé à l'hôpital. C'est là qu'elle m'a expliqué que mon père avait soudainement décidé de prendre un congé sabbatique, après des années à gérer l'antenne régionale d'une compagnie d'assurances.

— Il a quitté Céleste et est venu s'installer chez Mamie le mois dernier, m'a-t-elle précisé.

Je ne suis pas parvenue à cacher ma surprise.

— Qu'est-ce qui a bien pu lui passer par la tête ?

Pourtant, nous aurions pu nous douter que quelque chose couvait. Au Jour de l'an, déjà, mon père a pété un boulon et supplié ma mère de lui accorder une nouvelle chance. Ça pourrait sembler mignon, mais plus de vingt ans après leur divorce, c'était quand même limite. Nous avons réussi à le raisonner et tout est rentré dans l'ordre. Papa nous a tellement habitués à sa vie sentimentale tumultueuse (à côté, les héros de *Plus belle la vie* passeraient presque pour des amateurs) qu'au bout du compte, nous avons pris cela à la légère. Néanmoins, je commence à me demander si nous ne sommes pas passés à côté d'un mal-être plus profond. Manifestement, ses démons refont surface.

— Est-ce que tu as pu le voir ?

Ma mère vient de me rejoindre et s'assoit sur le siège à côté du mien. Son manteau fuchsia apporte une touche de gaieté inattendue dans cette salle d'attente où les visages fermés sont aussi ternes que la couleur des murs.

— Oui. Il est avec sa psy.

— Très bien. J'ai pu décaler la livraison du sapin à cet après-midi.

Étouffant un rire, je lui fais remarquer à quel point je trouve étonnant qu'elle n'ait pas encore décoré sa maison, elle qui d'ordinaire rivalise avec l'atelier du Père Noël dès le 1er décembre.

— Ce sera plus sympa à faire avec Violette et toi, m'explique-t-elle avant de se mordiller nerveusement la lèvre. Tu… tu n'as plus cette saison en horreur, au moins ?

Je suis tentée de lui répondre qu'elle pourrait se passer de moi, mais mon père ayant déjà réussi à plomber l'ambiance, je n'ai pas envie de doucher son enthousiasme.

— Tu as bien fait, Maman. Je ne vais pas te mentir, je ne ressens aucune euphorie particulière, mais je dois avouer que Noël a ses charmes… Enfin, je ne parle pas des chansons de Mariah Carey !

— Je suis heureuse de t'entendre dire ça, ma chérie.

Ces douze derniers mois m'ont fait comprendre qu'à Noël, le principal est de passer du temps avec ceux que l'on aime. Je sais que ça paraît d'une banalité affligeante, dit comme ça, pourtant ce n'est pas donné à tout le monde. Malgré tout, je ressens encore une petite appréhension à l'approche des fêtes. Je suis loin du dégoût d'autrefois à la seule évocation des bienfaits de la fin d'année, mais on ne guérit pas de ses blessures d'un seul coup. D'autant plus que, depuis trois mois, mon cœur est à nouveau fêlé.

Je crois que nous devrions en rester là, Léna.

Voyant mon visage s'assombrir, ma mère revient au sujet principal.

— Comment est-ce que tu as trouvé ton père ? veut-elle savoir.

— Il est dans le déni, dis-je en haussant les épaules. Je présume que la psy l'aidera à assumer son acte.

— Je te sens agacée, non ?

Je soupèse mon téléphone en réfléchissant aux mots que je vais employer.

— Je ne comprends pas comment il a pu faire ça, surtout en cette période de l'année ! Est-ce qu'il a au moins pensé à Mamie ?

— Ta grand-mère m'a dit qu'il y avait peut-être un lien, justement. Ça fait vingt-cinq ans cette année que ton grand-père est…

— Je sais. Mais je ne vois pas pourquoi Papa aurait attendu aussi longtemps pour en subir le contrecoup.

Par pudeur, je préfère ne pas aller au bout de ma pensée. J'admets en mon for intérieur qu'à la place de mon père, je n'en mènerais pas large. En effet, mon grand-père a été terrassé par une crise cardiaque juste après que mon père lui a annoncé qu'il allait quitter ma mère pour une autre femme. Selon ma grand-mère, cela serait arrivé tôt ou tard car son mari se savait malade du cœur et n'en avait rien dit à personne. Cependant, est-ce que j'avais ravivé une forme de culpabilité chez mon père, en réveillant le passé l'année dernière ?

— Tu manques de sommeil, Léna, déclare ma mère en me pressant le genou. Tu réfléchiras mieux à tête reposée.

La porte de la chambre s'ouvre sur la psychiatre, plongée dans ses notes. Je bondis de ma chaise et marche droit sur elle.

— L'état clinique de votre père est satisfaisant, m'annonce-t-elle. Il peut rentrer chez lui.

Je tressaille sous l'effet de surprise.

— Quoi ? Mais il a tenté de se suicider !

— Je vous assure qu'il ne représente aucun danger pour lui-même, insiste-t-elle en soutenant mon regard. De ce fait, nous n'avons aucune raison de le garder.

— Donc, si je vous suis bien, vous trouvez normal que, pour faire passer une longue soirée d'hiver, on se concocte un petit mélange potentiellement mortel ?

— Votre père a les idées très claires. Il a, à l'évidence, subi un choc psychologique qui a engendré un stress très important, mais il n'a pas cherché à attenter à ses jours.

— Un choc ? Comment ça ?

La psychiatre secoue la tête.

— Je suis sous le sceau de la confidentialité, mademoiselle. Si votre père a envie de parler, il parlera. Vous devez l'aider de toutes les façons possibles et sans le juger, m'intime-t-elle.

J'ai l'impression d'avoir reçu un coup sur la tête.

— Et sa dépression ?

Le médecin hoche la tête.

— Son généraliste lui prescrit des antidépresseurs comme des bonbons, c'est ce qui m'ennuie le plus. J'ai établi une nouvelle ordonnance, il devra diminuer progressivement les doses.

Comme je pousse un soupir inquiet, elle tente de me rassurer :

— Votre père a seulement besoin de se retrouver un peu. Ne le brusquez pas, passez du temps avec lui… Et veillez à ce qu'il ne consomme pas trop d'alcool.

***

— C'est gentil de ta part de me ramener, Judith, déclare mon père, une heure plus tard, alors que nous roulons en direction de Vallenot.

Ma mère baisse le son de *Burning Love*, d'Elvis Presley, dont l'album tourne à fond dans sa voiture.

— J'aurais voulu voir ta tête si je t'avais laissé rentrer en train, répond-elle en riant.

— C'est pourtant tout ce qu'il aurait mérité, je marmonne pour moi-même, avant de monter à nouveau le volume de la musique.

Tout en battant nerveusement la mesure contre la portière, je regarde les paysages de Haute-Provence défiler sous mes yeux. Un froid glacial s'est abattu sur la région et, par endroits, le givre scintillant s'accroche aux branches des arbres. Le ciel est si lourd que je ne serais pas étonnée si la neige décidait de s'inviter. En dépit de la fatigue qui s'attache à mon corps, impossible de m'assoupir. Un milliard de pensées tourbillonnent dans mon esprit.

Mon père s'éclaircit la voix.

— Je suppose que tu vas rester chez ta mère, Léna ?

— Oui, je ne vais pas rentrer à Nice pour revenir samedi.

Même si on se serait bien passé de tout ça.

— Penses-tu pouvoir récupérer Violette à l'aéroport, comme convenu ? m'interroge ma mère.

Je hoche la tête.

— Je prendrai ta voiture.

Si mon père ne s'était pas pris la cuite du siècle, j'aurais en effet dû arriver à Vallenot dans deux jours, en compagnie de ma nièce. Mais je ne vais pas me plaindre d'un bouleversement de programme alors qu'il aurait pu y laisser la vie, n'est-ce pas ?

Sentant ma colère retomber peu à peu, je me risque à demander :

— Tu veux parler, Papa ?

— Non. Je suis fatigué.

Comme pour appuyer ses propos, il ferme les yeux et somnole durant tout le trajet.

Le soir tombe déjà quand nous arrivons à l'entrée du village. Mon cœur se serre quand nous passons devant le squelette encore noir de suie du *Café du Commerce.*

— Ils n'ont toujours pas éboulé ce qu'il en reste, alors.

— Je crois qu'ils ne feront rien tant qu'ils n'auront pas de nouveau projet de construction pour le remplacer, constate tristement ma mère.

Sur la place de la mairie, je remarque l'habituel sapin qui se dresse là chaque mois de décembre. Cette année, des mini-chalets ont également fait leur apparition.

— La mairie a installé un marché de Noël, m'indique ma mère en lisant l'étonnement sur mon visage. Depuis l'ouverture du domaine skiable, les affaires reprennent pour tout le monde.

J'acquiesce en tentant de réprimer un long bâillement.

— Tu devrais vraiment aller dormir, ajoute-t-elle en garant la voiture devant sa maison.

— Oui, j'ai l'impression que mes paupières pèsent cinquante kilos… Mais je ne veux pas déranger Antoine.

— Aucun risque, chérie. Il est parti faire du baby-sitting chez sa fille. Le petit est malade et, avec les fêtes qui arrivent, ses parents ne peuvent pas poser de congé.

Pendant que ma mère raccompagne mon père chez ma grand-mère, qui habite la maison voisine, je traîne ma valise jusque dans ma chambre d'enfant restée telle quelle depuis la fin de mon adolescence, puis je me glisse avec un soupir de contentement entre les draps moelleux de mon lit.

2

—Je te prépare un chocolat chaud ?

Sans attendre la réponse, ma mère verse du lait dans une casserole et la pose sur le feu. Ces deux heures de sieste m'ont fait du bien, pourtant j'ai l'esprit encore un peu embrumé.

— Peut-être que ça m'aidera à émerger... Est-ce que tu as pu discuter avec Mamie, au sujet de Papa ?

Ma mère dépose un mug fumant en face de moi.

— Oui, mais si ton père n'a pas envie de nous parler, je ne vois pas comment nous pourrions le forcer.

— Si nous contactions Céleste, pour savoir ce qui est arrivé ? Ils avaient l'air si heureux, ensemble !

— Je ne pense pas que ce soit une bonne idée, souligne-t-elle avec justesse. Les choses doivent venir de ton père et de lui seul. C'est la condition *sine qua non* pour que nous puissions l'aider.

Je souffle au-dessus de ma tasse.

— J'espère que le fait qu'on soit tous réunis à Noël l'aidera à se sentir mieux... Au moins, il ne nous présentera pas de nouvelle copine cette année !

La bouche de ma mère se fend d'un mince sourire et elle lève un regard embarrassé vers moi.

— Il y a une chose que je dois te dire..., commence-t-elle, avant d'avaler une gorgée de chocolat.

Oh, oh...

D'une voix tendue, je lui demande :

— Vous n'allez pas nous refaire vos délires de l'an dernier ?

— Il ne s'agit pas de cela, affirme-t-elle. C'est juste que...

La sonnette de la porte d'entrée retentit à cet instant. Ma mère pousse une exclamation :

— Ah, ça doit être Rémi !

Je manque de m'étouffer en entendant le nom du frère de Clément.

— Rémi ? Mais qu'est-ce qu'il fait là ?

— Il a la gentillesse de me livrer le sapin. Je... je crois qu'il voulait te parler, alors...

Memphis se précipite vers la porte en aboyant, se jetant dessus comme un policier s'apprêtant à arrêter un baron de la drogue. Je songe sérieusement à remonter me coucher pour dormir jusqu'à demain... à moins que je sois toujours en train de dormir. Je vais me réveiller et découvrir que tout cela n'était qu'un rêve délirant provoqué par une indigestion de sushis. Soyons réalistes : le doute n'est pas permis, je suis complètement réveillée.

Ma mère fait entrer Rémi dans le vestibule, à la plus grande joie de Memphis qui s'ébroue avec satisfaction à ses pieds.

— Salut, Léna ! lance Rémi en m'apercevant derrière l'immense sapin avec lequel il se débat pour passer la porte du salon.

Ma mère lui désigne l'espace libre entre une fenêtre et la cheminée, où elle a fait une belle flambée.

— Léna et moi étions en train de prendre un goûter tardif. Tu te joins à nous ?

Dis non.

À vrai dire, je n'ai rien à reprocher à Rémi. Il n'a rien à voir avec ce qui s'est passé entre Clément et moi. Mais le revoir ravive inévitablement des souvenirs et la plaie est encore à vif. La décision de Clément m'a laissée abasourdie tant je croyais en notre avenir.

— Merci, Judith, acquiesce Rémi en me jetant un coup d'œil un peu gêné.

Nous rejoignons la cuisine, où ma mère prépare à nouveau du chocolat chaud. Je me laisse tenter par une autre tasse ; après tout, si les vacances en famille étaient conçues pour perdre du poids, ça se saurait.

— Un peu de brioche à la cannelle ? propose Maman.

Rémi opine doucement du bonnet, qu'il ôte d'ailleurs de sa tête, ébouriffant ses cheveux. Sa ressemblance avec Clément me frappe de plein fouet. Même chevelure sombre, mêmes yeux noirs. Malgré son douloureux divorce il y a deux ans, Rémi dégage plus d'insouciance que son frère.

— Comment est-ce que tu vas, Léna ? s'enquiert-il.

J'ai perdu l'homme de ma vie depuis trois mois et mon père a failli se foutre en l'air, mais là tout de suite, j'ai envie d'une grosse fiesta et de vacances à Hawaï.

Puisqu'il serait injuste de lui balancer ça comme ça, je me contente de hausser les épaules, dans l'espoir de paraître laconique.

— C'est bientôt Noël, alors tout baigne. Et toi ? Le nouveau restaurant fonctionne ?

Quelques semaines après l'incendie qui a ravagé le *Café du Commerce*, Rémi et Clément ont accepté l'offre d'un des promoteurs immobiliers qui ont bâti une nouvelle station de ski entre Vallenot et le village voisin. Offre consistant à devenir les propriétaires du restaurant « familial » de ladite station.

Rémi scrute le fond de sa tasse avant de me répondre :

— Pour être honnête, le démarrage n'est pas à la hauteur de nos espérances.

Comme il semble hésiter à poursuivre, ma mère lui lance un regard de connivence et croit bon d'ajouter :

— En fait, ma chérie, Rémi voulait te demander une faveur.

— Ah oui ? dis-je, intriguée.

Le frère de Clément émiette à présent sa brioche sur la toile cirée. J'ai l'impression qu'il fait tout pour éviter de me regarder.

— C'est un peu gênant, déclare-t-il enfin, mais j'ai immédiatement pensé à toi.

Je me raidis sur ma chaise, redoutant déjà la suite. Je me doute bien qu'il ne compte pas me demander un prêt financier, cependant j'imagine que ce qu'il a à me dire pourrait avoir un vague rapport avec Clément.

Il ne va pas bien depuis que vous n'êtes plus ensemble. Il s'en mord les doigts, tu sais, et il n'arrive plus à cuisiner correctement. Donne-lui une nouvelle chance.

— Je t'écoute, parviens-je à articuler, malgré la boule qui obstrue soudainement ma gorge.

Rémi m'explique que les affaires ne fonctionnent pas bien du tout.

— On trouve le temps long, le soir. Ce qui n'était jamais arrivé avant.

— Est-ce que tu sais à quoi c'est dû ?

Il secoue la tête dans un geste de découragement.

— Plusieurs facteurs entrent en compte. Clément n'a pas voulu faire de concessions et utilise toujours des produits de qualité.

— Et ces produits ont un coût qui n'est pas rentabilisé par la clientèle, complète ma mère.

— En effet, convient-il. En même temps, c'est la qualité de sa cuisine qui a fait sa renommée, par le passé…

Et tel que je le connais, Clément préférerait mettre fin à ses jours plutôt que travailler avec des produits de premier prix, voire surgelés.

— Si d'ici février la fréquentation n'augmente pas, reprend Rémi, on court droit à la catastrophe.

J'objecte doucement :

— La saison va bientôt battre son plein, non ? Ce sera l'occasion de faire connaître le restaurant.

— Ils ont ouvert un autre établissement à quelques mètres du nôtre…

— Il vous fait du tort ?

— Je ne crois pas, répond ma mère à la place du principal concerné. Le cadre du *Panoramic* est moins familial, il s'adresse à une clientèle plus sophistiquée.

— C'est vrai, approuve Rémi. On ne peut pas dire qu'il soit une menace pour nous.

Je secoue la tête, déconcertée.

— Dans ce cas, je ne comprends pas où est le problème ni ce que tu attends de moi.

— Clément et moi avons beaucoup réfléchi et sommes tombés d'accord : ce qui cloche, c'est la décoration. Nous n'avons pas pris le temps de nous en occuper comme nous l'aurions dû. Avec tout ce que nous avons été obligés de gérer depuis l'incendie…

Je suis bien placée pour savoir que la paperasse et les soucis ont envahi leur vie, au point de laisser beaucoup de choses de côté. Moi y compris.

— Votre mère avait su faire du *Café du Commerce* un lieu vraiment à part. Pourquoi ne pas lui demander de vous filer un coup de main ?

— Je ne préfère pas. *L'Edelweiss* doit se démarquer, nous ne voulons pas une parfaite réplique de ce qu'ont construit mes parents.

Ces arguments sont imparables mais j'essaie de retarder au maximum sa requête. Ce que je devine me fait trop peur, alors j'esquive :

— Vous n'êtes pas ruinés, au moins ?

— Non, mais devons trouver une solution avant que cela n'arrive. On doit aussi payer Solveig, la serveuse que nous avons embauchée à mi-temps.

Rémi nous explique ensuite que sa mère vend les pains d'épices de Clément sur le marché de Noël pour renflouer un peu les caisses.

— Je m'en veux terriblement qu'elle se sente obligée de travailler plutôt que profiter de sa retraite.

— Allons, le réconforte Maman, ne dis pas de bêtises. Josse a toujours aimé le contact avec les gens, je suis sûre qu'elle s'amuse comme une folle !

Je ne vois pas ce qu'il peut y avoir d'amusant à travailler dans le froid, mais je retiens ma réflexion, qui risquerait de miner davantage le moral de Rémi. Ce dernier prend une longue inspiration, puis se lance :

— Léna, je me suis dit que, puisque tu travailles dans la décoration…

Je le coupe vivement :

— La décoration, c'est large, tu sais. Moi, je me contente de dessiner des animaux rigolos pour le linge des bébés.

— Oui, mais tu as un goût sûr. Alors je voulais te proposer, moyennant rémunération bien sûr, de donner une âme à *L'Edelweiss*. Serais-tu d'accord ? s'enquiert-il en me regardant, dans l'expectative.

— Jamais de la vie.

Ma mère me décoche un regard courroucé, que je feins d'ignorer.

— Ce que Léna voulait dire, s'efforce-t-elle de rattraper d'un ton conciliateur, c'est qu'elle va réfléchir à ta proposition.

— D'autant plus que j'ai une enveloppe budgétaire pour ce projet, argue-t-il.

Je sais que c'est égoïste de ma part, mais je m'obstine.

— Je suis navrée de devoir décliner, Rémi. Je ne suis pas prête à affronter Clément.

— Pas même dans un cadre professionnel ? insiste-t-il.

— Pas même en cas de fin du monde imminente.

La rupture est encore trop récente pour que je me risque à souffrir. Il me semble plus sage de laisser passer encore un peu de temps.

— Pardonne-moi, Léna, soupire Rémi, mais Clément et toi vous êtes deux parfaits idiots.

— Tu sais très bien que ce n'est pas moi qui ai décidé de rompre. Est-ce qu'il est au courant que tu as pensé à moi pour la déco ?

— Non. Je voulais attendre ta réponse.

— Et le mettre devant le fait accompli...

— Tu connais son caractère..., se justifie Rémi. Tu es sûre que tu n'as pas envie d'y réfléchir ? Je ne te demande pas une réponse immédiate.

— C'est au-dessus de mes forces.

La déception que je lis sur son visage me fait aussitôt culpabiliser. Je m'empresse d'ajouter :

— J'espère sincèrement que vous réussirez à sortir le bec de l'eau. Vous ne savez toujours pas qui a mis le feu au restaurant de tes parents ?

— Pas le moins du monde, avoue-t-il, l'air plus accablé que jamais. Dans le village, chacun suspecte son voisin, mais au bout du compte personne ne sait rien.

***

— Je vous ai entendus faire vos messes basses ! dis-je à ma mère, alors qu'elle vient de refermer la porte derrière Rémi.

— Il m'a fait de la peine, se défend-elle. Je lui ai donné vingt euros pour le remercier de m'avoir monté le sapin jusqu'à la maison.

— Ils s'en sortiront.

Ma mère me dévisage avec une désapprobation marquée.

— Comment peux-tu rester insensible à ce qui leur arrive ?

— Je ne suis pas insensible, Maman, bien au contraire. La rupture remonte à seulement trois mois. C'est encore trop frais.

— Vous pourriez faire en sorte de ne pas vous croiser si tu as peur d'en être affectée.

Sans répondre, je l'entraîne dans le salon et me plante face à l'imposant arbre de Noël.

— Tu as vu grand, quand même.

— Je sais que les filles et toi vous amuserez beaucoup à le décorer.

— Les filles ? je m'enquiers, surprise. Les enfants d'Antoine viennent passer les fêtes avec nous ?

Ma mère se mord la lèvre inférieure, ce qui est plutôt mauvais signe. Je l'ai toujours connue insouciante, distraite et gaffeuse. Du genre à perdre bêtement ses papiers d'identité sur une aire d'autoroute parce qu'elle les a laissés sur le toit de la voiture avant de démarrer. Mais dès qu'une situation l'embarrasse, ce tic avec sa bouche revient.

— Euh non, se met-elle à bredouiller. En fait, Antoine sera chez sa fille pour Noël parce que nous manquons de place pour loger tout le monde.

Tout le monde étant Violette et moi, je fronce les sourcils. À l'évidence, quelque chose de louche se trame.

— Tout va bien avec ton mari ?

— Bien sûr que oui, ma chérie ! Il y a des choses dont je dois t'informer, cependant. Nous en parlerons en dînant. Je suis d'avis de laisser ta grand-mère et ton père se reposer, ce soir.

Une heure après, tandis que nous sommes attablées devant une omelette et une salade verte, ma mère se décide à me révéler que nous serons plus nombreux que prévu le jour de Noël.

— Tu n'auras pas seulement Violette à récupérer à l'aéroport, samedi.

— Tom et Aniata se joignent finalement à nous ?

Mon frère et sa femme ont prévu un voyage à La Réunion, l'île dont est originaire Aniata, afin de se retrouver tous les deux après la période de crise qu'a connue leur couple l'année dernière.

— Non, non, répond-elle. Est-ce que tu savais que ta grand-mère avait une sœur ?

Je repose mes couverts. Cette information ne me surprend pas, pourtant il me semble n'avoir jamais rencontré cette personne.

— Mamie a peut-être vaguement évoqué le sujet une fois ou deux.

Ma mère acquiesce.

— Elles ont repris contact récemment après plusieurs années sans se parler.

— Elles étaient fâchées ?

— Pas vraiment… Ta grand-mère te racontera tout ça mieux que moi.

— Très bien. Donc j'imagine que cette femme m'attendra à l'aéroport.

— Et elle sera accompagnée de sa petite-fille, qui a l'âge de Violette, complète Maman.

Super, deux adolescentes pour le prix d'une !

J'adore ma nièce. Mais je l'aimerais encore plus quand elle aura passé l'âge d'utiliser en boucle des expressions à la mode chez les moins de vingt ans, de faire des montées hormonales à la seule évocation de son idole (Harry Styles, en l'occurrence) et des fugues dans la montagne en plein hiver parce que son père la couve trop.

Détachant mon regard des poinsettias, ces petites fleurs rouges en forme d'étoiles que ma mère a disposées sur les appuis de fenêtres, je réponds qu'en effet, il serait difficile de loger de surcroît la famille d'Antoine.

— D'autant que ton oncle a lui aussi un invité, précise-t-elle en hochant la tête.

— Xavier ? Vraiment ?

Mon oncle est le curé du village et je l'ai toujours connu solitaire. Pourvu qu'elle ne m'apprenne pas qu'il a une femme cachée ! Ceci dit, venant de ma famille, je crois que plus rien ne m'étonnerait.

— Le mois dernier, Xavier a recueilli Lulu, un SDF.

— Un SDF, je répète, incrédule.

— C'est un natif de la région qui a perdu sa femme il y a sept ou huit ans, reprend-elle tout en posant du fromage et des clémentines sur la table. Il s'est retrouvé seul, avec une maigre retraite d'agriculteur. Il n'a pas eu les moyens de garder la maison qu'ils louaient à Gap et a été mis à la rue. Tous les propriétaires auxquels il a eu affaire demandaient trop de garanties.

— Pauvre homme... Ça me révolte qu'on ne se donne pas la peine de trouver des solutions dans ce genre de cas !

— Je suis bien d'accord avec toi, ma chérie. De nos jours, c'est une honte ! Lulu a vagabondé dans les rues, jusqu'à ce qu'il tombe sur une amie de ton oncle, qui s'occupe d'œuvres de charité. Xavier a été très touché par son histoire, tu sais comment il est. Alors, en échange de menus travaux, il l'héberge au presbytère.

Je reconnais bien là mon oncle. Quand il ne sert pas la messe ou ne regarde pas des séries de zombies avec ma grand-mère, il aime aider son prochain.

— S'il est sûr que cet homme est fréquentable…

— Il dit un peu tout ce qui lui passe par la tête, mais tu verras, il est adorable.

— Quand même, je me demande si tout ce remue-ménage est bien recommandé pour Papa…

Passer les fêtes en compagnie de trois inconnus, dont un sans-abri, ce n'est pas ce que j'appelle être au calme. Mais chez nous, c'est ainsi. La vie peut avoir beaucoup d'imagination, quand il s'agit de contrecarrer nos plans !

— Au contraire, ça lui changera les idées.

— Bon, eh bien, je devine que ce Noël sera euh… différent, dis-je sans grande conviction. En tout cas, ça pourrait être pire.

Ma mère sourit.

— Pour l'instant, nous n'avons pas eu d'attaque nucléaire à déplorer, et les morts-vivants assoiffés de sang que ta grand-mère affectionne ne sont toujours pas sortis de sa télé. Alors oui, tout va bien. Ce Noël sera inoubliable.

3

Le lendemain, le soleil matinal darde ses rayons étincelants sur un paysage entièrement givré. Je suis frigorifiée en suivant ma mère à travers les ruelles du village, concentrée pour ne pas glisser sur les plaques de verglas.

Puisque j'ai refusé l'offre de Rémi, Maman a décrété que nous irions acheter plusieurs pains d'épices à Josse, pour aider les garçons à notre façon. Je suis sûre que c'est le seul moyen qu'elle ait trouvé pour me faire culpabiliser. Mais je ne compte pas entrer dans son jeu. On ne peut tout de même pas me considérer comme un monstre, non ? Tant de personnes souhaitent la mort de leur ex alors que ce n'est même pas mon cas !

Il faut dire que c'est en partie à cause de ce fichu restaurant que Clément a décidé de mettre un terme à notre relation. Il était si accaparé, entre les divers formulaires d'assurance à remplir et l'enquête dès l'instant où la piste criminelle s'est confirmée (la nuit même du drame, à vrai dire, car ça sentait l'essence à plein nez), que plus rien d'autre ne comptait. Après ça, je n'ai jamais trouvé l'occasion de lui annoncer que, oui, j'acceptais de vivre avec lui. Une brèche s'est ouverte entre nous le jour où il a menacé le promoteur immobilier venu lui faire une offre pour le nouveau restaurant. Clément s'est mépris sur ses intentions et lui a ouvertement demandé si c'était lui qui avait incendié le *Café du Commerce* dans ce but précis. Enfin, il serait plus juste de dire qu'il s'est rué sur ce pauvre type en le traitant de tous les noms… Sans l'intervention de Rémi et Lucas, leur cousin apprenti, la situation aurait pu mal tourner. Je ne sais pas comment son frère s'y est pris pour convaincre l'homme de leur vendre *L'Edelweiss*, mais il a réussi. Et lorsque j'ai fait remarquer à Clément que je ne le reconnaissais plus et qu'il devrait souffler, le couperet est tombé : si je me sentais malheureuse, il préférait qu'on en reste là. La faille entre nous s'était transformée en un immense gouffre.

Trois mois après, les larmes me montent encore aux yeux en pensant à ce triste gâchis. Comme je ne suis pas pourvue du même degré d'altruisme que mon oncle, et encore moins masochiste, je ne peux pas aller au-delà de mes limites. Rémi et Clément devront se passer de moi.

— Regarde ce que c'est beau ! se réjouit ma mère, les yeux brillants d'excitation.

J'approuve distraitement, en respirant l'odeur de feu de bois qui envahit toujours le village en cette saison. Frank Sinatra entame son *Let It Snow !* dans les haut-parleurs quand nous arrivons dans l'artère commerçante, située en aval du bourg médiéval. Il plane déjà comme un air de Noël, de gros nœuds rouges sont accrochés aux lampadaires et les guirlandes de lumières colorées ont été suspendues le long de la route. Les commerçants ont installé dans leurs vitrines des villages provençaux miniatures, agrémentés de petits santons qui rendent le tableau presque vivant. Je reconnais que l'ensemble n'est pas dénué de charme. Quelques passants flânent près des baraquements en bois, desquels s'échappe une odeur de marrons chauds.

La voix chaleureuse de Josse nous hèle à hauteur de son chalet.

— Salut, les filles ! lance joyeusement la mère de Clément, emmitouflée sous un énorme bonnet et la plus épaisse paire de gants qu'il m'ait été donné de voir.

Bon, OK. Je suis un monstre. Si j'acceptais de m'occuper de la déco du restaurant, les clients auraient envie de s'y attabler et Josse ne serait pas obligée de travailler par ce temps glacial.

— Nous venons t'acheter quelques friandises, lui annonce ma mère en désignant les appétissants pains d'épices confectionnés par Clément. Puisque nous avons des invités pour Noël, ça fera d'excellents cadeaux.

Josse se tourne vers moi, un nuage de vapeur sortant de sa bouche.

— Comment vas-tu, Léna ? s'enquiert-elle en baissant prudemment la voix.

Non, non, non. Je ne veux pas de sa gentillesse embarrassée. Je n'ai pas envie de passer, à ses yeux, pour une fille pitoyable.

— Je suis congelée, mais sinon ça va plutôt pas mal. Celui-ci est au miel ? je demande en lui montrant l'un des gâteaux.

— Tu peux en goûter un morceau, si tu veux.

— Oh, je sais qu'ils sont excellents.

Elle m'adresse un regard empreint de compassion et je vais me mettre à pleurer si je ne donne pas le change tout de suite.

— C'est sympa, cette idée de marché de Noël, lui dis-je un peu précipitamment.

Josse approuve, secouant ses mèches blondes sous son bonnet.

— La mairie retrouve son esprit d'initiative grâce au nouveau domaine skiable. Les anciens râlent un peu contre certaines innovations, mais c'est nécessaire pour relancer l'économie dans le village.

Ma mère enchaîne sur le sujet, lançant une conversation interminable à propos de l'essor de Vallenot. Mon corps ne va pas tarder à fabriquer des stalactites si je reste plantée là, à attendre qu'elles aient fini d'échanger les potins. Je jette des regards éperdus autour de moi, dans l'hypothèse où quelqu'un aurait la bonne idée de vendre des doudounes autochauffantes. Ou un truc du genre.

— Tu entends ça, ma chérie ? reprend Maman, très gaie. La chorale de ton oncle va venir chanter sur la place, le 23 et il est probable que Clément vende du lait de poule à l'occasion.

Toutes les deux sont tout à coup suspendues à mes lèvres, guettant ma réaction.

— Ah oui ? C'est génial, je couine, d'un ton aussi convaincu que si on venait de me proposer de danser le tango avec un chamois.

— Naturellement, nous viendrons, promet ma mère à Josse.

J'ouvre la bouche dans le but de protester, mais à quoi bon ? Je trouverais bien un prétexte d'ici là pour me défiler. Nous payons nos pains d'épices et achetons quelques décorations artisanales sur le marché. En réalité, ma mère dévalise presque chaque stand, émerveillée par tous ces petits bibelots scintillants, faisant forte provision de boules en verre.

— Je me suis tellement restreinte quand Tom et toi étiez petits, m'explique-t-elle, amusée. Tu te souviens de l'année où tu as fait tomber le sapin en fonçant dedans avec ton tricycle ?

Le seul souvenir que je garde de cet incident, ce sont surtout les hauts cris de ma mère quand elle a découvert toutes ces belles décorations brisées et éparpillées sur le sol.

— Mais maintenant, tu as Memphis. À ta place je redouterais sa réaction quand il découvrira tous ces machins qui brillent.

— Mon chien n'est pas comme ça ! riposte-t-elle.

— Tu as raison, il est cent fois pire, je rétorque en riant. Il te fera regretter mon tricycle.

Deux heures plus tard, Antoine s'est joint à nous et nous sonnons chez ma grand-mère, qui nous attend pour déjeuner. Sa maison et celle de ma mère étant voisines, c'est ainsi que mes parents se sont rencontrés, dans les années soixante-dix, quand ceux de Maman ont acheté la jolie bâtisse aux volets bleus et à la façade en pierre parcourue de lierre.

La porte agrémentée d'une grosse couronne de houx s'ouvre, et ma grand-mère apparaît dans l'encadrement.

— Entrez vite, mes trésors ! s'exclame-t-elle. Ne restez pas dans ce froid.

En refermant derrière nous, Mamie agite ses cheveux permanentés avec soin et teints dans un roux profond. Puis, comme elle en a pris l'habitude dès que je reviens après plusieurs mois d'absence, elle m'ausculte à travers ses lunettes.

— T'as une tête à faire pleurer des gâteaux secs ! laisse-t-elle tomber après m'avoir scanné de son coup d'œil expert. Tu dors comme il faut, au moins ?

Ma mère m'adresse un regard désolé en enlevant son manteau.

— Je m'inquiète pour Papa, rien de plus. Où est-il, d'ailleurs ?

— Je suis là, ma puce ! retentit la voix de mon père, en provenance de la cuisine. Et je vais bien.

Mamie se met aussitôt à chuchoter.

— Il n'a rien voulu me dire. Mais il a de l'appétit, alors ça ne doit pas aller si mal que ça.

Selon ma grand-mère, un bon coup de fourchette est le remède à tous les maux.

— Il s'est peut-être confié à Xavier ?

Elle réfute d'un signe de tête.

— Impossible, ton oncle est en ville avec Lulu pour la journée.

Une fois à table, je constate que mon père a en effet meilleure mine. Il me propose même de dîner avec lui au restaurant ce soir.

— C'est une excellente idée, affirme Mamie en reposant son verre d'eau. Vous pourriez aller à *L'Edelweiss.*

Je réponds aussi fermement que possible :

— Par égard pour ma paix intérieure, je n'aimerais mieux pas.

— Tu as tort, désapprouve ma mère. Ce pourrait être l'occasion de…

Mon père ne la laisse pas terminer sa phrase.

— Si Léna n'a pas envie de manger à *L'Edelweiss*, pas de souci. Nous irons au *Panoramic*.

Tout à coup, le silence devient tel qu'on pourrait entendre une mouche voler. Antoine tente un commentaire sur l'actualité, en vain. Jusqu'à ce que ma grand-mère lance :

— Tout de même, c'est malheureux. Il est beau à tomber par terre, ce Clément.

Elle assortit cette affirmation d'un regard si appuyé que je me sens rougir.

— Ça ne fait pas tout, je parviens à riposter.

— Tu sais ce que qu'on dit, abdique-t-elle. Il faut essayer plusieurs manches avant de dénicher le bon balai.

— Et toi, Mamie ? Du nouveau sur *Meetic* ?

Depuis un peu plus d'un an, ma grand-mère écume le site de rencontres, dans l'espoir de trouver un nouveau compagnon. Jusque-là, tous ses rencards se sont révélés infructueux.

— Ne m'en parle pas, fait-elle avec une pointe d'agacement dans la voix. Le dernier homme avec qui je suis allée boire un verre semblait à peine vivant. Tous ces vieux me dépriment. Pourquoi faut-il qu'ils deviennent si routiniers, passé la soixantaine ? Est-ce que j'ai une tête à servir la soupe et une tranche de jambon devant les informations régionales, à dix-neuf heures pétantes ?

— J'en déduis donc que ton dernier rendez-vous n'a pas été très concluant…

— Non, reconnaît-elle. On dirait bien que l'amour me boude, ce n'est pourtant pas faute de multiplier les occasions. Avant-hier soir, quand ton père a… enfin bref, Xavier m'a conduit à une soirée bridge entre célibataires. Figure-toi que certains râlaient parce qu'ils allaient se coucher plus tard que d'habitude.

— Je crois que c'est d'un aventurier dont vous avez besoin, Jacotte, plaisante Antoine.

— Vous, c'est dommage que Judith vous ait déjà choisi, réplique-t-elle sur le même ton.

Je m'esclaffe bruyamment.

— Si ta sœur est comme toi, ça promet ! Maman m'a dit qu'elle sera là pour les fêtes.

Ma grand-mère acquiesce sans grand enthousiasme.

— La vie et ses surprises…

— Tu n'es pas heureuse de la revoir ?

— Si, évidemment. Mais Catherine est tout un personnage. Tu t'en rendras très vite compte.

— Et sa petite-fille, comment est-elle ? je m'enquiers, toujours angoissée à l'idée de devoir gérer deux adolescentes.

— Emma-Lou ? Je ne sais pas, je ne l'ai jamais vue.

— C'est bizarre, non ?

Ma grand-mère se laisse aller contre le dossier de sa chaise.

— C'est vrai, Catherine n'a jamais mis les pieds ici, confirme-t-elle. Nous ne sommes pas très liées. Mais elle m'a téléphoné il y a quelques mois ; elle estime qu'à nos âges, c'est idiot de continuer à faire comme si nous étions deux inconnues l'une pour l'autre.

— Et c'est ce que vous êtes ? je m'étonne en arrondissant les yeux.

Elle réfléchit un moment.

— D'une certaine façon, oui. Nous avons une histoire particulière.

— Tu ne veux pas m'en dire plus ?

La frustration me gagne.

— Bien sûr que si, mais l'histoire de notre famille sera plus amusante à raconter quand Catherine et les filles seront là.

Nous buvons nos cafés en papotant de tout et de rien. Lorsque tous les sujets de conversation sont épuisés, je reporte mon attention sur mon père. Les traits de son visage paraissent plus reposés, néanmoins il ne parle pas beaucoup et semble un tantinet penaud. S'apercevant que je l'observe anxieusement du coin de l'œil, il me gratifie d'un clin d'œil et j'en profite pour lui demander comment il se sent.

— Tu ne vas pas lui poser la question tous les quarts d'heure, quand même ? me sermonne ma grand-mère.

Je lève les yeux au plafond.

— Je suppose que tu t'es abstenue de l'engueuler ?

— Ton père est majeur, ma chérie. Il arrive que l'on perde le contrôle.

Papa toussote.

— Je suis là, au cas où l'information vous aurait échappé. Je vais aller faire une sieste. Donc, Léna, je réserve une table au *Panoramic*, on est bien d'accord ?

— Oui, s'il te plaît.

— Et voilà, tu nous l'as contrarié, déplore ma grand-mère en regardant son fils monter à l'étage.

— Mon petit doigt me dit que pour s'être retrouvé ivre mort contre la grille du cimetière, il a dû être contrarié bien avant mon arrivée.

— Il ne vous a vraiment pas expliqué son geste ? interroge ma mère.

— Non. C'est Éric, vous le connaissez. Il garde tout pour lui. D'après ce que j'ai compris, c'était un accident.

Mon scepticisme reprend le dessus.

— Et tu le crois ?

— Ton père n'est pas suicidaire, je le sais.

La théorie de la psy semble donc se tenir. Mon père a ingurgité une trop grande quantité d'alcool après avoir subi un choc. Mais lequel ? Quel genre de nouvelle peut-on bien apprendre au point d'en oublier que l'on est sous antidépresseurs ? Et pourquoi son médecin lui en a-t-il prescrit, d'ailleurs ?

Ce sont les questions qui tournent en boucle dans mon cerveau, alors que, saisie par une brusque envie de prendre l'air, je me promène dans la forêt qui borde le village en contrebas des montagnes de grès. Mes pieds foulent le sentier boueux et inégal, tapissé de feuilles mortes et collantes qui étouffent mes pas. La marche m'aide souvent à clarifier mes pensées. Cependant, j'ai beau inspirer l'odeur humide de l'hiver et des pins à pleins poumons, je n'ai pas l'impression que ce sera le cas aujourd'hui puisque ma mère m'a fourré de force Memphis dans les bras, arguant qu'une balade digestive lui ferait le plus grand bien. Évidemment, la petite créature ne s'est pas fait prier, bondissant de joie à la perspective d'une sortie. Cette responsabilité me rend anxieuse et je le surveille sans relâche de peur qu'il ne s'intoxique en avalant des amanites tue-mouches (même si ce n'est plus la saison, on ne sait jamais) ou qu'il se noie dans le ruisseau qui ondule paresseusement en plein cœur du bois. Certes, l'étendue d'eau n'est pas profonde, mais ce chien est petit et parfois tellement bête qu'il est capable de tout.

— Memphis ! Viens, on rentre !

Au lieu de m'obéir, le Jack Russell détale sans crier gare, la queue frétillante d'excitation.

Génial, il veut jouer, maintenant.

— Memphis ! dis-je en élevant la voix.

Ce n'est pas le moment de le perdre, zut ! S'il grimpe en direction des montagnes, je serais bien incapable d'aller le récupérer ! La lumière du jour commence à décliner, assombrissant davantage la forêt. Les arbres aux branches nues ont tout à coup quelque chose d'un peu effrayant. Il ne manquerait plus qu'une bande de corbeaux se mette à planer au-dessus de ma tête en poussant des croassements rêches, histoire d'ajouter à l'ambiance. Memphis ne semble toujours pas décidé à rappliquer. J'imagine mal ce que je vais pouvoir raconter à ma mère si je ne lui ramène pas son petit compagnon.

— Mais où est passé ce chien, bon sang ? je lâche d'un ton rageur.

— C'est lui, que tu cherches ?

J'ai un petit coup au cœur en reconnaissant Clément, qui émerge sur le sentier.

Je crois que, finalement, j'aurais préféré qu'une bande de corbeaux se jette sur moi.

— Euh… oui. Merci, dis-je, la bouche soudain desséchée, en attrapant le chien que mon ex me tend à bout de bras.

Ce traître de Memphis jappe d'indignation tandis que je l'éloigne de Clément.

— Je crois qu'il est content de me voir. Tu devrais le promener en laisse.

Je bredouille en m'obligeant à lever les yeux pour lui répondre.

— Ouais. Merci du conseil. Je file, ma mère m'attend.

— J'y vais aussi, marmonne-t-il en me dévisageant comme s'il me voyait pour la première fois.

Mal à l'aise, je me frotte la nuque.

— J'étais juste venue marcher un peu.

— Je profitais de ma pause pour marcher, déclare-t-il en même temps.

Autrefois, cette synchronicité nous aurait fait rire tendrement. Aujourd'hui, elle nous encombre et Clément enfonce les mains dans ses poches. Il a maigri, son jean glisse un peu sur ses hanches. M'avisant que je suis en train de le reluquer, je m'écarte et ouvre la marche, m'exhortant mentalement à ne plus fixer ses yeux bruns dans lesquels j'aimais me perdre il y a encore quelques mois, quand je ne promenais pas mes doigts sur ses joues recouvertes par une barbe taillée avec soin, avant de redescendre le long de son cou, là où sont nichés trois petits grains de beauté que je connais par cœur à force de les avoir explorés…

Stop. Stop, stop, stop, Léna.

Il n'existe pas cinquante-six sentiers pour sortir de cette forêt et nous nous retrouvons à devoir cheminer côte à côte, tandis que le silence nous enveloppe. Qu'est-ce qu'on est censé dire à l'homme qui nous a brisé le cœur ? Lui demander si les célibataires du village (approximativement trois en enlevant les veuves) se pressent à ses pieds ? Plutôt crever d'une grippe intestinale.

— Tu es là pour les fêtes ? veut savoir Clément, tandis que Memphis se débat toujours entre mes bras.

Quelle perspicacité !

— Oui. Je récupère Violette demain, à Nice.

— Lucas sera content de la revoir.

L'année dernière, ma nièce et le jeune cousin de Clément ont flirté tout le temps des vacances. Ce que mon frère n'a pas particulièrement vu d'un bon œil.

— C'est une chance que Tom ne soit pas de la partie, je commente, afin de meubler le sentiment de gêne qui s'instaure entre nous.

— Tu es venue tôt, non ?

Je m'efforce de prendre un ton naturel, comme si toutes les coutures de mon cœur n'étaient pas en train de lâcher.

— Mon père a fait des siennes. C'est toujours un peu mouvementé chez nous… Enfin, passons.

Tu ne dois plus te sentir très concerné par les péripéties de ma famille.

Comme pour confirmer mes pensées, il hoche silencieusement la tête. Alors que nous émergeons du sentier forestier, Clément m'indique l'emplacement où il a laissé son scooter.

— Euh…, fait-il embarrassé, on est censés se faire la bise ?

Mon cœur bondit dans ma gorge. Lui faire la bise, moi qui lutte pour ne pas littéralement lui sauter dessus ? Je parviens à articuler :

— Non, pas la peine.

Clément ne réussit pas à réprimer un sursaut de surprise.

— Dans ce cas, je suppose qu'il n'y a rien à ajouter, conclut-il en enfourchant son scooter.

Je reste plantée là, à le suivre des yeux tandis qu'il s'éloigne, jusqu'à ce qu'il ne devienne plus qu'un tout petit point avalé par l'horizon d'un rose embrumé.

4

— Ta mère m'a dit que tu avais croisé Clément, attaque mon père, avant de porter un morccau de poisson à sa bouche.

— Les nouvelles vont vite.

Je prends soin de parler à voix basse. Rémi n'a pas menti : le *Panoramic* n'a rien du traditionnel restaurant familial de montagne. Les propriétaires misent assurément sur une clientèle aisée, venue aux sports d'hiver pour dépenser de l'argent. Ici, tout est décoré dans des tons noirs et argentés, dans le genre minimaliste. Les nappes et serviettes amidonnées sont d'un blanc immaculé et le sapin posé dans l'entrée est si discret qu'on dirait qu'il a peur de déranger. Pour ma part, c'est à peine si j'ose respirer, redoutant de gêner les personnes assises à la table voisine. Quelques bougies apportent néanmoins une touche intimiste.

Je scrute un instant ma volaille, avant de reprendre :

— Cet idiot de Memphis s'est précipité sur lui, dans la forêt.

— Aïe. Je suppose que, du chien et toi, un seul était content de le revoir.

— Tu supposes bien. C'était affreusement embarrassant. Tu sais, la dernière fois que nous nous sommes parlé, c'était pour rompre et là, essayer de faire comme si rien n'avait jamais existé entre nous…

— Il n'y a rien de plus complexe que les relations humaines.

Mon père serait-il en train de me tendre une perche pour se confier à propos de ses soucis ?

— Mais quand même, rebondit-il prestement, il serait temps que tu arrives à te caser, Léna.

Je manque de lui recracher mon eau pétillante à la figure.

— C'est toi qui me sors ça ?! Depuis que tu as divorcé de Maman, tu passes ton temps à batifoler ! dis-je en m'efforçant de maîtriser les tremblements de ma voix.

— Il n'y a aucun rapport, ma puce. Clément et toi… il est évident que vous êtes fait l'un pour l'autre.

— Papa, est-ce que par hasard tu lirais des romans à l'eau de rose en cachette ? Clément est rongé par la colère, depuis l'incendie… Non, parlons plutôt de toi. Depuis quand es-tu sous antidépresseurs ?

— Léna !

Le couple attablé près de nous relève la tête, visiblement intéressé par notre discussion. Aussitôt, mon père baisse la voix.

— Tu sais que j'ai pris un congé sabbatique…

— J'en ai entendu parler. Tout comme du fait que tu as quitté Céleste et que tu t'es réfugié chez Mamie.

— Je ne suis pas en phase avec moi-même, en ce moment, m'annonce-t-il sans plus d'explications.

— C'est la rengaine de tous les types de ton âge qui décident de prendre le large, je lâche dans un long soupir.

— Comment sais-tu ce que ressentent *les types de mon âge* ? interroge-t-il, les yeux étrécis de suspicion. Ne me dis pas que tu as déjà…

— On se calme, Papa. J'ai des copines et il nous arrive de papoter. Au sujet de nos parents, par exemple. Et, sans vouloir te vexer, tu n'es pas si différent des autres pères.

Il laisse un instant sa réponse en suspens.

— Je ne sais pas quoi te dire, ma puce. Je me suis retrouvé d'un coup avec plein de temps devant moi pour songer à la façon dont j'ai gâché ma vie.

— Arrête, tu n'as pas gâché ta vie.

— J'aurais dû mieux agir, insiste-t-il. J'ai perdu pied et je n'arrive plus à aller de l'avant.

Le serveur vient débarrasser et nous déclinons les desserts. Quitte à payer un prix exorbitant pour manger une pâtisserie, aussi divine soit-elle, autant qu'elle ait un maximum de consistance. De préférence beaucoup plus que le mini-soufflé au chocolat qui vient d'arriver à la table d'à côté. Les gros pois dessinés au colorant tout autour de l'assiette me laissent perplexe. Ce doit être pour combler l'impression de vide. Mon père tient à régler la note et, pour regagner la voiture, nous devons marcher dix bonnes minutes. Le froid mordant me fait regretter de ne pas m'être garée plus près du restaurant. La station de ski a été conçue comme un village à part entière. Des chalets de vacances s'alignent autour de la place principale et côtoient des commerces en tout genre. Au centre, un immense sapin se dresse, paré de guirlandes féeriques.

— Le *Panoramic* est un peu superficiel, non ? fais-je remarquer.

— C'est toi qui as insisté pour y dîner ! s'esclaffe mon père.

— OK, tu marques un point.

— Il commence à neiger.

Je lève le visage vers le ciel et quelques timides flocons viennent me caresser les joues.

— Dis-moi, Léna, reprend tout à coup mon père en affichant une mine plus grave, si je te pose une question, pourras-tu me répondre de façon honnête ?

— Évidemment. Je t'écoute.

— Est-ce que j'ai été un mauvais père ?

Stupéfaite, j'arrondis d'abord la bouche, avant de lui balancer :

— Pour quelqu'un qui n'a pas tenté de se suicider, je trouve que tu as des idées étranges, en ce moment.

— S'il te plaît, j'ai besoin de savoir. C'est important.

Je m'immobilise en plein milieu du trottoir, face à un chalet entouré d'une terrasse en bois.

— Tu as été et tu restes un très bon père. Tu as toujours été présent quand Tom et moi avions besoin de toi, tu étais très attentif à nos bulletins scolaires et tu as veillé à ce qu'on ne manque de rien.

— Oui, mais quand je suis parti…

— Rien n'a changé, Papa. De nombreuses personnes divorcent, tu sais. Ce n'est pas pour autant qu'elles font de mauvais parents. Pourquoi t'en préoccuper maintenant ?

Il souffle un nuage de vapeur.

— Graziella m'a téléphoné, dit-il après quelques secondes.

— Graziella ?

Sûrement une de ses conquêtes… Je m'efforce de me souvenir d'elle.

— Oui, tu sais, j'avais…

— Oh tiens, salut !

Je pivote vers la voix masculine qui nous interrompt : Rémi. Puis je réalise que nous sommes arrêtés devant *L'Edelweiss*. En plein dans le mille. Je n'ai pas le temps de réagir que Rémi salue déjà mon père et nous propose d'entrer pour boire quelque chose.

— Avec plaisir, s'empresse d'accepter mon père.

J'ai beau lui rappeler qu'il est tard et que la neige risque de s'accumuler sur la route si nous traînons trop, rien à faire. Je me hisse telle une condamnée à mort sur les marches en bois qui mènent à l'échafaud. Enfin, au restaurant.

— Tu me promets de ne pas t'énerver ? me chuchote Rémi, alors que je m'apprête à entrer à la suite de mon père.

— Hein ? Pourquoi ?

Seul un sourire contrit me répond et je suis bien obligée de lui emboîter le pas.

— Il fait meilleur ici, approuve mon père, en pénétrant dans la salle de restaurant.

Je repère immédiatement Clément, debout près du tiroir-caisse. Et… il a l'air furibond. J'interroge Rémi du regard, mais ce dernier m'ignore et nous fait asseoir sur des chaises rustiques, qui seraient beaucoup mieux agrémentées de jolis coussins. Puis il souligne à quel point c'est drôle que nous nous soyons arrêtés devant *L'Edelweiss.*

— En quoi est-ce si drôle ? je m'étonne.

Rémi me sourit nerveusement et se lance, en retenant son souffle :

— Je viens justement d'annoncer à Clément que tu avais accepté de prendre notre déco en main ! Et il est plutôt soulagé, n'est-ce pas, Clément ?

Ce dernier nous décoche un regard noir. Pour ma part, je crois que je viens de perdre l'usage de la parole. Ce qui est peut-être préférable pour Rémi.

— Tu ne m'avais pas dit ça ! s'enthousiasme mon père.

— À moi non plus, bougonne Clément, d'un ton plein de reproche.

D'accord. Il y a forcément une méprise quelque part et la situation n'est pas suffisamment grave pour que je me mette à hyperventiler. Si ça se trouve, j'ai mal compris. La tension qui règne dans la pièce est insupportable. Pas de panique, je dois être capable de penser sans m'affoler.

— Un whisky ? nous demande le frère de Clément.

— Non merci, je réponds vivement. Mon père ne boit pas d'alcool. Est-ce que je peux te parler un instant, Rémi ?

Rémi obtempère et me suit à l'extérieur. Il fait si froid que je décide d'aller droit au but :

— C'est marrant, l'espace d'un instant, j'ai cru t'entendre dire que j'acceptais ta proposition.

Il s'adosse à la balustrade, soutenant mon regard.

— Écoute, c'est nul, d'accord, mais je n'ai pas eu le choix.

— Sans blague.

Au fond de moi, je fulmine.

— Le chiffre d'affaires de la soirée est encore désastreux, plaide-t-il. On a fait cinq couverts, est-ce que tu te rends compte ?

— Et toi, est-ce que tu te rends compte de la situation dans laquelle tu me mets ?

Rémi pose la main sur mon épaule.

— Je trouve que tu dramatises beaucoup. Je ne te demande pas d'épouser mon crétin de frère, juste de nous aider à ne pas couler. C'est quand même faisable, non ?

Le cœur serré, je songe à ce que je ferais si j'avais le pouvoir de changer le passé. Si les choses n'avaient pas mal tourné entre Clément et moi, Rémi n'aurait même pas eu à me demander. Est-ce que je pourrais encore me regarder dans un miroir si leur restaurant coule ? La réponse est non, bien sûr. On m'a élevée dans un endroit de rêve, en pleine nature, où chacun se doit d'être solidaire avec son voisin. Après tout, comme me l'a suggéré ma mère un peu plus tôt, rien ne m'oblige à croiser Clément, quitte à l'enfermer à double tour dans sa cuisine.

J'inspire profondément avant de m'avouer vaincue.

— OK, tu as gagné.

Rémi souffle de soulagement.

— Tu es géniale, Léna.

Je secoue la tête.

— On va dire que je le fais pour épargner des soucis supplémentaires à tes parents.

— Ça va bien se passer, me promet-il.

— Je l'espère, dis-je dans un long soupir. Je l'espère vraiment.

À l'intérieur, nous retrouvons mon père assis devant un déca, en train de parler de la pluie et du beau temps avec Clément. Ce dernier semblait attendre notre retour puisqu'il se lève dès que la porte se referme derrière nous et enfile son manteau.

— J'y vais, j'ai un rendez-vous.

Dix pierres dégringolent d'un coup dans mon estomac. *Un rendez-vous.* Le fait de l'imaginer avec une autre femme me fait l'effet d'un uppercut.

Clément salue mon père tout en m'ignorant ostensiblement et file sans prononcer un mot de plus.

— Eh bien, siffle Papa. Je ne me le rappelais pas si discourtois.

— Il est stressé en ce moment, cherche à l'excuser Rémi. Il gère plus difficilement que moi toute cette pression.

— Mmmh, ça peut se comprendre, concède mon père. La perte du *Café du Commerce* a été un rude choc.

Rémi approuve d'un signe de tête.

— Le plus dur a été de découvrir que quelqu'un nous détestait au point d'allumer cet incendie. Au point de vouloir détruire ce qui avait été construit par nos parents.

Et dire que ce criminel court encore…

— Tout cela est derrière vous, à présent, compatit mon père. Vous avez la chance de pouvoir repartir à zéro.

— Oui, et grâce à Léna, je suis certain que notre restaurant va devenir le plus beau de la région !

Ne t'emballe pas, mon garçon…

— Alors, Léna, me demande-t-il en se tournant vers moi, par quoi comptes-tu commencer ?

Par tenter de savoir avec qui Clément a rendez-vous et maudire cette nana pour le restant de ses jours.

Je jette un regard à la ronde. *L'Edelweiss* est plutôt… dépouillé. Pour un endroit censé être convivial, ça ne fonctionne pas.

— Si tu n'y vois pas d'inconvénient, je passerai demain, en fin d'après-midi. J'aurai les idées plus claires après une nuit de sommeil. Mais, sans vouloir t'affoler, on va avoir du pain sur la planche.

— Tu as raison. Une bonne nuit de sommeil nous fera du bien à tous.

***

« Et j'vis comme une boule de flipper… qui roule / Avec les oreillers du cœur… en boule… »

Lorsque je pousse la porte d'entrée, Antoine et ma mère sont installés devant une émission musicale consacrée aux années quatre-vingt. Et le moins que l'on puisse dire, c'est que Maman connaît ses classiques sur le bout des doigts. Demandez-lui de retenir son code de carte bleue, elle en est incapable, mais l'intégralité du Top 50 entre 1984 et 1990, là, elle n'a aucun problème de mémoire.

Elle interrompt son imitation de Corynne Charby en m'apercevant dans l'encadrement du séjour.

— Ah, te voilà, ma chérie ! Viens t'asseoir avec nous, m'invite-t-elle en tapotant les coussins du canapé.

Memphis, vautré ventre en l'air entre Antoine et ma mère, me jette un regard d'enfant unique pas décidé à partager son territoire.

— Tu ne me fais même pas peur, dis-je en le narguant au passage.

En guise de réponse indignée, il s'étire et quitte le canapé comme une furie, pour revenir trois secondes après avec son os en plastique dans la bouche, sans doute pour compenser l'attention dont il sera privé pendant cinq minutes.

— Comment s'est passée ta soirée ? s'enquiert ma mère en gratouillant Memphis derrière les oreilles.

— J'en ai connu des meilleures. Dans lesquelles mon père ne m'annonçait pas qu'il ne savait plus où il en était et où mon ex ne tournait pas aussi rapidement la page sur notre histoire.

Antoine se lève et me demande si je préfère une tisane ou un cognac.

— Je n'aurais rien contre un peu d'alcool… mais une tisane me paraît plus sûre. J'ai une journée chargée, demain.

— L'avion n'atterrit à l'aéroport que vers midi, objecte ma mère, avant de se remettre à fredonner : *Tous mes beaux châteaux d'Équateur… s'écroulent…*

— Je dois passer à *L'Edelweiss*, quand nous serons rentrées. Pour aider Rémi.

Ma mère s'empare de la télécommande et coupe le son, juste au moment où Elsa allait chanter *Jour de neige.* Ses sourcils (pas ceux de la chanteuse) se relèvent sous le coup de la surprise.

— Tu as accepté, finalement ?

— Je n'ai pas vraiment eu le choix.

Je lui relate la façon dont Rémi a agi, en nous mettant devant le fait accompli, Clément et moi.

— S'il te plaît, Maman, dis-moi que ce n'était pas ton idée !

— Bien sûr que non ! s'offusque-t-elle. J'espérais bien que tu leur rendrais ce service, mais pas comme ça.

— Clément est furieux. Et il a toutes les raisons de l'être, s'il me croit complice des manigances de son frangin.

— Rémi n'a pas été très correct, c'est certain. Mais tu connais Clément, il réagit au quart de tour. Il finira par comprendre que c'est pour le bien du restaurant.

— Il s'en remettra, je n'ai aucun doute là-dessus. Très vite, même, puisqu'il avait un rencard, après son service.

Malgré ce que pourrait laisser penser mon ton acerbe, je ne suis pas une psychopathe. Dès l'instant où Clément a mis un terme à notre histoire, j'ai décidé que je ne deviendrais pas comme ces personnes qui frisent la folie furieuse et harcèlent l'autre dans l'espoir de le faire changer d'avis. Je ne suis pas non plus du genre à être spectatrice de ma vie. Après deux semaines à me morfondre, deux longues et interminables semaines durant lesquelles j'ai pleuré des litres de larmes et foulé un sol jonché de mouchoirs en papier, je me suis remise à sortir avec mes amis. Mais je n'ai pas réussi à envisager la moindre relation avec un autre homme, parce que c'était trop tôt, parce que aucun ne valait la peine que je m'attarde, parce que la vie de célibataire comporte beaucoup d'avantages, etc. Toutes les excuses étaient bonnes. Seulement, ce que je m'étais refusé de regarder en face jusque-là me rattrape : je n'ai pas oublié Clément. Je l'ai compris au moment où il a évoqué son rendez-vous. Quand j'ai eu la sensation de me prendre une cuve remplie de glace sur la tête.

— Je connais quelqu'un qui a besoin d'un gros câlin, lance ma mère en ouvrant grand les bras pour que je vienne me lover contre elle.

Antoine réapparaît avec nos tasses brûlantes, desquelles s'échappent des effluves d'orange, de cannelle et de clou de girofle.

— Vous voulez que je vous laisse papoter entre vous ? interroge-t-il. Je ne vais pas tarder à monter me coucher.

Je lui affirme qu'il ne dérange absolument pas.

— Je suis fatiguée, moi aussi. Je suppose que ça explique pourquoi je prends les choses tellement à cœur.

Nous évoquons le dîner avec mon père, mais je dois admettre qu'il ne m'a pas appris grand-chose en ce qui concerne sa déprime.

— Il est resté très évasif.

— Il va probablement avoir besoin de temps, analyse Antoine. Il faut le laisser venir sans le brusquer.

Ma mère souligne en riant :

— C'est un homme, en somme ! Ne te tracasse pas, les choses finissent toujours par s'arranger.

— Je ne sais pas comment tu fais pour conserver un tel flegme, dis-je en terminant ma tisane. Je t'envie.

— Je suis à bonne école, avec ta grand-mère. Elle est encore sortie ce soir, d'ailleurs. Elle a une de ces pêches !

— Un rencard en vue ?

— Non, le ciné-club. Ils passaient *Grease*.

À la mention du film, je me moque gentiment :

— À ce que je vois, vous n'avez plus beaucoup d'années de retard en matière de cinéma. J'espère que tu me téléphoneras quand les habitants de Vallenot découvriront *Titanic*. Je ne voudrais manquer cela pour rien au monde !

5

L e lendemain matin, la neige a en partie recouvert les montagnes et les cols. Mon père avait raison, c'est un magnifique spectacle et je songe avec une pointe de tristesse que j'aurais pu y assister chaque matin d'hiver, si Clément n'avait pas subitement rompu. Je me demande toujours avec qui il pouvait bien avoir rendez-vous, hier soir. Et en même temps, ce ne sont pas mes affaires.

M'extirpant de mes pensées, je constate que la neige n'a pas du tout tenu au sol, se transformant en une espèce de boue. J'en ressens un vif soulagement : je n'aurai pas à conduire en redoublant de prudence, sur une route enneigée. Le sel dispersé en prévision ne suffit jamais à me rassurer.

— Je vais chez Mamie, je lance à ma mère, qui lit le journal en terminant son petit déjeuner.

— Tu aurais pu dormir une heure de plus.

Je fais non de la tête.

— Impossible. Je ne tiens pas en place, avec tous ces événements.

De fait, j'ai ouvert les yeux à l'aube, me repassant en boucle le dîner avec mon père et la scène à *L'Edelweiss*. J'ai pensé que Papa aimerait peut-être m'aider à redécorer le restaurant. Ça lui changerait les idées et ça nous permettrait de passer du temps ensemble.

Et comme ça, aucun risque de me retrouver en tête à tête avec Clément.

J'enfile deux gros pulls l'un sur l'autre, prête à affronter la météo peu engageante. Le soleil a beau réchauffer l'atmosphère de deux petits degrés, je grelotte sitôt à l'extérieur. Un air s'élève depuis la maison de ma grand-mère. Elle doit avoir poussé le volume de la musique à fond, car toutes les fenêtres sont fermées. Dans ces conditions, je peux toujours frapper à la porte, elle ne risque pas de m'entendre. Tant pis, j'entre sans m'annoncer.

— *Iou the wananawan ! Ouh ouh ouh !*

Le tableau que j'ai sous les yeux me laisse d'abord pantoise : plumeau à la main, ma grand-mère se déhanche sur la chanson de *Grease*, minaudant en yaourt les paroles d'Olivia Newton-John. Face à elle, un vieux monsieur rasé de près se laisse épousseter le crâne dégarni, un sourire nonchalant à la John Travolta plaqué sur le visage.

— *Ouh, ouh, ouh !* se répondent-ils à tour de rôle, au son granuleux du vinyle qui tourne sur la platine.

Je rassemble tout mon sang-froid pour ne pas exploser de rire et toussote pour signaler ma présence. Mamie fait subitement volte-face, comme si son Travolta du troisième âge lui avait envoyé une décharge électrique. Elle est tellement rouge que, l'espace d'un instant, je crains qu'elle implose.

— Léna ? manque-t-elle de s'étrangler, la main sur le cœur.

Son partenaire de danse se dirige vers l'antique tourne-disque et soulève le bras du microsillon. Je m'efforce de reprendre mon sérieux.

— Je ne voulais pas te déranger, Mamie. J'ai frappé, mais…

Reprenant ses esprits, elle rejette mes excuses d'un revers de la main.

— Allons, tu es ici chez toi, ma Léna. Hier soir, avec Lucien, nous sommes allés voir *Grease*, alors ce matin, pour faire mon ménage, j'avais envie de…

— Jouer les prolongations, complète le vieil homme en voyant que ma grand-mère s'embourbe dans ses explications.

Je hoche la tête.

— Et c'est vous, Lucien, je présume ?

— Pour vous servir, répond-il en me gratifiant d'une poignée de main ferme et chaleureuse. Mais, entre nous, je préfère qu'on m'appelle Lulu.

— Va pour Lulu, alors.

Le sourire ravi qu'il m'adresse en retour me laisse entrevoir l'éclat d'une dent en or.

— Je dois y aller, Jacotte, annonce-t-il en pivotant vers ma grand-mère. J'ai promis à tes fils de leur filer un coup de main pour le bois.

— Tant que tu n'emmènes pas Éric au bistrot, ça ira.

— Traite-moi d'irresponsable, pendant que tu y es ! fait-il semblant de s'indigner.

Une fois Lulu sorti, ma grand-mère me propose de boire un café.

— Rapidement, alors, car je dois filer à Nice. Puis j'ai rendez-vous à *L'Edelweiss*.

Face à son air interrogateur, je lui raconte brièvement en quoi consiste ma mission.

— Tu vas revoir Clément, alors ! se réjouit-elle.

— Oui, mais alors, je t'arrête tout de suite. Vu la tête qu'il a faite en apprenant que j'allais m'occuper de la déco, je peux t'assurer qu'il aurait été plus heureux de voir débarquer Donald Trump en robe bain de soleil.

De leur cage, les deux inséparables de ma grand-mère se mettent à m'invectiver au moment où je pénètre dans la cuisine. Depuis qu'elle les a, je leur fais cet effet-là ; ils ne supportent pas de se trouver dans la même pièce que moi. Je jure que je n'ai pourtant jamais menacé de les faire rôtir.

Malgré la moue dubitative de ma grand-mère (je pense qu'elle vient d'imaginer le président américain en petite robe), je poursuis, comme si de rien n'était :

— Parlons plutôt de toi, miss Newton-John : un homme chez toi, à neuf heures du matin ? Vraiment ?

— Mais enfin, ce n'est que Lulu ! se récrie-t-elle en nous servant du café. Xavier est passé chercher ton père pour un petit déjeuner entre frères avant de s'occuper du bois. Lucien ne voulait pas les déranger…

— Et c'est pourquoi il est venu jouer les John Travolta ! j'ajoute en lui envoyant un clin d'œil complice.

— Tu peux imaginer ce que tu veux, ça ne me fait ni chaud ni froid, m'assure-t-elle d'un ton qui exprime tout le contraire. Alors, ce dîner avec ton père ? Il t'a parlé ?

Je trempe une langue de chat dans ma tasse et réfléchis à la meilleure façon de présenter les choses.

— Papa m'a plus ou moins confirmé que quelque chose ne tourne pas rond. On dirait qu'il traverse une sorte de crise existentielle, il a pas mal évoqué le passé…

— Pas bon, grimace Mamie. Ça expliquerait peut-être pourquoi Xavier l'a retrouvé devant le cimetière.

— Comment est-ce qu'il a eu l'idée de le chercher là-bas ?

Mamie me raconte que, ce soir-là, en rentrant du bridge, elle a tout de suite remarqué la bouteille d'alcool quasiment vide, sur la table de la cuisine.

— Je suis montée voir si ton père dormait, mais il n'y avait personne dans sa chambre. J'ai téléphoné à ton oncle, il a patrouillé dans les rues et voilà comment il l'a retrouvé.

Je secoue la tête, dépitée. Papa aurait pu mourir de froid, avec ses âneries.

— Il ne t'a rien dit de plus ? veut savoir ma grand-mère.

— Non. Il avait envie de parler et en même temps il est resté sur ses gardes.

Je marque une fugace hésitation en me rappelant une chose.

— Ah si…

— Quoi ?

— Il a mentionné une certaine Graziella.

Ma grand-mère plisse le front.

— Graziella ? Si c'est celle à laquelle je pense, que vient-elle faire là-dedans ?

— Je ne sais pas, il m'a seulement dit qu'elle lui avait téléphoné. C'est qui ?

— Tu ne te souviens pas d'elle ? Remarque, ça ne m'étonne pas. Ils ont eu une aventure entre 1999 et 2000.

J'avais donc douze ans.

— Non, je ne vois pas du tout qui c'est.

— Éric ne la fréquentait que de temps en temps. Elle servait pour le dépannage, si tu vois ce que je veux dire.

— Je n'ai pas envie de savoir ça, Mamie. Si ça se trouve, ils se revoient.

— De là à tout plaquer, quand même, renifle-t-elle d'un air sceptique.

— Je te l'accorde, ce serait étrange.

Je prolongerais volontiers notre conversation, mais je dois vraiment prendre la route si je ne veux pas arriver en retard à l'aéroport. Nos suppositions devront attendre encore un peu.

***

Je n'ai jamais rencontré la sœur de ma grand-mère. Je ne l'ai même jamais vue en photo. Pourtant, alors que j'attends avec Violette, qui vient tout juste de me rejoindre dans le hall des arrivées, je sais immédiatement que la dame aux cheveux blancs qui s'avance est Catherine. Regard orgueilleux, pommettes hautes et manteau en fourrure (fausse, je l'espère) jeté sur les épaules, elle tient une cage entre les mains tandis qu'une adolescente se traîne péniblement derrière elle, tirant leurs valises. Il émane de cette femme une telle prestance que les autres voyageurs semblent s'effacer sur son passage, comme si Meryl Streep en personne fendait la foule.

— Bordel ! lâche Violette, qui vient de comprendre à son tour. Elles sortent d'où, ces deux-là ?

— Du même avion que le tien.

— Pas vues. En même temps, elles n'ont pas une tête à se contenter de la classe éco.

Je lui fais signe de se taire, les deux voyageuses parvenant à notre hauteur. Je me plante devant Meryl Streep et me présente brièvement.

— Vous êtes bien Catherine ?

Elle me jauge d'un coup d'œil rapide et, l'espace d'un instant, je crains de m'être trompée de personne.

— C'est bien moi. Et voici ma petite-fille, ajoute-t-elle en désignant Emma-Lou, qui nous salue avec distance, d'un signe de la tête. Et dans la cage, c'est mon bébé, mon minou d'amour, Oscar.

Le gros chat aux longs poils gris et au nez aplati que j'aperçois n'a pas l'air des plus aimables.

— J'espère que ça va aller avec les perruches de Mamie, s'inquiète Violette.

Catherine se montre aussitôt rassurante :

— Oscar n'a que faire des oiseaux. On y va ? Je déteste les voyages en avion, ça me fait gonfler les jambes, déclare-t-elle d'un ton très théâtral.

Par courtoisie, je déleste Emma-Lou d'une des deux valises et nous nous dirigeons vers la voiture. Je demande à l'adolescente si, comme Violette, elle sèche la dernière semaine de cours avant les vacances.

— Pas du tout, répond Catherine à sa place. Emmy suit son cursus par correspondance.

— Vraiment ? Ce n'est pas banal.

— C'est mieux que rester enfermée dans une classe à essayer de comprendre le texte théâtral et sa représentation au XVIIe siècle, affirme Violette.

Je déverrouille le coffre de la Citroën, me félicitant mentalement d'avoir convaincu ma mère de faire le ménage à l'intérieur du véhicule juste avant mon départ. Maman est prof de psychologie d'entreprise dans le cadre de formations professionnelles pour adultes. Métier qui ne correspond en rien à son caractère, elle qui n'est pas la personne la plus organisée de la planète. Et elle a une tendance très prononcée à être toujours à la bourre, si bien qu'elle a pris l'habitude de terminer ses petits déjeuners au volant de sa voiture, ainsi s'entassent emballages de barres de céréales et autres briquettes de jus d'orange sur les sièges. On en a sorti un plein sac-poubelle et l'habitacle ressemble bien moins à un capharnaüm.

— Mamie a préparé des sandwichs au thon et aux œufs durs, est-ce que vous en voulez ? je propose à la ronde pendant que tout le monde s'installe dans la voiture.

Une expression de dégoût passe sur le joli visage d'Emma-Lou.

— C'est possible d'en avoir sans thon ? Je ne mange pas d'animaux morts.

— Tu les préfères vivants ? se moque Violette.

— Très drôle.

Je me tourne vers l'adolescente en esquissant un geste désolé.

— Si tu veux, on peut s'arrêter pour t'acheter quelque chose.

Elle soulève les épaules en guise de réponse et extirpe une barre Snickers de son sac à main.

— C'est bon, ça ira.

Violette la scrute avec méfiance, comme un insecte rare. Toutes deux ont beau avoir le même âge, elles paraissent radicalement différentes. Ma nièce a le teint couleur pain d'épice et les cheveux bruns de sa mère, associés au regard bleu de mon frère. Grande et fine, elle suit strictement la mode côté vestimentaire. Emma-Lou, elle, est plus petite et ronde. Ses longs cheveux blonds retombent jusque dans son dos et je ne peux pas dire grand-chose de ses yeux, planqués derrière d'épaisses lunettes de soleil. Ses vêtements sont entièrement noirs.

La jeune fille croque dans sa friandise, puis ajuste sur ses oreilles son casque relié à son Smartphone. Violette s'empare d'un sandwich et l'imite. J'en déduis qu'aucune d'entre elles ne nous fera la conversation sur la route.

Le trajet pourrait se dérouler dans le silence le plus total, heureusement Catherine possède un point commun avec ma grand-mère : c'est une intarissable bavarde. Tout y passe : le choix des musiques diffusées à la radio, les panneaux publicitaires qui défilent lorsque nous traversons la zone commerciale en sortant de Nice, la nature encore emprisonnée dans le givre par endroits, les champs devenus blancs et vides. Quand elle ne commente pas ce· qu'elle a sous les yeux, elle rassure son chat, que le voyage rend visiblement nerveux.

— Est-ce qu'il va faire ses besoins dans la voiture ? dis-je en tournant la tête vers l'animal apeuré.

— Je ne sais pas quelles sont ses intentions. Mon Oscar est bien élevé, mais personne n'est à l'abri d'un accident. Hein, mon bébé ? Ça va aller !

Je jette un coup d'œil dans le rétroviseur et surprends Emma-Lou en train de secouer la tête au son de sa musique.

— Qu'est-ce que tu écoutes ? j'interroge en haussant la voix, afin d'être entendue.

L'adolescente ôte à contrecœur un de ses écouteurs.

— Aerosmith.

— C'est un truc de vieux, ricane Violette.

— J'aime bien, moi, la contredis-je.

Emma-Lou abaisse ses lunettes de soleil sur son nez, me laissant découvrir un doux regard noisette.

— C'est vrai ? demande-t-elle, incapable de cacher son étonnement.

— Non, elle essaie juste être sympa avec toi, lui rétorque Violette.

Agacée par son comportement, je cherche à capter son regard. Pourquoi s'adresse-t-elle à notre cousine de façon si mesquine ?

Je lance avec un enthousiasme non feint :

— C'est toute mon adolescence !

— Un truc de vieux, c'est bien ce que je disais.

Pour la taquiner un peu, je me mets à fredonner le refrain de la chanson qui a popularisé le groupe, grâce au film *Armageddon* :

— *Don't want to close my eyes, I don't want to fall asleep, 'cause I'd miss you babe, and I don't want to miss a thing...*

Une vague de nostalgie m'envahit tout à coup. Ce n'est pas le constat doux-amer du temps qui file trop vite quand on se remémore un premier baiser d'adolescence, ou quand on se revoit en train de faire ses devoirs par un doux samedi de printemps en écoutant la radio, non, c'est une émotion plus profonde. Un sentiment qui me rappelle doulou-reusement Clément. La plupart du temps, j'arrive à faire comme s'il n'avait jamais fait partie de ma vie. Comme s'il n'avait pas ouvert en moi une fis-sure difficile à colmater. Et à d'autres moments, il y a des petits signes qui surgissent, des choses qui me ramènent à lui, me font penser à ce que nous avons vécu ensemble et rouvrent la plaie au marteau-piqueur. À l'instar de cette musique. Clément adore le hard-rock. Je ne compte pas les instants d'euphorie fébrile et de tendre compli-cité que nous avons partagés au son de Scorpions, Aerosmith ou Metallica. Est-ce que ces flash-back vont disparaître un jour ?

Je me ressaisis pour me concentrer sur la route, puis reporte mon attention sur Catherine.

— Mamie et vous ne vous ressemblez pas, pour des sœurs.

— Jacotte est ma *demi-sœur*, rectifie-t-elle.

— Ça a l'air de changer beaucoup de choses, je réplique, amusée.

— Tu n'as même pas idée…, répond-elle dans un soupir.

Encore trente minutes et nous serons arrivées à bon port. Mon impression que, cette année encore, Noël sera mouvementé ne fait que s'intensifier.

6

— Qu'est-ce qu'il fait froid, dans cette région ! s'exclame Catherine en s'approchant de la cheminée pour se réchauffer les mains.

— Dois-je en déduire qu'à Paris, vous vous promenez en bikini ? lance ma grand-mère, goguenarde.

Et voilà, les deux sœurs sont réunies et leurs retrouvailles ne sont pas des plus émouvantes. Je jette un coup d'œil oblique à mon père et Xavier, assis dans des fauteuils. Tous les deux semblent amusés. Encore plus lorsque Catherine, avec une expression de contentement dans le regard, extirpe une boîte de son sac et la tend à Mamie.

— Je t'ai apporté des Quality Street. La vendeuse m'a assuré que les personnes âgées en sont friandes.

Ma grand-mère la dévisage et, l'espace d'un instant, je me demande si elle ne va pas lui jeter les bonbons au visage. Mais elle prend sur elle, la remercie et nous propose un café.

— Ça réchauffera tes vieux os gelés, précise-t-elle sournoisement à sa sœur.

Ambiance de folie.

Pour faire diversion, ma mère enclenche une conversation avec Catherine et toutes deux s'extasient sur le chat qui, libéré de sa cage de transport, s'est lové de manière possessive sur les genoux de mon père, auquel il donne des coups de tête pour recevoir des caresses sous le menton. Papa s'exécute, récoltant un ronronnement éraillé. Je devrais peut-être lui en offrir un, pour Noël. Si ça peut l'aider à surmonter la mauvaise passe qu'il traverse en ce moment... Memphis ignore copieusement l'animal, qui le scrute pourtant avec acrimonie.

— Comment il s'appelle ? veut savoir Emma-Lou, en désignant le Jack Russell.

— Memphis.

— Je peux le caresser ?

Un sourire amusé se dessine au coin des lèvres de Maman.

— Tu peux essayer, répond-elle. Ça fait une éternité qu'il n'a plus arraché le moindre bras.

L'adolescente sourit à la blague et se met à jouer avec le chien. Je lui précise qu'en fait, sa seule ambition dans sa vie est de croquer les oiseaux de ma grand-mère.

— Cette bestiole et toi n'arrêtez pas de persécuter mes inséparables, me reproche Mamie en posant les tasses sur la table de la salle à manger. Tu bois quelque chose, ma Léna ?

M'avisant de l'heure à la pendule murale, je décline.

— Il faut que j'aille au restaurant.

— Je peux venir avec toi ? s'enquiert Violette en bondissant.

— Je ne crois pas que Lucas sera là…

D'un autre côté, je me sentirais moins vulnérable en ayant ma nièce près de moi. Ma mère interrompt le cours de mes pensées :

— Je préférerais que tu restes pour monter tes affaires à la maison, ma minoune. Tu dormiras dans la chambre de ton père avec Emma-Lou et…

— Quoi ?! s'écrie Violette. Pourquoi je dois dormir avec *elle* ? Et mon intimité, alors ?

Si Emma-Lou pouvait se fondre dans le mur contre lequel elle est appuyée, je crois qu'elle le ferait. Je lui viens en aide en lui proposant de prendre ma chambre, ajoutant, conciliante, que je peux très bien dormir dans le salon. La dernière chose dont on a besoin, c'est d'un psychodrame.

Son visage virant au rouge pivoine, l'adolescente secoue la tête et m'assure que ça ne l'ennuie pas de prendre le canapé.

— Bon, vous n'aurez qu'à vous arranger comme vous voudrez, tranche Catherine, agacée. Je pensais que la chose était déjà réglée. Dois-je prévoir quelques nuits d'hôtel ?

Le reproche à peine dissimulé sous cette dernière phrase ne m'échappe pas, mais je dois filer, me promettant d'avoir une discussion avec Violette à mon retour.

***

Je frissonne en poussant la porte de *L'Edelweiss*. En altitude, la météo est encore plus rude qu'en bas et je suis frigorifiée. La station de ski reste verglacée et je n'en menais pas large en montant le long de la route en lacets. Mais je suis vivante, même si j'ignore pour combien de temps.

Le son des Ramones me parvient de la cuisine. *I Wanna Be Sedated.* Clément est donc en train de bosser, ce qui est logique à deux heures du début du service. Comme dans la chanson, moi aussi, je veux bien être placée sous sédatifs, parce que l'entreprise dans laquelle je m'apprête à me lancer me paraît soudainement folle. Mon courage semble s'être effondré en même temps que les températures et là, d'un coup, je ne suis pas persuadée que travailler à rendre cet endroit attractif soit exactement ce dont j'ai besoin pour oublier Clément. Revenir à Vallenot pour les fêtes était une mauvaise idée en soi.

Bien que je sache pertinemment que je vais devoir affronter Clément, j'appelle à tout hasard :

— Rémi ?

Sans surprise, ce n'est pas Rémi qui émerge de la cuisine.

— Salut, me dit Clément en restant planté dans l'encadrement de la porte.

— Salut. Je viens pour…

Incapable de terminer ma phrase, je désigne la pièce d'un geste vague.

— Rémi devrait bientôt arriver. Il doit récupérer Solveig, notre serveuse. Elle est en panne de voiture.

Solveig. Et si c'était avec elle que Clément avait rendez-vous, hier soir ? Toutefois, je ne me vois pas lui poser la question sans passer pour une cinglée d'inquisitrice. Ce ne sont pas mes oignons.

— OK. Je vais l'attendre alors. Il me semble que tu es aussi propriétaire de ce restaurant, donc… enfin, ce que je veux dire, c'est que…

Au secours, je bafouille comme une midinette.

Les yeux noirs de Clément agrippent à présent les miens, comme s'il cherchait à fouiller mes pensées.

— Pourquoi est-ce que tu ne m'as rien dit hier, dans la forêt ? assène-t-il.

La chique coupée, je croise les bras sur ma poitrine. Bien piètre défense. Si je lui explique que son frangin nous a mis tous les deux devant le fait accompli, il ne me croira pas.

— Je… je n'avais pas encore pris ma décision quand on s'est vus, je rétorque platement.

— Tu aurais au moins pu m'en parler, bon sang ! Je comprends mieux pourquoi tu semblais si gênée.

Idiot. J'étais gênée par la proximité de nos deux corps.

Clément agrippe sa nuque de ses deux mains et me regarde de la même façon que s'il luttait pour tenter d'avaler quelque chose d'amer. J'ouvre la bouche pour sortir n'importe quoi qui pourra apaiser la tension entre nous, mais il poursuit :

— À quoi tu joues, Léna ? Tu crois que c'est facile, pour moi, de savoir que *tu* vas donner un coup de pouce pour *mon* restaurant ?

J'accuse le coup tandis qu'il serre les lèvres comme pour empêcher d'autres paroles de s'en échapper.

— Ma présence te répugne à ce point ?

— Tu ne comprends pas ! C'est le fait de te voir. C'est le fait que tu sois là et…

Cette fois, c'est trop. Il est à deux doigts de se prendre un menu dans la tête. Les battements de mon cœur s'accélèrent et ma colère finit par l'emporter. Je le coupe *illico* :

— Tu sais quoi ? Garde ta véhémence pour toi. T'as raison, c'était une mauvaise idée. Démerde-toi avec *ton* restaurant.

Sans attendre sa réponse, je file de *L'Edelweiss* comme une furie. Je devrais tuer Rémi pour m'avoir placée dans une telle situation. Clément a l'air de s'imaginer que j'ai accepté de mon plein gré parce que je m'accroche à lui. Je déteste ce sentiment. Mon humeur déjà sombre s'obscurcit davantage. Je sais que Clément, depuis la porte du restaurant, me suit des yeux, pour s'assurer que je déguerpisse à jamais de sa vie et je presse le pas, sans me retourner. Son regard me crispe les épaules.

Le verglas rend la marche beaucoup plus précaire que je ne le voudrais. La neige qui tombe à gros flocons n'arrange rien et mes chaussures me paraissent tout à coup dangereusement bancales. Par chance, j'arrive à rester droite et fière, et à atteindre la voiture sans m'étaler. Au fond de moi, pourtant, j'ai l'impression que tout part en déliquescence. L'écho de ses paroles blessantes résonne dans ma tête durant tout le trajet de retour à la maison.

— Déjà ? s'étonne ma mère en me voyant rentrer.

Memphis laisse échapper un jappement de joie et j'accroche ma doudoune sur le portemanteau avant de me diriger d'un pas penaud vers la cuisine, où Antoine est en train de sortir du four une plaque de biscuits à la cannelle.

— Ça sent bon par ici, dis-je avant de me laisser tomber lourdement sur une chaise.

Maman s'approche de moi et me scrute d'un air soucieux.

— Soit ça ne s'est pas bien passé, soit tu as proposé un plan de décoration en cinq minutes chrono, suppose-t-elle.

Je lui adresse un sourire tendu.

— Option numéro une. Clément n'est pas chaud bouillant pour que je participe à ce projet.

Le chien me saute sur les genoux, tentant de me lécher la figure pour me démontrer toute l'étendue de son affection.

— Je sais que tu m'aimes, je lui souffle en caressant sa petite tête ronde, mais il n'y aura jamais rien de plus qu'un amour fraternel entre toi et moi.

Puis je raconte à ma mère et Antoine la lapidation verbale dont j'ai fait l'objet au restaurant.

— Il s'adressait à moi comme à un monstre.

Tous les deux échangent un regard préoccupé.

— Qu'est-ce qu'il y a ?

— Non, ce n'est rien, me ment ma mère.

Antoine se racle bruyamment la gorge, un peu trop pour que ce soit naturel. J'insiste :

— Qu'est-ce que vous me cachez ?

Maman pousse un soupir.

— Je suis sûre que c'est sans importance, ma chérie, mais… Tu sais, des rumeurs ont couru après l'incendie…

Je ne suis pas sans savoir que pas mal de personnes ont en effet été soupçonnées, les gendarmes ayant même étudié la piste d'une fraude à l'assurance. Les

garçons ont heureusement pu prouver leur inno-
cence dans cette affaire.

— Où veux-tu en venir, Maman ?

Elle esquisse un faible sourire et reprend la
parole :

— Une personne serait allée raconter que tu
reprochais à Clément de passer trop de temps
au travail et que tu aurais pu… enfin, tu vois. J'ai
entendu ça chez la coiffeuse.

— Mais c'est ignoble ! Qui ? Qui a dit ça ? je
m'écrie d'un ton pressant.

— Je l'ignore, ma puce. Ça remonte à quoi… ?
Début septembre, hein, Antoine ?

Ce dernier opine du chef et ma mère poursuit :

— De toute façon, tout le monde sait que tu étais
à la maison ce soir-là. Mais on s'est dit que Clément
avait pu avoir un doute. Ce qui expliquerait son
comportement vis-à-vis de toi…

Mon cœur tombe sur mon estomac. Mon estomac dégringole sur mes talons. La Terre s'arrête
brusquement de tourner. Est-ce que Clément aurait
réellement pu prêter attention à des rumeurs aussi
horribles ? Est-ce pour cette raison qu'il m'a larguée ?

— Je n'y crois pas ! je souffle, incrédule.

— Ne t'affole pas, tempère Antoine. Il y a de
fortes chances pour que ce ne soit pas ça.

— Mais vous y avez quand même pensé !

— Nous n'avons fait qu'extrapoler, réplique ma
mère pour tenter de me rassurer.

Mon cerveau s'enraye et je me lève pour aller
prendre une douche.

— Emma-Lou est déjà dans la salle de bains.

Je me rassois sur ma chaise, m'efforçant de chasser mes idées noires.

— Les filles ne se sont pas encore étripées, j'espère ?

— Pour le moment, elles s'ignorent.

— L'adolescence, c'est que du bonheur, ajoute Antoine en riant. Si elles pouvaient être fournies avec un manuel d'utilisation !

Je me redresse à nouveau en me souvenant de mon intention d'avoir une discussion avec Violette, puis je monte à l'étage, la tête encore embrouillée par ce que vient de me révéler ma mère. *Qui est allé raconter que je pourrais avoir mis le feu au restaurant, bon sang ?*

Je frappe à la porte de l'ancienne chambre de Tom.

— Violette ?

Aucune réponse. Je parie qu'elle écoute encore la musique à fond.

— Violette ! je lance plus fort.

Cette dernière m'ouvre enfin.

— Ne mets pas ta musique si fort, dis-je en désignant ses écouteurs. Comme ça, tu m'entendras et ça m'évitera de penser que tu as encore fugué.

Un sourire autosatisfait sur les lèvres, elle me rembarre aussi sec :

— Mamie est la gentillesse incarnée et je parie qu'elle me laissera sortir autant que je veux. Je n'ai donc aucune raison de fuguer. Entre, propose-t-elle en ouvrant plus largement la porte.

Je la suis dans cette pièce qui a vu grandir son père et en garde encore quelques stigmates, comme des posters des Formule 1 d'Alain Prost punaisés au mur.

— On est bien d'accord, ça fait ringard, observe Violette, qui a suivi mon regard.

— Aussi ringard que les affiches de Leonardo DiCaprio qui sont dans ma chambre.

— Oui, mais toi, tu as eu la décence de les décrocher du mur. Même si je ne comprends pas pourquoi tu n'as pas pu te résoudre à les jeter.

Je lui réponds qu'elle vivra un jour le même dilemme au moment de renier sa passion pour Harry Styles.

— Je ne l'écoute plus, lui, m'avoue-t-elle en haussant les épaules. J'ai passé l'âge, c'est bon.

Puis elle m'adresse un coup d'œil gêné à travers le rideau de sa frange.

— Je voulais te demander un truc, Léna. Tu sais ce qui se passe avec Papy ? C'est vrai qu'il a voulu se suicider ?

Je lui lance un regard nerveux avant de m'asseoir au bord du lit.

— Apparemment, c'était un accident. Il avait trop bu.

Ma nièce arque un sourcil étonné.

— Mais pourquoi il a fait ça ?

— Mystère, je réponds d'un ton las. Enfin, si, sa psy prétend qu'il a subi un choc, mais il ne m'en a pas parlé.

— Genre, il serait arrivé un truc grave et il n'aurait rien dit à personne ?

— J'imagine que c'est quelque chose comme ça, oui.

— C'est chelou, quand même, conclut-elle, circonspecte.

— C'est mon père, quoi… Bien, je reprends en me redressant d'un bond, puisque je te tiens, pourrais-tu me dire ce que tu reproches à Emma-Lou ?

Violette entreprend tout à coup de vider sa valise.

— Je ne vois pas de quoi tu parles, marmonne-t-elle.

Pas dupe de son manège, j'étrécis les yeux.

— OK, je vais te mettre sur la piste. Pourquoi est-ce que tu as besoin de lui lancer des piques dès que tu t'adresses à elle ?

Un pull entre les mains, elle pivote à nouveau vers moi.

— Ça va, c'est juste des boutades, répond-elle avec acrimonie. Elle est allée geindre, c'est ça ?

— Non.

Violette trie désormais ses vêtements avec des gestes saccadés.

— On dirait qu'elle se prend pour une star, c'est bon, faut qu'elle redescende sur terre.

— Je n'ai pas eu cette impression.

— T'es aveugle, ou quoi ? Elle ne nous a pas fait la bise, et à un moment j'ai cru que ses lunettes de soleil étaient greffées à ses yeux.

J'objecte doucement :

— Essaie de te mettre à sa place. Elle découvre d'un seul coup une partie de sa famille. On est plutôt intimidants, j'ajoute dans une tentative d'humour.

Elle hausse les épaules, faisant glisser son sweat large sur une clavicule.

— Ouais, ben je sais pas, elle me stresse. Le coup de la barre de chocolat alors que tu proposes de lui acheter à manger, c'est de la timidité, ça aussi ? Ce serait trop la mort, pour elle, d'agir comme tout le monde ?

La sonnerie de mon téléphone nous interrompt. Le prénom de Rémi s'affiche sur l'écran.

— Je dois répondre, Violette, dis-je en m'éloignant. On en reparlera plus tard.

Je prends l'appel en regagnant ma chambre et, à l'autre bout du fil, Rémi déclare d'emblée :

— Mon frère a autant de tact qu'un gorille. Ne fais pas attention à lui et rapplique maintenant, s'il te plaît.

— Désolée, mais non. J'en ai vraiment marre de ces conneries.

— Quelles conneries ?

— Toutes.

Ton frère, mon père, ma nièce. Tout me gonfle.

Je pousse un long soupir, songeant l'espace d'un instant à rentrer chez moi pour passer la soirée en tête à tête avec un plateau de sushis et une bonne bouteille de vin, à m'abîmer dans une contemplation morose de la situation. Projet malheureusement irréalisable dans l'immédiat.

— Pourquoi est-ce que tu ne demandes pas à Solveig de vous aider ?

— Parce que Solveig a beau être gentille et plutôt charmante, nous n'envisageons pas pour un restaurant de montagne une déco à base de licornes et de paillettes.

Je secoue la tête, tentant de réprimer mon amusement.

— Vous avez tort.

Quelques secondes de silence.

— Allez, Léna ! reprend Rémi d'un ton suppliant. Ton travail ne serait pas vain. Avec la neige qui est en train de tomber, les pentes vont enfin être blanches. Ça va être bon pour les affaires.

Je m'avouerais presque vaincue, mais les mots prononcés un peu plus tôt par Clément viennent à nouveau me percuter de plein fouet, se heurtant aux ragots entendus par ma mère. Non, je ne peux pas. La seule idée qu'il puisse me croire responsable de l'incendie me plonge dans un mélange sans nom de tristesse et de colère.

— Ton frère ne veut clairement pas de moi à *L'Edelweiss.*

— Il ne pensait pas ce qu'il a dit.

— Je n'en suis pas aussi certaine que toi, Rémi.

— Il n'y a rien qui puisse te faire changer d'avis ?

Son ton désespéré me fend le cœur. Ne puis-je vraiment pas passer outre le regard réprobateur de Clément ? Non. Mais je vais faire comme si j'en étais capable. S'il pense réellement que j'ai pu mettre le feu au *Café du Commerce,* le fait que je m'implique pour les aider à reconstruire un restaurant le touchera peut-être.

Comment a-t-il pu douter de moi, merde ?

— OK, Rémi. Je passe demain matin, disons vers neuf heures. Promets-moi seulement que tu seras là.

Penser à entamer une psychanalyse pour cerner d'où viennent mes pulsions masochistes.

— Tu me fais renoncer à une grasse matinée…, ironise-t-il.

— C'est à prendre ou à laisser. Et si elles sont levées, je viendrai accompagnée par deux adolescentes.

Rémi pousse une exclamation indignée.

— Tu veux ma mort, ou quoi ? Vous comptez vous déchaîner sur Clément à coups de cris hormonaux ? Si c'est le cas, je reste chez moi.

Même si elle est sexiste, sa remarque m'arrache un petit rire.

— Considère que leur présence me rendra la situation plus confortable.

— Très bien, Léna. À demain matin.

7

— V iolette est ravissante ! s'exclame Catherine, alors que nous passons à table. Tu dois être fière de ton arrière-petite-fille, Jacotte. Hein, qu'elle est belle ? ajoute-t-elle à l'intention d'Emma-Lou.

— Oui, elle est très jolie, marmonne cette dernière.

Puis elle prend son verre d'eau et se met à boire en observant Violette, de la même façon que des lions se désaltérant dans une mare, guettant le moindre danger. Je ne peux qu'admettre que son comportement est curieux. Mais qui peut prétendre savoir ce qui se passe dans la tête des adolescents en général ? C'est loin d'être rassurant, à seize ans, de devoir faire face à une horde d'inconnus, qui plus est en période de Noël. Je me demande d'ailleurs pourquoi elle ne le fête pas avec ses parents. Catherine, elle, paraît bien plus à son aise. Assise à l'une des extrémités de la table, elle me fait penser à une reine. Son maintien et son assurance n'y sont pas étrangers. Cette femme est l'incarnation du contrôle de soi à toute épreuve. Meryl Streep, quoi.

— Rôti braisé et haricots verts ! annonce ma grand-mère en posant le plat sur la table.

Hypnotisé, Memphis louche sur la viande en bavant. Ce qui est loin d'être le cas d'Emma-Lou.

— Je prendrai juste une assiette de légumes, dit-elle d'une toute petite voix lorsque son tour arrive. Merci.

Aussitôt, ma grand-mère la jauge d'un regard sévère :

— Ne me dis pas que tu es au régime, jeune fille.

Tous les regards sont à présent braqués sur Emma-Lou, qui paraît sur le point de se désagréger.

— Elle est végétarienne, explique Catherine, d'un même ton que si sa petite-fille souffrait d'une maladie rare. Mais bon, c'est sûr qu'un petit régime ne lui ferait pas de mal.

Choquée, je tourne la tête vers elle. A-t-elle conscience de l'humiliation qu'elle vient de faire subir à la jeune fille ? Tête basse, Emma-Lou triture ses haricots verts du bout de sa fourchette. Un silence gêné s'est abattu autour de la table, à l'exception de Memphis qui pousse un gémissement offusqué avant de se réfugier sur les genoux de ma mère, parce que le chat de Catherine vient de le griffer.

— Mieux vaut avoir quelques formes qu'être maigre comme un cure-dent, intervient Mamie après un grand silence.

Je la bénis en silence.

— Ce n'est pas la peine de me regarder comme si je venais d'étrangler un chiot, se défend Catherine. Emmy a tendance à se plaindre de ses kilos en trop, mais elle grignote toujours entre les repas. Il faut savoir ce que l'on veut, dans la vie.

— Je ne connais pas une seule femme satisfaite de sa silhouette, proteste gentiment ma mère.

— Moi, si. Après mon accouchement, j'ai tout fait pour retrouver la ligne. Mon fils pesait 4,2 kilos, vous vous rendez compte, pour un premier ? Et sans péridurale, bien sûr.

Maman grimace à cette idée.

— Je m'en souviens très bien, compatit Mamie. Déchirée sur six centimètres. Ils ont été obligés de te couturer autant qu'une robe de mariée.

Beurk.

J'ignore si c'est lié à ces considérations obstétricales, mais le rôti me paraît moins appétissant, tout à coup.

— J'en aurais pleuré, admet sa sœur.

— Tu en *as* pleuré, lui rappelle ma grand-mère. Mais tu as été courageuse. Je crois qu'à ta place, j'aurais bramé comme un cerf.

Catherine tressaille à ce souvenir avant de laisser filtrer un mince sourire.

— Avec un minimum de volonté, on parvient à tout. Les femmes de ma famille se sont toujours montrées courageuses pour les accouchements.

— Ben, vous êtes de la même famille, non ? risque Violette.

— Nous n'avons pas la même mère, trésor, répond Mamie. Est-ce que quelqu'un prendra encore de la viande ?

Les conversations reprennent bon train. Mon père et Xavier évoquent la rudesse de la vie à la montagne en pleine saison hivernale, tandis que ma mère et Antoine écoutent patiemment Catherine s'appesantir sur ses problèmes de circulation sanguine. Seules les deux adolescentes ne mouftent pas. Je demande à ma grand-mère pourquoi son Lulu Travolta ne s'est pas joint à nous. Elle me gratifie d'une petite tape sur le bras et m'explique qu'il voulait nous laisser profiter ensemble de ce repas de famille.

— Je le trouve très agréable, cet homme, déclare mon père.

Xavier approuve.

— Malgré son âge il ne rechigne pas à la tâche. Il me rend d'immenses services.

— Qui est ce Lulu ? s'enquiert Catherine, après une longue gorgée de vin.

Mon oncle lui résume brièvement l'histoire. Son interlocutrice ne tarde pas à plisser soucieusement le front.

— Tout de même, vous devriez vous méfier. Il ne faudrait pas qu'il en veuille à votre argent.

Mamie laisse échapper un rire étouffé.

— Je te reconnais bien là, Catherine. Mais tu n'as aucune crainte à avoir. Lucien ne volera personne. Tu sais bien que je ne fais pas partie de la branche la plus fortunée de la famille.

J'échange un regard étonné avec Violette, mais aucune de nous deux ne se décide à poser la moindre question. Pourtant, je brûle d'envie de connaître l'histoire des deux sœurs. Cependant, je sens que le sujet est sensible. Par dépit, je me tourne vers Emma-Lou.

— Alors, pourquoi des cours par correspondance ?

La jeune fille manque de recracher ses haricots. Apparemment, j'ai encore mis les pieds dans le plat.

— Je préfère ça au lycée, réplique-t-elle sans me regarder.

— Tu m'étonnes ! réagit Violette. J'en ai marre d'être confinée au bahut jusqu'au bac.

Catherine se racle la gorge.

— Emma-Lou fait une sorte de phobie scolaire, nous révèle-t-elle.

Par chance, il ne reste plus que Mamie, Violette et moi autour de la table, les quatre autres ayant entrepris de débarrasser et d'apporter le dessert.

— Tu sais bien que ce n'est pas vraiment ça ! réplique tout à coup l'adolescente, excédée. Les autres élèves étaient trop nazes avec moi. Ils…

— Allons, allons, tente de l'apaiser sa grand-mère. Ce n'est pas le lieu pour évoquer ces choses-là.

Je surprends Violette qui scrute soudainement Emma-Lou avec un intérêt nouveau.

— Tu t'es battue et t'as été renvoyée, c'est ça ? lui demande-t-elle, prête à tomber en admiration si son interlocutrice répond par l'affirmative.

Cette dernière secoue la tête et rassemble ses cheveux sur une épaule.

— Non, j'ai…

— Peu importe, la coupe vivement Catherine. Mon fils et sa femme rencontrent quelques difficultés avec leur entreprise, en ce moment. Ils s'impliquent à fond pour sauver ce qui peut l'être mais ce n'est pas facile et ils font pas mal de déplacements en Pologne.

— En Pologne ? répète Mamie.

— Ils étudient la possibilité de délocaliser. Ça a contribué à rendre Emma-Lou anxieuse, en plus des petites remarques de ses camarades sur son poids, et ses notes s'en sont ressenties. Nous sommes tous tombés d'accord pour reconnaître que l'idéal, durant quelque temps, serait qu'elle étudie chez elle, sous la supervision de ses parents.

Lorsque le reste de la famille nous rejoint, Catherine nous fait comprendre que la discussion est close. Je ressens tout à coup beaucoup de peine pour Emma-Lou en imaginant ce que doit être son quotidien, entre des parents inquiets pour leur avenir, une grand-mère exigeante et ses rondeurs qu'elle a visiblement du mal à assumer. Ça fait beaucoup à gérer.

— Tout va bien ? s'enquiert ma mère, un peu plus tard, en quittant la maison de Mamie.

Emma-Lou étant présente, je ne peux évidemment pas lui demander son avis concernant les nouvelles venues dans notre famille. Silencieusement, j'opine du chef en me délectant du spectacle nocturne qui s'offre à nous : la neige tombe, légère, et danse en tourbillons dans la nuit, tandis que la lune se reflète sur sa blancheur immaculée.

— Ça, c'est trop cool, murmure Violette, elle aussi ébahie par la scène.

— Il fait un peu froid, quand même, non ? gémit Emma-Lou.

— Bienvenue à la montagne, ma jolie, lui répond tendrement ma mère en passant un bras autour de ses épaules.

***

— Je n'arrive pas à croire que j'aie pu accepter ça, bougonne Violette, enroulée dans la couette. J'ai changé d'avis, laisse-moi dormir.

Dépitée, je fixe le plafond.

— Arrête de faire ta tête de bouledogue indigné. Je te demande ça comme un service.

J'allume la lumière de la chambre afin de l'encourager à se lever.

— T'as le cerveau en dérangement ou quoi ? s'insurge-t-elle. Je ne vais pas me lever aux aurores pendant les vacances !

Je tente de l'amadouer en évoquant sa passion pour la photographie :

— Même pas si tu as l'occasion d'immortaliser un lever de soleil enneigé ?

Elle se redresse légèrement et je sens l'espoir renaître en moi.

— Plutôt mourir que me lever si tôt, tu vois.

Emma-Lou s'étant défilée hier soir sous prétexte de réviser ses cours, il ne me reste plus qu'à abattre ma dernière carte :

— OK, comme tu veux, Violette. Est-ce que je dois transmettre un message particulier à Lucas ?

— Parce qu'il sera là ? s'exclame-t-elle en bondissant sur le lit.

— Je croyais l'avoir mentionné.

Oui, c'est moche de mentir, mais dans certains cas de force majeure, on n'a pas vraiment le choix. Par exemple, quand on a la mafia moldave aux trousses, quand le gynéco demande à quand remonte votre dernier frottis, ou quand on doit négocier avec une ado. Et cette dernière pouvant s'avérer mille fois pire qu'un mafieux moldave et le gynéco réunis, je croise les doigts pour que Lucas ait la bonne idée de passer ses matinées à *L'Edelweiss*. En tant qu'apprenti de cuisine, c'est probable, non ?

Dehors, la neige au sol a gagné en densité, effaçant les traces de la journée d'hier. De précaires épaisseurs blanches se sont formées sur les branches des arbres, le paysage entier a succombé à ce lourd manteau d'hiver. La neige qui crisse sous nos pas est l'un des sons que j'aime le plus au monde.

— Tu vas réussir à conduire ? s'inquiète Violette, totalement réveillée après avoir ingurgité une énorme tasse de chocolat chaud.

— Les chasse-neige ont sûrement déblayé les routes. Et puis, ne t'en fais pas, j'ai appris à conduire en plein hiver.

Si la neige est en effet rassemblée en congères sur le bas-côté des routes, j'opte néanmoins pour une conduite prudente, au pas. Ce qui permet à Violette de prendre quelques clichés pendant que je garde les yeux rivés sur la route, priant pour ne pas déraper sur une plaque de verglas. En réalité, j'ai encore un peu menti pour la rassurer : j'ai passé mon permis en juin. Fort heureusement, nous arrivons sans encombre jusqu'à la station de ski et je relâche mon souffle, prenant conscience de l'avoir retenu jusque-là.

— Avoue que t'avais les chocottes, me chambre Violette.

— Je n'ai rien à avouer.

Jamais de la vie.

Bien que je fasse mine de plaisanter, j'ai l'estomac agité de spasmes nerveux et la motivation d'un bigorneau grabataire. On a encore le retour à effectuer, et si Clément n'est pas dans de meilleures dispositions qu'hier, je pourrais bien être obligée d'entamer la descente plus tôt que prévu. Afin de me donner un peu de courage, je ramène mes cheveux en queue-de-cheval et applique une légère touche de rose sur mes lèvres. Un dernier coup d'œil dans le rétro, je suis prête.

À l'approche du restaurant, je distingue une volute de fumée qui sort de la cheminée. Si seulement ça pouvait être la promesse d'un moment joyeux et convivial ! Hélas, je ne compte pas trop là-dessus...

8

Violette et moi gravissons ensemble les quelques marches en bois et, sur le seuil, nous tapons des pieds pour retirer la neige sous nos bottes. Puis ma nièce pousse la porte. Le doux souffle d'air chaud qui provient de la flambée dans la cheminée m'enveloppe comme une couverture. Rémi bondit aussitôt à notre rencontre.

— Hourra, elle est venue ! scande-t-il en frappant l'air de son poing, dans un geste de triomphe.

— Je ne manque jamais à ma parole, dis-je avant de le saluer.

— Lucas est là ? veut savoir Violette.

— Non, répond Rémi, il arrivera d'ici une petite heure.

Oups.

À son air scandalisé, je sens que Violette s'apprête à m'invectiver. Toutefois, je ne saurai jamais rien de ses promesses de haine car Clément, le visage froissé comme du papier, a la bonne idée de faire irruption au même moment.

— Nous sommes au complet, c'est parfait, annonce Rémi.

Tandis qu'il nous prépare des cafés, je me débarrasse de ma doudoune et m'installe sur une chaise, aussitôt imitée par Violette. Clément s'assoit à l'opposé de nous et son regard cherchant à tout prix à m'éviter me pèse déjà. Ma nièce m'expédie un coup de coude dans les côtes en me désignant mon ex du menton, au cas où je n'aurais pas remarqué les durs efforts qu'il fournit pour m'ignorer. D'un haussement de sourcil éloquent, je lui intime l'ordre de se fondre dans le décor et de ne réapparaître que dans une dizaine d'années. En retour, elle s'efforce de me faire comprendre en bâillant de façon exagérée qu'elle aurait préféré rester au lit.

— Alors, Léna, tâtonne Rémi en posant les boissons brûlantes sur la table, est-ce que tu as quelques pistes pour faire de cet endroit *le* lieu où le monde entier se pressera ?

— Oui, j'ai pensé à deux ou trois détails. Si tu veux voir tout le bottin mondain débarquer, on pourrait balancer sur Internet une fausse photo du prince Harry et de Meghan en train de déguster la célèbre tartiflette de *L'Edelweiss*.

En guise de rire, un bêlement nerveux s'échappe de ma gorge.

— Je savais que je m'adressais à la bonne personne ! s'esclaffe Rémi.

Comme Clément n'a toujours pas pipé mot, je décide de prendre le taureau par les cornes.

— Avant de parler du restaurant, j'aimerais éclaircir un point crucial.

La pièce est à présent plongée dans un silence tendu. Clément ne pouvant plus faire comme si je n'existais pas, il rive son regard au mien. Son expression est une main de fer qui me broie le cœur.

Ce mec a cru que tu avais foutu le feu au Café du Commerce, *Léna. Il était censé avoir confiance en toi.*

Je suis sûre que ses yeux seraient capables de tuer une personne par la simple volonté. Je peux encore prendre mes jambes à mon cou et ne plus jamais revenir, mais je ne suis pas persuadée qu'il s'agisse de la réaction la plus mature qui soit. La bouche aussi sèche qu'un champ de blé au mois de juillet, je me jette à l'eau en frémissant :

— Il y a un malaise et on va le dissiper tout de suite. Je ne suis pas certaine d'avoir pris la bonne décision si je me fie à ton accueil extrêmement chaleureux, Clément, mais je compte vous aider. Parce que je vous connais tous les deux depuis le bac à sable et aussi parce qu'on m'a élevée avec des valeurs d'entraide.

Je déglutis avant de conclure, prête à devoir renfiler ma doudoune :

— Alors, si quelqu'un dans cette pièce, pour une raison ou une autre, ne veut pas de moi ici, qu'il me le dise et m'escorte jusqu'à la porte pour que je comprenne bien le message.

— J'adore quand tu t'exprimes comme ça, souffle Violette. Ça fait très officiel.

— Et moi, j'ai toujours rêvé d'attraper quelqu'un par le col pour le jeter littéralement dehors, enchaîne Rémi. Mais ce ne sera pas toi.

Ils me fatiguent, tous les deux.

Clément me coule un regard oblique.

— Je suis désolé pour hier, Léna. Les mots m'ont échappé.

La rudesse dans sa voix le trahit ; je le soupçonne de ne pas penser une seule seconde ce qu'il vient de dire. Mais au moins, il ne m'a pas sommée de dégager.

— D'accord, alors passons à ce qui nous préoccupe : le restaurant. Je décèle un sacré potentiel.

Le visage de Rémi s'illumine dès que j'énumère les premières choses qui frappent quand on pénètre dans la salle : la cheminée, le plafond cathédrale, le parquet ancien et les murs en pierre.

— On a tous les éléments du traditionnel chalet. Je pense que c'est cet aspect qu'il faut exploiter.

Affalé sur sa chaise, café entre les mains, Clément n'a pas l'air de m'écouter, mais tant pis, je ne vais pas me laisser démonter pour autant.

— Les gens viennent pour bien manger, on est d'accord, mais ils veulent aussi de l'*instagrammable*.

— Mmmh, laisse échapper Rémi, armant un stylo afin de prendre des notes, avant de me demander comment rendre l'endroit esthétique selon les critères des réseaux sociaux.

— Je pense qu'il faut faire stylisé et accueillant à la fois. Ce ne sera pas très compliqué : il suffit de disposer des coussins moelleux sur les chaises et les bancs, quelques bougies et des cadres sur les murs qui évoquent la vie à la montagne.

— Ce serait tout de suite plus chaleureux, m'appuie Violette, en relevant la tête de son portable. Là, c'est un peu l'ennui, votre truc.

Je la remercie discrètement par un hochement de tête. Puis, un peu plus confiante, je continue sur ma lancée :

— J'aimais beaucoup le concept des jeux de société à disposition des clients, dans le restaurant de vos parents…

Clément secoue la tête, dans une sorte de désapprobation incrédule.

— Tu voudrais qu'on trouve le temps d'organiser des soirées jeux ? me demande-t-il, sur le même ton que si je lui avais proposé de donner des cours de danse.

Donc, il écoutait. Et ça aurait trop simple qu'il me facilite la tâche…

— C'est une idée comme une autre. Les clients pourraient… je ne sais pas, moi, profiter d'une pause goûter pour faire une partie de *Triomino* ou feuilleter un livre.

Rémi m'informe qu'ils sont fermés à l'heure du goûter.

— Oh, je lâche, ennuyée. Ce serait pourtant un plus. Et des formules petit déjeuner, vous y avez pensé ?

Les quelques secondes de silence qui s'égrainent valent toutes les réponses du monde.

— On s'était seulement fixés sur les créneaux déjeuner/dîner.

— D'accord, Rémi, je comprends. Il y a quand même matière à réflexion : les skieurs ont envie d'une bonne gaufre ou d'un chocolat chaud après avoir défié la poudreuse. Et les réservations vont vite exploser s'il continue de neiger.

— T'en penses quoi ? demande Rémi à son frère.

— Je croyais que Léna était là pour la déco, pas pour nous présenter un plan marketing complet, assène ce dernier d'un ton cassant.

Comme il ne servirait à rien de m'énerver, je tente d'expliquer le plus calmement possible :

— J'essaie juste de vous filer un coup de pouce. Après, si tu préfères que ta mère soit condamnée à vendre tes pains d'épices à l'année sur les marchés pour vous renflouer, libre à toi.

Avant qu'il puisse me rembarrer, je me lève et me mets à arpenter de long en large la salle dépourvue de décorations de Noël. Un général cherchant à mobiliser ses troupes n'adopterait pas une posture différente.

— Tu veux que je parle déco et uniquement déco, Clément ? OK, pas de problème. Nous sommes le 16 décembre et je ne vois aucun sapin ici. Il n'y a rien qui vous choque, tous les deux ?

— J'y crois pas, souffle Violette. Léna vient de réclamer un sapin.

— Le sapin était prévu, intervient Rémi, mais je suis nul en guirlandes et petites loupiotes.

— Et moi, avec la cuisine, je n'ai pas le temps, se défile Clément.

Je lui rétorquerais bien qu'il ne croule pourtant pas sous les clients, mais mon petit doigt m'alerte qu'il le prendrait mal. Au lieu de quoi, je propose, d'un ton qui se veut enjoué :

— Très bien, les gars. Demain après-midi, j'arrive avec du renfort et on vous refait la déco, sapin compris. Rémi, tu iras acheter tout ce qu'il faut dans la matinée.

Est-ce que je viens vraiment de proposer de décorer un sapin ? Oh seigneur, dans quelle galère est-ce que je viens de me fourrer ?

— Seulement si tu m'accompagnes, Léna. Je te paye pour que tu gères ces choses-là.

Secouant la tête, je lui confie que je ne veux pas être rémunérée.

— Gardez votre argent pour le restaurant.

Je risque un regard en direction de Clément, avant de reprendre :

— D'autant que si vous décidez finalement de servir des petits déjeuners et des goûters, il vous faudra augmenter les heures de présence de Solveig ou embaucher une autre personne.

— On y réfléchira…, lance vaguement Rémi.

Je durcis le ton pour mieux les convaincre :

— Tu sais très bien que les touristes vont affluer d'ici la fin de la semaine. Les pentes blanchissent à vue d'œil et ce n'est que le début.

— Et comme *L'Edelweiss* sera superbe grâce à nous, ils se presseront ici pour manger et la caisse débordera ! complète Violette avec enthousiasme.

Clément se redresse et regarde son frère.

— Elles n'ont pas tout à fait tort, concède-t-il. On pourrait proposer du pain perdu, des gaufres, du lait de poule et des chocolats chauds faits maison.

Ah, c'est pas trop tôt !

— Si tu as besoin d'une testeuse avant de lancer ta formule, tu sais où me trouver, s'emballe Violette.

— D'habitude, c'est Léna, l'experte en lait de poule, se met-il à plaisanter.

Son soudain sourire en coin me prend de court. Tous les reproches dont j'avais envie de l'assommer s'envolent comme par magie, telle une nuée de papillons.

— Autre chose ? me demande Rémi, me faisant émerger de mes pensées.

C'est là que j'aborde le point le plus délicat, celui auquel j'ai pensé avant de venir :

— Oui. Ce soir, vous allez imprimer et placarder des affiches pour annoncer l'inauguration officielle du restaurant.

Clément repose sa tasse sur la table avec fracas. Les papillons retombent brusquement au sol.

— Quoi ?! s'exclame-t-il.

— Tu as bien entendu. Je présume que vous n'avez rien fait de particulier à l'ouverture. Est-ce que je me trompe ?

— Non, m'accorde Rémi. Cela ne nous a pas semblé nécessaire, on est partis du principe que la clientèle du *Café du Commerce* nous suivrait.

Encore faut-il leur donner envie, aux clients…

Ce n'est pas parce que la plupart des gens du village les connaissent depuis toujours qu'ils vont prendre leur voiture et faire quatre kilomètres de route en lacet, de surcroît en hiver, juste pour venir dîner. Je garde ces mots pour moi car je suis là pour leur donner envie d'avancer, pas pour leur asséner des critiques qui ne feraient que les braquer.

— Je comprends. Pourtant, je peux vous affirmer avec certitude que les habitants de Vallenot seront heureux de venir à votre inauguration.

— Est-ce que tu penses à une date en particulier ? m'interroge Rémi.

— Samedi soir.

— Tu peux répéter ? s'étouffe-t-il, au bord de la syncope. Samedi comme le samedi qui arrive dans six jours ?

J'opine du chef.

— Noël ne sera pas encore passé, c'est le meilleur moment.

— Mais ça va tomber en pleine course aux cadeaux ! proteste-t-il, horrifié. Les gens n'auront pas le temps.

Je leur explique que, au contraire, ils seront même satisfaits de pouvoir venir se détendre ici le temps d'une soirée. Et les touristes pourront se mêler à eux.

— Après ça, je parie que vous pourrez vous plaindre du rythme de travail effréné.

Clément se lève pour me faire face.

Voilà, ça y est : il va me dire que je suis géniale, qu'il a commis une erreur en rompant et qu'il vient de retomber amoureux de moi.

— Est-ce que tu es devenue cinglée, Léna ?

Bon, pour la déclaration, on repassera.

— Je fais comment, au niveau des fournisseurs ? continue-t-il. Tu te rends compte de la somme de travail que ça va représenter ?

Je me frotte le front, échafaudant un plan à toute allure.

— Tu t'en sortiras très bien, Clément. Tu pourrais proposer un buffet qui mettrait en avant l'étendue de ton talent et donnerait une idée de ta cuisine. Le but, c'est que les gens repartent en se promettant de revenir dîner très prochainement.

Il soutient mon regard, cherchant visiblement comment me démontrer que j'ai tort et que je ne comprends rien à rien.

— Une fête, moi, je trouve ça méchamment cool ! s'extasie Violette.

— Ouais, ça me semble cohérent, approuve Rémi. J'aime le principe.

À trois contre un, Clément ne peut que s'avouer vaincu.

Quelques minutes plus tard, Rémi nous raccompagne jusqu'à la terrasse qui entoure le restaurant. J'imagine l'endroit aux beaux jours, quand le soleil l'inondera de ses rayons. Le bonheur à l'état pur ! Les clients vont adorer s'y prélasser.

— Je me remets à croire en l'avenir du restaurant, déclare tout à coup Rémi. Merci d'accepter de nous aider.

— C'est une bonne nouvelle. Je redoutais de vous voir baisser les bras face à l'ampleur de la tâche. Ça ne doit pas être simple de devoir tout reconstruire…

Un voile de pudeur tombe sur son visage et il se détourne, faisant mine de scruter les crêtes enneigées.

— Ce n'est pas évident, convient-il. Mais d'un autre côté, c'est toujours intéressant de relever de nouveaux challenges, non ?

Le ronronnement d'un scooter nous fait nous retourner en même temps.

— C'est Lucas ! s'exclame Violette.

Ce dernier ôte son casque et adresse un sourire nonchalant à ma nièce.

— Salut, lui lance-t-il.

Elle semble osciller entre le malaise vagal et la crise d'hystérie.

— Hé, ne tombe pas dans les vapes, je lui chuchote.

J'ai à peine terminé ma phrase qu'elle se dirige vers son ami. Profitant que les adolescents discutent entre eux, Rémi m'entraîne au bas des marches.

— Tu sais, pour Clément…, commence-t-il en se balançant d'un pied sur l'autre.

— Ouais, je sais. Il m'en veut de me mêler de vos affaires.

Mon interlocuteur secoue la tête.

— Non, ce sont des conneries. Quoi qu'il en dise, je sais que tes propositions l'aident à y voir plus clair, lui aussi.

Je laisse tomber un rire sec.

— J'aurais plutôt juré le contraire, vu les signaux qu'il m'a envoyés.

— Il se comporte comme ça parce qu'il a peur. Il veut tout faire pour que le restaurant fonctionne du tonnerre et, paradoxalement, ça le paralyse. Il n'a pas l'habitude que les choses lui échappent à ce point et ça le terrorise.

Je dois afficher une moue perplexe, car Rémi insiste :

— Tu ne dois pas le prendre personnellement, Léna.

Ben voyons.

Mais ce n'est pas le moment de m'engager sur un terrain glissant.

***

113

— Contente d'avoir vu Lucas ? je demande à Violette en conduisant prudemment vers le village.

— T'as même pas idée ! me répond-elle, exaltée. Il est encore plus beau que l'année dernière. Il n'empêche que tu m'as bien baratinée, tout à l'heure.

— J'avais probablement mal compris les infos transmises par Rémi.

Ma nièce esquisse un mouvement de tête outré.

— Mentir pour me faire sortir du lit... T'as conscience que t'en arrives au stade ultime de la misère morale, là ?

Elle se met à trifouiller la radio, cherchant désespérément un titre qui lui plaira.

— Super, marmonne-t-elle, on a le choix entre des émissions régionales pour les vieux ou les CD d'Elvis de Mamie. C'est carrément l'angoisse.

Pour l'embêter, je me mets à fredonner le refrain de *Jailhouse Rock* :

— *Let's rock everybody, let's rock...*

— Arrête, c'est trop ringard. Tu te tapes l'affiche, là !

Je souris en songeant que Violette a considérablement élargi son vocabulaire, depuis l'année dernière quand, à chaque fois que quelqu'un la contrariait, elle l'accusait d'être « dans l'excès ».

— Tu préfères *Don't Be Cruel* ?

— Non, Léna, je préfère que tu te concentres sur la route.

— Je *suis* concentrée.

— OK, alors discutons, ce sera toujours mieux. Clément a toujours des sentiments pour toi, ça se voit.

— ...

— Tu n'as couché avec personne depuis ?

Je fais un écart et manque le fossé de justesse. Violette coule vers moi un regard qui signifie clairement : « Je le savais que tu ne resterais pas concentrée ! »

— Ma vie sex... intime ne fait pas partie de la liste des choses abordables avec toi, je bredouille. Tu es ma nièce.

— J'adore te faire rougir. On arrive, constate-t-elle tandis que nous abordons Vallenot.

— Et nous avons du pain sur la planche, aujourd'hui !

— Oui, on va décorer la maison cet après-midi ! me rappelle-t-elle joyeusement.

Et moi, je dois créer l'affiche pour l'inauguration du restaurant. Rémi m'a demandé de la lui transmettre en fin d'après-midi par e-mail. Comme si elle lisait dans mes pensées, Violette reprend :

— Je trouve que c'est génial tout ce que tu fais pour le restaurant. Ça te rapprochera peut-être de Clément.

Garant la voiture devant la maison de ma mère, je coupe le moteur et, les mains toujours en appui sur le volant, me tourne vers ma nièce :

— Écoute, Violette, je ne fais pas ça pour me rapprocher de Clément. Notre histoire s'est achevée il y a trois mois, c'est du passé. Et de toute façon, j'ai cru comprendre qu'il voit quelqu'un d'autre.

Elle détache sa ceinture, ajuste son bonnet mauve sur ses longs cheveux et laisse tomber son verdict :

— Tu veux que je te dise ce que j'en pense ? C'est quand même la mort d'être aussi beau gosse et d'avoir le cerveau un peu tordu par endroits.

— Merci, Violette ! dis-je en m'esclaffant.

— Je viens d'insulter le mec que tu kiffes et tu me remercies ?

— Je te remercie parce que tu réussirais même à arracher un sourire aux statues de l'île de Pâques. Ce qui n'est pas donné à tout le monde…

Une fois à l'intérieur de la maison, je tente de filer discrètement dans ma chambre pour éviter de subir un interrogatoire. Mais ma mère m'attend déjà dans le couloir d'entrée.

— Alors, qu'est-ce que ça a donné ? s'enquiert-elle comme si je venais de passer un examen déterminant pour mon avenir.

Violette s'assoit dans l'escalier pour ôter ses bottes tout en énonçant calmement :

— Clément l'aime toujours, mais comme il est un peu bête, il fait celui qui la déteste.

— Ce n'est pas ce que ma mère voulait savoir, Violette.

— Bien sûr que si, répond ma nièce en haussant une épaule. Bon, je vous laisse, je vais réviser un peu. La star n'est pas là ?

— La star ? répète Maman.

— Violette veut parler d'Emma-Lou.

Ma mère arque un sourcil de surprise.

— Elle est chez Mamie, elle déjeunera là-bas. Mais pourquoi « la star » ?

Violette s'est déjà engouffrée à l'étage, me laissant expliquer le pourquoi du comment.

9

— T iens, Léna, tu peux le poser sur le rebord de la fenêtre ? me demande ma mère en me tendant un Père Noël joufflu.

Je m'exécute avec un soupir de martyr. Pour une fois que j'étais motivée en matière de décorations de Noël, mes neurones s'efforcent de me convaincre que je pourrais faire mille autres choses bien plus utiles, comme ruminer sur le comportement de Clément, ou encore sur les soucis de mon père.

Affichant un sourire forcé, j'observe Violette et Emma-Lou qui mettent une grande application à démêler une guirlande lumineuse.

— Je compte sur vous pour m'aider à faire le sapin à *L'Edelweiss*, demain. Je vois que vous vous débrouillez comme des chefs !

Les filles semblent alors prendre conscience simultanément qu'elles ne se sont pas regardées en chiens de faïence depuis au moins vingt minutes. La première laisse tomber son côté de la guirlande en annonçant à la seconde :

— Tiens, je te laisse terminer. Je vais lancer ma playlist.

Mes sens se mettent aussitôt en alerte.

— Ne me dis pas que c'est la même que l'année dernière ! je m'écrie d'un ton suppliant.

— J'ai enlevé les chansons de Tino Rossi. Celles-là, c'était surtout pour faire plaisir à Papa. Pour le reste, c'est identique, me nargue ma nièce.

Elle a laissé Mariah Carey. Sortez-moi de cet enfer, par pitié !

Ma mère rit tout en remplissant ses vases d'un mélange de branchages et de houx.

— Tu vas nous la faire fuir, ma minoune.

Violette redresse subitement la tête, comme si elle avait été piquée au vif.

— Arrête de m'appeler comme ça devant…

Mais elle ne termine pas sa phrase, elle n'en a pas besoin. Pourtant, Violette n'avait encore jamais protesté en entendant le surnom que ma mère lui donne depuis toute petite. L'aversion qu'elle semble nourrir vis-à-vis de notre cousine m'attriste et je m'enfonce pensivement dans le canapé. Maman et moi avons essayé d'avoir une discussion avec Violette ce midi, puisque nous avons mangé toutes les trois en compagnie d'Antoine. Nous avons souligné à quel point Emma-Lou doit traverser une période difficile, entre les problèmes de ses parents et sa phobie scolaire. Sans compter Catherine qui la déstabilise plus qu'autre chose.

— D'ailleurs, je me demande pourquoi sa grand-mère la casse comme ça, devant tout le monde, nous a fait remarquer ma nièce.

— Parce que tu estimes faire mieux ? lui ai-je demandé.

Elle a haussé les épaules avec désinvolture.

— Moi, je suis une ado, c'est normal. C'est notre façon de faire connaissance. Mais sa propre grand-mère, ça craint ! Elle est censée la porter aux nues, non ?

Attendrie, Maman lui a planté un baiser sur le crâne.

— C'est vrai, lui a-t-elle répondu en souriant. Pourtant, Catherine n'est pas méchante. Elle aime juste que les choses se déroulent à sa manière. Je ne suis même pas certaine qu'elle se rende compte à quel point ses paroles peuvent parfois être blessantes.

Violette nous a alors promis de faire des efforts (j'ai failli la faire jurer sur la tête d'Harry Styles avant de me souvenir qu'elle ne l'écoute plus), reconnaissant qu'en effet, « ça doit être trop la révolution dans la tête d'Emma-Lou ».

Alors, déjà envolées, les bonnes résolutions ? Cela étant, je me souviens qu'à seize ans, mon enthousiasme était plutôt modéré quand mes parents m'affublaient en public de petits surnoms affectueux.

— Qu'est-ce que tu as, Léna ? s'enquiert ma mère. Tu as l'air perdue dans tes pensées.

À travers le portable de Violette, Mariah Carey s'égosille en suppliant son petit ami de rentrer à la maison parce que c'est Noël. Les filles se déhanchent tout en m'adressant des sourires diaboliques, et accrochent les ornements dans le sapin, poussant la voix le plus haut possible pour tenter d'imiter la chanteuse.

Les pestes !

— Oh, je ne pense à rien de particulier. J'envisage juste de m'enfoncer des tournevis dans les tympans.

Joignant mes mains au-dessus de ma tête, je m'étire longuement. Et soupire de soulagement lorsque la musique enchaîne sur Frank Sinatra. Mon ordinateur portable est resté ouvert sur la table basse et ma mère jette un coup d'œil à l'affiche de l'inauguration que j'ai dessinée après le déjeuner. Une photo du restaurant, les cimes enneigées à l'arrière-plan et des couleurs vives pour annoncer l'événement, en insistant sur la gratuité.

— Elle est très réussie, me complimente-t-elle. Ça attire l'œil immédiatement. Au fait, est-ce que je t'ai dit que les Baudry vendaient leur affaire ?

— Tu es sûre ?

J'ai du mal à dissimuler ma stupéfaction. Hugo Baudry tient le restaurant situé juste à l'entrée du village. Et le moins qu'on puisse dire, c'est que ça n'a jamais été le grand amour entre Clément et lui. Hugo envoyait régulièrement ses enfants photo-graphier la carte du *Café du Commerce*, pour ensuite proposer des plats similaires. Sauf que, contraire-ment à Clément, il ne cuisinait qu'avec des pro-duits surgelés, ce qui lui permettait d'afficher des menus moins chers. L'année dernière, Clément en a eu marre et est allé lui dire le fond de sa pensée. Je me souviens être arrivée au moment de l'em-poignade, mais les choses en sont heureusement restées là.

— Ce n'est qu'une rumeur, reconnaît ma mère, mais tu sais la vitesse à laquelle ça se propage. L'info viendrait du cabinet de Lyne, car Hugo serait allé se renseigner, alors bon... En tant qu'agent immobilier, elle est bien placée pour savoir qui vend.

Lyne. Impossible de songer à elle sans que cela m'évoque désormais notre triste passé familial. Lyne, qui a vu sa mère plonger dans une profonde dépression quand mon père a mis un terme à leur histoire, peu après le décès de mon grand-père. Lyne, que la vie a rendu si acerbe.

— Tous les racontars partent de chez Lyne, non ? ne puis-je m'empêcher de plaisanter.

Au moment où je prononce ces mots, une idée prend sa source dans un sombre recoin de mon cerveau et, malgré toutes mes tentatives pour l'étouffer dans l'œuf, elle parvient à se frayer un chemin jusqu'à mon estomac, où elle s'épanouit sous la forme d'une boule d'angoisse.

C'est forcément Lyne qui a laissé courir la rumeur. C'est elle qui a insinué que j'étais responsable de l'incendie. Cette femme a le cœur aussi glacé que l'hiver et elle me déteste tant que je suis étonnée de ne pas y avoir pensé plus tôt.

— T'as vu comme ça déchire, Léna ?

J'adresse un vague sourire à Emma-Lou qui s'agite devant moi. Elle me désigne le sapin avec fierté tandis que Violette le photographie sous toutes les coutures, essayant d'écarter Memphis toutes les deux secondes. Le chien semble trouver l'arbre très à son goût et le renifle en sautillant autour.

— Il est magnifique. Mais il le sera moins quand Memphis aura fait pipi dessus.

Lyne. C'est Lyne qui a ruiné mon histoire avec Clément. La garce.

— Mon chien ne ferait jamais une chose pareille ! le défend ma mère, avant de pivoter vers Violette et Emma-Lou. Vous avez bien mérité une petite pause, les filles. J'ai préparé une nouvelle fournée de biscuits avec des beaux glaçages, vous en voulez ?

Je décline d'un mouvement de la tête. J'ai besoin de bouger et de trouver une occupation pour ne pas débarquer à l'agence immobilière et y laisser éclater ma rancœur.

— Je vais plutôt aller voir Papa. Je veux essayer de le cuisiner au sujet de tu sais quoi, j'ajoute en baissant le ton.

— Ça va, je ne suis pas un bébé ! s'offusque Violette en se tournant vers moi. Tu peux appeler une murge une murge. Je peux venir avec toi ? La dernière fois que Mamie a fait des biscuits, elle les a oubliés dans le four. C'était infect. Je ne veux pas mourir empoisonnée.

Amusée, et habituée à ce genre de récriminations, ma mère secoue la tête.

— Ton père m'a envoyé un texto. Il dit que tu dois réviser *Le Cid*.

— Non, mais ce n'est pas possible ! fulmine-t-elle. Tu parles de vacances ! C'est le bagne, oui !

Emma-Lou la considère un instant, l'ombre d'un sourire passant sur ses traits.

— Je peux t'aider si tu veux. J'ai adoré cette pièce.

Indécise, Violette hésite une seconde. Finalement, elle réagit comme elle sait si bien le faire, avec emphase :

— Entre de la musique de vieux et des livres qui datent de la préhistoire, t'as de drôles de centres d'intérêt, sérieux !

— On est plutôt après la Renaissance, rectifie Emma-Lou en serrant les lèvres pour ne pas laisser filtrer son amusement.

— Non, mais *Le Cid*, quoi ! insiste ma nièce. C'est la mort.

Menton levé, ma mère se met alors à déclamer :

— *Ô rage ! Ô désespoir ! Ô vieillesse ennemie ! N'ai-je donc tant vécu que pour cette infamie ?*

Violette a beau se mordre l'intérieur des joues, elle ne peut plus résister au fou rire général qui monte dans le salon.

— Allez, je file, dis-je en attrapant mon manteau. À plus tard !

C'est Catherine qui m'ouvre la porte de chez ma grand-mère. Elle est toujours très élégante, vêtue d'un pantalon noir à la coupe impeccable et d'un pull blanc en cachemire.

— Bonjour, Catherine ! Mamie est sortie ?

— Non, me répond-elle. Elle est dans la buanderie, avec le SDF. Il répare la machine à laver.

Je suis sur le point de lui rappeler que le SDF a un prénom, mais des protestations outrées nous parviennent de la pièce consacrée à la lessive.

— On n'y voit rien du tout là-dedans, il fait noir comme dans le cul d'un ours ! Éclaire-moi, bon sang.

— Je voudrais bien, riposte ma grand-mère, mais ta tête prend toute la place !

Je devrais peut-être revenir plus tard. Et si je saisissais plutôt l'occasion pour essayer d'apprendre à mieux connaître Catherine ? Cette dernière s'assoit dans un fauteuil et son chat Oscar vient immédiatement se pelotonner sur ses genoux. Tout en m'installant sur une chaise face à elle, je lui fais remarquer qu'il n'a pas l'air perturbé d'être ici.

— Il est plutôt tranquille, confirme-t-elle. Tant qu'il a ses croquettes et des papouilles, il n'en demande pas plus.

Indifférent, l'animal lève la patte arrière pour commencer sa toilette.

— Et vous, Catherine, vous vous plaisez ici ?

Elle secoue fermement la tête.

— Je ne me sens bien qu'en ville. La montagne, ce n'est pas ma tasse de thé. Je n'ai jamais été avide des coins reculés.

— Vous avez pourtant grandi ici.

— Ta grand-mère oui, mais pas moi.

Frappée par la sensation d'avoir fait une gaffe, je me mordille la lèvre inférieure. J'avais oublié qu'elles sont seulement demi-sœurs.

— Tu peux me tutoyer, tu sais, reprend-elle d'un ton aimable. Je sais bien que les circonstances n'ont pas facili…

La voix tonitruante de Lulu l'interrompt, grondant à nouveau :

— Jamais de la vie, Jacotte ! Quand je dis non, c'est non.

Je fronce les sourcils.

— Ça a l'air de chauffer, dans la buanderie.

— C'est comme ça depuis tout à l'heure, soupire Catherine d'un air blasé. Ils n'arrêtent pas de s'engueuler, impossible de me concentrer sur ma lecture. Je suis en train de relire *Le Salaire de la peur*. Tu connais ?

— J'en ai un peu entendu parler.

Elle se redresse sur le fauteuil et se penche vers moi, obligeant Oscar à sauter de ses genoux d'un bond. Pour se consoler, l'animal file en direction de sa gamelle de croquettes.

Sérieuse comme un pape, Catherine me révèle :

— Figure-toi que l'auteur de ce roman a un temps été soupçonné d'avoir assassiné son père, sa tante et leur bonne.

— Ah oui ?

Je ne vois pas pourquoi elle me raconte cette histoire, mais par politesse, je l'écoute.

— Au terme d'un procès mouvementé, il a été innocenté. Le *vrai* coupable n'a jamais été identifié, mais les doutes ont quand même demeuré. À mon avis, c'est bien lui qui les a zigouillés et il ne doit qu'à la chance d'être passé à travers les mailles du filet.

— J'ignorais tout ça.

— Si ça se trouve, ce vieux vagabond que ton oncle héberge est de la même trempe, souffle-t-elle. On voit de tout, dans les campagnes.

Son regard déterminé soutient le mien lorsqu'elle se met à évoquer l'affaire Dominici, qui s'est déroulée à moins de cent kilomètres d'ici. Je ne le sais que trop bien, puisque dès que mon frère a obtenu son permis de conduire, il m'embarquait l'été, avec sa bande de copains et nous jouions à nous faire peur aux alentours de la ferme rendue célèbre par le triple assassinat d'un Lord anglais et de sa famille. Nous n'en menions pas large à l'époque, car l'endroit bordé par la nationale et la voie ferrée était alors complètement à l'abandon, sans toiture, livré aux quatre vents.

Ma grand-mère et Lulu entrent dans le salon au moment où je rappelle à Catherine que les faits se sont déroulés dans les années cinquante et que, depuis, aucun autre meurtre de ce genre n'a défrayé la chronique dans le coin.

— Eh bien, vous avez la conversation joyeuse, toutes les deux, ironise le vieil homme.

Son air contrarié ne m'échappe pas.

— Quelque chose ne va pas ? On vous a entendus vous chamailler.

Ma grand-mère balaie ma question d'un revers de la main.

— Laisse-le. Monsieur est de mauvaise humeur, alors il le montre en tirant la tronche.

Je me risque à demander si c'est à cause de la machine à laver.

— Non, pour la machine, c'est encore ton père qui n'avait pas vidé ses poches et des pièces de cinq centimes sont allées se fourrer là où il ne fallait pas. J'ai seulement eu le malheur de téléphoner à Jean-Luc, le petit-fils d'une amie. C'est lui qui fera le DJ pour la soirée du 31 décembre et…

La soirée du 31 décembre…

Chaque année, la famille de Clément sert le repas du réveillon organisé par le comité des fêtes. C'est à cette occasion que, l'an dernier, mon histoire avec Clément a pris une tournure plus intime. J'agrippe

126

le rebord de la table à m'en faire blanchir les jointures des doigts et je dois me faire violence pour garder une contenance face à un afflux de souvenirs dévastateurs.

Il n'y a rien de plus trompeur que les souvenirs. S'ils surviennent avec une apparence doucereuse, des centaines de griffes acérées se cachent sous leur surface. Elles sont là pour nous lacérer lentement le cœur en nous rappelant qu'il ne tenait qu'à nous de savourer ces instants à la beauté si parfaite.

— … juste demandé d'intégrer à la soirée la chanson de *Grease*.

Je n'ai pas écouté la moitié des explications de ma grand-mère. Je parviens tout de même à déduire :

— Et il n'a pas voulu, c'est ça ?

— Bien sûr que si, c'est ce que j'étais en train de te dire. Mais c'est l'autre tête de mule, là, s'emballe-t-elle en désignant Lulu. Il refuse de la danser avec moi pour l'occasion.

— Et alors ? rétorque l'incriminé. Tu vois pas qu'on se casse la figure et qu'on se retrouve tous les deux les quatre fers en l'air ? On sera malins, tiens !

— Un vieux chien grincheux, voilà ce que tu es ! lui lance ma grand-mère.

— Tu me casses les noisettes, Jacotte. Tu devrais déjà t'estimer heureuse que j'aie accepté d'intégrer la chorale ! déclare Lucien avant de prendre son manteau et de partir en claquant la porte.

Faut pas l'énerver, le Lulu !

Un silence stupéfait prédomine un court instant, avant que Catherine souligne :

— Si ce n'était pas une dispute de couple, ça y ressemble.

— Tu dis n'importe quoi, la rembarre ma grand-mère. Moi, en couple avec un ronchonneur pareil ? Non merci !

— Franchement, persiste sa cadette, je ne vois pas ce que tu lui trouves. En plus il est chauve comme un genou.

Avant que la conversation ne vire à la querelle, je demande où est mon père.

— Il est dans la remise avec Xavier, me répond Mamie. Ils sont en train de retaper mon vieux Solex.

Mes yeux s'agrandissent d'horreur.

— Tu comptes reprendre du service ?

Ils ne vont quand même pas la laisser faire ? Il faut savoir que ma grand-mère était un vrai danger public au guidon de son Solex, du genre à foncer droit devant elle pour atteindre son but, sans se soucier de savoir ce qui pouvait se dresser sur son chemin. Mon grand-père lui a confisqué son « engin du diable » au printemps 1990, quand l'ancien curé s'est jeté dans une flaque d'eau pour éviter d'être percuté par Mamie.

— Non, mais il sera bien utile à Lucien pour qu'il se déplace aux beaux jours, m'explique-t-elle. S'il arrête de bouder d'ici là… On boit un café ?

— Je vais le préparer, Mamie.

Dans la cuisine, je suis accueillie par les cris affolés des inséparables.

— On se calme, les gars, je ne vais pas vous donner à manger au chat.

Apparemment, c'est pire quand je leur parle, car ils s'agitent frénétiquement, comme si leur vie était réellement menacée. La porte qui donne sur le jardin s'ouvre à l'instant où je mets le filtre dans la cafetière.

— Oh, Léna ! s'exclame Xavier, avec de joyeuses inflexions dans la voix.

Je réponds du même ton :

— Ça me fait plaisir de te voir ! J'ai l'impression que nous n'avons fait que nous croiser jusqu'ici.

— C'est vrai. Cela fait quatre jours que tu es ici et nous n'avons pas vraiment eu l'occasion de discuter. Comment est-ce que tu vas, ma grande ?

Je triture nerveusement un fil qui pendouille au bas de mon pull.

— Plutôt bien, dans l'ensemble.

— Et en dehors de l'ensemble ?

En dehors de l'ensemble, je viens de me rendre compte que Lyne a propagé les pires rumeurs sur mon compte et que ça a sûrement motivé Clément à me larguer.

Ce constat me rend le gâchis de notre histoire encore plus cruel.

— Je me fais du souci pour Papa.

Mon oncle hoche doucement la tête, en silence.

— C'est vrai que la situation avec ton père est délicate.

— Est-ce qu'il t'a confié quelque chose ?

Ma question est nulle, car en tant que prêtre, Xavier a l'habitude de garder les secrets dont on lui fait part. Et comme il ne sait pas mentir, en général, il se débrouille toujours pour contourner les questions gênantes.

— Pour te répondre avec le plus d'exactitude possible, je dirais que je n'ai pas très bien compris ce qui l'a poussé à se mettre dans un tel état, le soir où je l'ai retrouvé devant le cimetière.

Voilà, merci, Tonton.

— Tu n'as aucune idée du genre de choc qu'il a pu subir ?

Derrière les barreaux de leur cage, les deux oiseaux se remettent à m'invectiver. Je les désigne d'un mouvement du menton.

— Ils m'insultent pour te faire subir cet interrogatoire.

Xavier esquisse un large sourire, tandis que la cafetière filtre le café dans un tel vacarme qu'on la croirait possédée par l'esprit d'un Dark Vador agonisant d'une bronchite.

— Ton père ne m'a rien dit, Léna. Je pensais qu'en étant présent sans lui poser de questions, il se confierait à moi, mais pour l'instant, ça ne s'est pas encore produit.

— Mince… Pour qu'il garde le silence même avec toi, c'est que ça doit être un truc grave, quand même.

Aurait-il été témoin d'un meurtre ? Ou de malversations financières au sein de sa compagnie d'assurances ?

Non, non, non. Je ne dois pas me laisser contaminer par Catherine et sa passion pour les faits divers sordides.

— Tu devrais lui apporter une tasse de café, me suggère Xavier.

J'approuve aussitôt. Peut-être qu'un tête-à-tête improvisé avec sa fille lui déliera la langue. Après tout, c'est ce qui a failli se produire après notre dîner au *Panoramic*, avant que Rémi ne débarque.

— C'est une bonne idée. En revanche, tu vas devoir prendre ma place auprès de Mamie et Catherine.

— Elles n'y verront que du feu, m'assure-t-il en riant.

Emmitouflée dans ma doudoune, j'avance d'un pas prudent, les deux mugs pleins entre les mains, vers le fond du jardin. Le vélomoteur orange est mis sur béquille et a été si bien lustré qu'il semble presque flambant neuf. Je trouve mon père dans la remise, en train de s'essuyer les mains avec un chiffon.

— Café ? je propose en lui tendant une tasse fumante.

— Je ne dis pas non, me répond-il avec un sourire tranquille. C'est gentil de prendre soin de ton vieux père.

— Il fait un froid de canard, je constate, parcourue d'un frisson. Je ne sais pas comment tu supportes de bricoler par ce temps.

Il hausse les épaules.

— Je suis bien couvert. Et puis ça m'occupe.

Allez, c'est l'occasion ou jamais.

— Papa, est-ce que je peux te poser une question ?

À la méfiance que je lis dans son regard, je devine qu'il se doute du sujet que je compte aborder.

— Tu viens de le faire, se débine-t-il.

— Ta remarque pourrait être digne de Violette. T'as la lose, là ! je lance en singeant ma nièce.

— Arrête, c'est trop de la balle ! enchaîne-t-il en s'esclaffant.

— Ouais, le kiff intégral.

Reprenant notre sérieux, nous avalons une gorgée de café.

— N'empêche, j'adorerais avoir encore seize ans, m'avoue-t-il tout à coup.

Je secoue la tête, effarée par cette idée.

— Pas moi. Les boutons d'acné, les râteaux avec les mecs, les devoirs de physique et les cours d'EPS… Je suis bien contente d'en avoir fini avec tout ça.

Quoique, en ce qui concerne les râteaux avec les mecs, on ne peut pas vraiment dire que ça se soit amélioré avec le temps.

— Quand même, cette insouciance me manque. Alors, c'était quoi ta question ?

— Eh bien, je me demandais…

— Trop cool, une Mobylette !!! Je peux l'essayer ?

L'exclamation qui manque de nous percer les tympans provient de la bouche de Violette, qui fait irruption en compagnie de Memphis. Le chien pose ses deux pattes avant sur mes tibias et sautille joyeusement sur place, comme s'il ne m'avait pas vu depuis des mois. L'occasion de faire parler mon père vient de me passer sous le nez.

10

L e lendemain, en début d'après-midi, je récupère Violette et Emma-Lou après une matinée de shopping en compagnie de Rémi. Je suis vraiment satisfaite de ce que nous avons déniché pour égayer le restaurant et j'ai hâte de voir le résultat. Enthousiaste comme jamais, j'explique point par point aux filles comment nous allons procéder, et à mon grand plaisir, elles poussent des petits cris d'approbation.

— Cerise sur le gâteau : Rémi a commandé une paire de skis pour fixer au mur. Elle sera livrée mercredi.

— Ça va déchirer à mort ! prédit Violette.

Dehors, la vallée est toujours scintillante de neige, ce qui est de bon augure pour la saison touristique. Comme convenu, Clément et Rémi, aidés de leurs amis, ont placardé l'annonce de l'inauguration à travers tout le village et ils ont laissé quelques flyers à la mairie et dans les commerces voisins. Ils possèdent désormais toutes les cartes en mains pour réussir.

Assises dans la voiture de mon père, les filles sont à présent silencieuses. Violette a ses écouteurs enfoncés dans les oreilles. À force de voir cette dernière secouer doucement la tête au rythme de la musique, Emma-Lou se décide soudain à lui demander ce qu'elle écoute.

— Laisse tomber, c'est trop moderne pour toi, lui rétorque Violette.

Comme je lui assène une petite tape sur le genou, elle lui répond finalement qu'elle écoute Eddy de Pretto.

— Oh, mais je le kiffe trop, lui ! s'écrie Emma-Lou, la voix empreinte d'adoration.

Étonnée, Violette se retourne vers elle.

— Ah ouais, tu connais ?

Notre cousine hoche la tête.

— Je peux ? ajoute-t-elle en désignant une oreille.

Ma nièce lui prête un de ses écouteurs.

— Moi, je ne connais pas.

Je vais encore passer pour une vieille, mais tant pis.

Le regard que les adolescentes échangent en dit long sur ce qu'elles pensent de ma date de péremption. Désireuse de me remettre au goût du jour, Violette se met à fredonner :

— *Je suis prêt à perdre pied, je prends le risque de toi…*

Emma-Lou enchaîne aussitôt :

— *Et quand ? Et quand ? Dis-moi seulement quand, à deux nous ferons qu'un.*

Je sens que mon sourire devient crispé. C'est officiel, je vais débarquer au restaurant avec le moral enfoncé à mille pieds sous la neige.

— Stop ! réagit tout à coup Violette. Je suis sûre qu'à Léna, ça lui rappelle trop Clément.

— Non, non, ça va.

Tirez-moi une balle dans le cœur.

— C'est qui, Clément ? veut naturellement savoir Emma-Lou.

Violette n'attendait que cette occasion pour se lancer dans un exposé complet de la situation.

— C'est son ex. Ils se connaissent depuis toujours mais ils ont mis des années avant de conclure.

— Ah ouais ?

La curiosité d'Emma-Lou semble avoir atteint son paroxysme. Elle sort de son sac un paquet de petits bonbons colorés et commence à les gober les uns à la suite des autres, comme du pop-corn devant un bon film.

— Entre eux, reprend Violette d'un ton mélodramatique, c'était l'amour vrai, intense, celui qui t'empêche de respirer et tout le bazar…

Je réprime un soupir et jette un œil dans le rétroviseur pour me garer en marche arrière. Emma-Lou est brusquement devenue blême. Cela ne perturbe pas ma nièce, qui continue :

— Et, du jour au lendemain, il l'a larguée comme une merde. La lose intersidérale.

C'est sûr que résumé ainsi, ce n'est pas très glorieux.

Nous sortons de la voiture et cheminons en direction du restaurant en tentant d'éviter les plaques de verglas qui semblent faire corps avec le sol. Emma-Lou, qui n'a pas l'habitude, s'accroche à moi.

— Il ne te manque pas ? me demande-t-elle d'une voix ténue.

Si, affreusement.

— Comment veux-tu qu'il me manque ? Je le vois tous les jours, en ce moment, dis-je avec dérision.

La jeune fille secoue la tête, cherchant à exprimer sa pensée de façon plus claire.

— Ce que je veux dire, c'est que, en dépit du mal qu'il t'a fait, parfois tu n'as pas envie de retrouver la chaleur de ses bras, de l'embrasser ou juste d'être contre lui pour respirer son parfum ?

Oh. Zut. Je parierais qu'Emma-Lou a récemment connu son premier grand chagrin d'amour.

— C'est vrai, ça ! lance Violette. Ça doit te faire bizarre de ne plus pouvoir lui rouler une pelle quand vous êtes dans la même pièce.

Je m'esclaffe pour faire bonne mesure.

— Je vais vous confier un truc, les filles. Les mecs, au quotidien, c'est parfois une plaie : la nuit, ça ronfle. En fin de journée, ils ont des odeurs corporelles douteuses. Quand ils sont entre potes, ils poussent des cris de guerriers vikings si leur équipe favorite joue un match important, mais ils tremblent de peur au moindre rhume, persuadés d'avoir un cancer des sinus. Non, franchement, ce n'est pas sinécure.

Violette lève les yeux au ciel.

— Tu es en train de virer aigrie, Léna. Il va vraiment falloir que tu te trouves un nouveau mec.

Puis elle se tourne vers Emma-Lou pour lui expliquer que Lucas sera également présent au restaurant.

— Lui, pas touche, précise-t-elle. C'est chasse gardée.

Notre cousine hausse les épaules avant de déclarer, désenchantée :

— Moi, les mecs, tu sais…

— T'es lesbienne ? se méprend Violette.

— Non. C'est juste que je suis plutôt d'accord avec Léna.

— Génial… Deux blasées pour le prix d'une !

— Qui est blasé ? demande Rémi, qui nous attendait sur la terrasse de *L'Edelweiss*.

— Les deux vieilles chouettes qui me tiennent respectivement lieu de tante et de cousine, lui répond ma nièce en s'engouffrant dans le restaurant.

***

— J'avais raison, ça déchire à mort ! s'exclame Violette près de trois heures plus tard, tandis que Rémi et Clément achèvent d'accrocher de fins voilages rouges aux fenêtres.

Je recule un peu et la vue d'ensemble me tire un sourire de satisfaction. Nous avons accompli un joli travail ! Les chaises sont désormais agrémentées de coussins qui rappellent la couleur des rideaux et nous avons laissé les tables de bois nues pour le côté rustique. Sur l'un des murs, nous avons accroché un pêle-mêle de photos représentant la montagne et Vallenot au début du XXe siècle, à l'époque où nos ancêtres, le teint buriné par le travail au grand air, devaient subir les conditions météorologiques sans chasse-neige ni voitures, ni 4G pour communiquer.

J'ai laissé Clément se percher sur un escabeau pour faire courir une guirlande de houx le long de la poutre centrale du plafond et, parti sur sa lancée, il a suspendu à l'entrée une petite clochette qui évoque celle que les vaches et les ânes arborent en montagne. Enfin, au fond de la salle, quand Violette n'était pas occupée à rappeler sa présence à Lucas en rejetant frénétiquement ses cheveux en arrière ou en riant bruyamment à la moindre occasion, elle a décoré avec le jeune homme et Emma-Lou l'immense sapin que Rémi a acheté ce matin. Les guirlandes lumineuses dont ils l'ont paré créent un véritable cocon de douceur.

— Je crois bien que les clients ne vont plus vouloir repartir ! je déclare en contemplant l'ensemble.

Clément laisse flotter un regard vers moi, dans lequel je crois déceler une pointe de tendresse. L'émotion me fait vraiment imaginer n'importe quoi. Pourtant, un frémissement me parcourt lorsqu'il m'adresse un sourire tranquille.

— Merci, Léna.

Waouh. Voilà deux mots que je n'aurais jamais cru entendre dans la même phrase !

— Bon, je dois m'occuper de ma sauce aux champignons, reprend-il en partant en direction de la cuisine, avant que j'aie réussi à chasser la boule logée dans ma gorge.

— Je suis obligé d'y aller aussi, annonce timidement Lucas à Violette. On se revoit dans la semaine ?

Je n'entends pas la réponse de ma nièce car la porte s'ouvre énergiquement sur une jolie jeune femme au visage avenant.

— Salut, tout le monde ! lance-t-elle à la cantonade, un magnifique sourire scotché aux lèvres. Je me suis trompée de restaurant, ou quoi ? C'est superbe, comme ça !

Rémi nous présente Solveig et pendant qu'il lui explique que je suis en partie responsable de ce changement, je rumine intérieurement. Parce que Solveig, en enlevant son bonnet, dévoile une cascade d'épais cheveux blonds qu'elle relève en un parfait chignon sans même se regarder dans un miroir pour s'aider. Parce qu'elle a des yeux bleus si lumineux qu'on ne peut que tomber sous son charme. Parce que son sourire époustouflant adoucit les contours un peu prononcés de sa mâchoire. Parce qu'en plus elle a le teint doré et frais, et une silhouette athlétique. Solveig est une publicité vivante pour un mode de vie sain, le genre de nana que tout le monde trouve *for-mi-da-ble*. Si j'étais un homme, je serais irrémédiablement attiré par elle.

Et elle travaille pour Clément, qui avait un mystérieux rencard l'autre soir.

Je suis jalouse et ça me fait fulminer de réagir de la sorte.

Ah, crotte ! Arrête de t'apitoyer sur ton sort !

Je dois me reprendre car j'ai l'impression de la toiser avec toute la bienveillance d'un boa constrictor, la pauvre ! De manière très mécanique, je lui demande si elle est du coin, puisque je ne l'avais encore jamais vue auparavant.

— Pas du tout, me répond-elle d'une voix chaleureuse. Je suis en formation pour devenir monitrice de ski. Et j'arrondis mes fins de mois en bossant ici.

Mon cerveau n'arrête pas de l'imaginer entre les bras de Clément. Le pire, c'est qu'ils feraient un beau couple, tous les deux ! Violette me rappelle que nous devons partir, ce qui a l'avantage de mettre un terme à ma séance d'automutilation mentale.

***

Ma grand-mère referme d'une main experte la porte du réfrigérateur et me scrute avec inquiétude.

— Ça me fout en l'air quand je te vois triste, Léna. Qu'est-ce qui se passe ?

— Mais laisse-la donc, rouspète Lulu, les deux mains plongées dans l'évier à vaisselle. Tu te fais du tracas pour tout le monde.

Essuyant un plat à gratin, je n'ai pas le temps de répondre car Mamie prend un air menaçant.

— Toi, tu ferais mieux de t'occuper de tes affaires, assène-t-elle.

Le vieil homme lève les bras en faisant mine d'être vaincu.

— J'ai compris le message, je n'ouvrirai plus la bouche jusqu'au dîner.

— Ce sera du chou farci, précise ma grand-mère.

Lulu penche la tête sur le côté et se gratte pensivement le crâne.

— Du chou farci...

Il esquisse une affreuse grimace qui me fait pouffer de rire.

— Je ne peux pas plutôt avoir un plat végétarien, comme l'autre petite ?

Excédée, ma grand-mère prend une courte inspiration avant d'exhaler bruyamment tout l'air contenu dans ses poumons.

— Tu verras, quand tu seras en EHPAD, s'ils te servent des bons petits plats ! En attendant, tu tâcheras de ne sortir aucune blague de mauvais goût devant ma sœur et tu y vas mollo sur le saucisson aux noix.

— Mais pourquoi tant de haine en une seule femme ? gémit-il de façon théâtrale.

J'éclate de rire.

— Vous êtes trop drôles tous les deux, dis-je en me laissant tomber sur une chaise.

— Si au moins on a pu te redonner le sourire, déclare Lucien en souriant à son tour.

— Allez, raconte-moi ce qui te tracasse, ma chérie, m'enjoint ma grand-mère. C'est ton père ?

Je ferme les yeux une poignée de secondes, profitant du calme qui règne à présent que la maison est vide. Catherine et les filles sont parties faire un tour dans le village et mon père bricole à nouveau dans la remise. Même les inséparables se sont tus.

— Laisse-moi savourer un instant ce moment de grâce, Mamie.

— C'est vrai que c'est silencieux d'un coup, approuve Lulu en entamant les mots croisés du journal local.

J'inspire les arômes mêlés du café et du strudel aux pommes que Catherine a préparé pour ce soir et me lance dans un grand déballage :

— Maman m'a appris que des rumeurs ont couru sur moi, après l'incendie.

Je n'ai pas besoin de préciser quel incendie, puisque le village n'a rien connu de semblable depuis la destruction du *Café du Commerce*.

— Des rumeurs ont couru sur un peu tout le monde, réplique ma grand-mère.

— Oui, mais je crois que Clément a rompu parce qu'il a douté de moi.

Elle ne parvient pas à dissimuler sa surprise.

— Tu es sûre ? Josse ne m'en a jamais parlé.

Je lui explique le comportement de Clément vis-à-vis de moi depuis mon retour ici.

— Il est en colère et ça me mine.

— Alors lui, quand les andouilles voleront, il sera chef d'escadrille, commente Lulu, le nez toujours plongé dans le journal.

Mamie pousse un imperceptible soupir.

— Cela m'étonne que Clément ait pu croire ça ! Il est en colère, tu dis ?

— L'autre soir, il m'a balancé que le simple fait de me voir lui posait problème.

— Je pense que tu devrais crever l'abcès une bonne fois pour toutes, Léna.

Mâchouillant son crayon, Lulu opine silencieusement du chef.

— Je ne sais même pas comment m'y prendre. Il est parfois si opiniâtre que c'est dur de trouver les mots.

Un mince sourire se dessine sur les lèvres de ma grand-mère.

— Eh bien, si tu ne trouves pas les mots, un conseil, ma chérie : débarque chez lui en lingerie sexy. Il t'ouvrira grand les bras. Et son lit aussi.

Oh mon Dieu, je ne veux pas entendre les fantasmes de ma propre grand-mère !

Alerte, Lucien redresse tout à coup la tête et la regarde, rêveur.

— T'es comme ça, toi ? interroge-t-il, la voix drôlement enrouée.

Elle lui répond par un haussement de sourcil éloquent. Je me lève si subitement que ma chaise manque de se renverser.

— Je vous laisse. Je vais voir Papa.

Je fonce vers la porte de derrière, mais la voix de ma grand-mère me retient :

— Tu sais, ma chérie, j'ai pensé : je pourrais ouvrir l'œil pour toi sur Meetic.

Ma main se fige sur la poignée.

— Pour quoi faire ?

— Pour te dégoter un nouveau copain, tiens !

Au secours.

— On en reparle plus tard, Mamie !

Je me sauve avant qu'elle n'ait l'idée de me traîner de force devant son ordinateur, et traverse le jardin sans demander mon reste. La porte de la remise est ouverte et, de là où je me trouve, j'entends mon père siffloter de façon désinvolte *Dans la vie faut pas s'en faire*, un air qui me paraît aux antipodes de son état d'esprit actuel.

— Tu vas nous faire venir le printemps, Papa !

Son dos se raidit de surprise.

— Je ne t'avais pas entendue arriver, ma puce. Tout va bien ?

— Mes neurones sont en black-out depuis que Mamie m'a suggéré de débarquer chez Clément en lingerie sexy, mais sinon ça va.

Mon père s'esclaffe et repose le marteau qu'il tenait entre ses mains.

— Ta grand-mère ne manque pas d'idées. J'ai d'ailleurs l'impression qu'avec Lulu, il y a de l'amour dans l'air.

— En tout cas, il y a déjà les disputes de vieux couple. J'imagine que la gaieté naturelle de Mamie fait du bien à Lucien.

En dépit du drame qu'elle a traversé avec la mort prématurée de mon grand-père, ma grand-mère a en effet toujours conservé une joie de vivre qui surpasse de loin celle de la plupart des gens que je connais, comme si le deuil avait amplifié sa soif de vie. Elle nous a souvent répété que même sous les nuages les plus sombres réside la lumière. Après les drames, il renaît toujours quelque chose de plus fort. L'espoir, l'amour, la vie dans toute sa splendeur. Peut-être que c'est ce que je devrais expliquer à mon père.

— Et toi, Papa, comment vas-tu ? Tu sembles prendre beaucoup de plaisir au bricolage, ces derniers temps.

Il me lance un sourire contraint.

— Comme je te l'ai dit hier, ça me vide la tête.

À vrai dire, il a plutôt l'air sur le point de craquer, comme s'il allait s'écrouler.

— Tu n'es pas obligée de t'adresser à moi comme si j'avais réellement tenté de me suicider, tu sais, ajoute-t-il.

— Je te parle avec diplomatie, c'est tout. Tu pourrais me féliciter, c'est tellement rare ! je tente de plaisanter.

— Tu marches sur des œufs. Mes problèmes vont rentrer dans l'ordre, ne t'en fais pas. Je me sens déjà beaucoup mieux.

— Et tes problèmes…

— On n'a pas besoin d'en parler.

Il se tait quelques secondes avant de reprendre :

— Désolé, ma puce, je ne voulais pas être aussi sec.

Je pousse un soupir de découragement, frustrée de ne pas savoir trouver les bons mots. Si je pouvais regarder dans son cœur et comprendre ce qui le tourmente à ce point ! Pourquoi la vie est-elle si compliquée, quand elle s'y met ?

Mon regard se perd dans la contemplation du paysage ; sous le soleil, la neige étincelle comme des milliers de cristaux. Noël sera là dans une semaine et mon père est tellement différent de l'homme qu'il était il y a un an !

— Est-ce que c'est vraiment terminé, avec Céleste ?

Je sens bien que je m'aventure en terrain glissant, mais je ne supporte plus de voir mon père muré dans ses pensées. Dans ses silences qui voudraient crier mille choses et se retiennent, pour une raison que j'ignore.

Il émet un claquement de langue désapprobateur mais me répond néanmoins :

— Céleste est une femme extraordinaire. Je ne la mérite pas.

— Pourquoi dis-tu ça ? C'est faux.

— Je ne suis pas prêt, ma puce.

— Si la vie attendait qu'on soit prêt, ça se saurait.

Son téléphone se met à sonner.

— C'est le bureau, constate-t-il d'un air las. Excuse-moi, mais je dois prendre cet appel, Léna.

En d'autres termes, il me congédie.

11

La matinée du lendemain commence par un drame. Emma-Lou se trouve déjà dans la cuisine lorsque Violette et moi descendons prendre le petit déjeuner. Notre cousine, une tartine dans une main et le téléphone dans l'autre, éclate de rire à la vue de ma nièce : Violette a la tignasse en pétard, le pli de l'oreiller encore imprimé sur la joue.

— On dirait que tu t'es pris les cheveux dans un ventilateur ! fait remarquer Emma-Lou, hilare.

Elle reçoit un superbe regard indigné en guise de réponse. Je tente de lui faire comprendre à grand renfort de signes qu'il vaut mieux éviter de chambrer Violette tant qu'elle n'a pas bu son chocolat chaud, mais trop tard. Emma-Lou insiste en se plantant devant elle :

— Au réveil, tu ressembles un peu à une botte de foin, en fait.

Violette la fusille du regard.

— T'es suprêmement relou ! Et puis, dégage, t'es sur mon chemin.

Les yeux de notre cousine lancent à présent des éclairs outragés. L'adolescence n'étant pas propice à la nuance, j'essaie d'intervenir avant que n'éclate un conflit territorial.

— Du calme, Violette. Elle plaisante.

— Ouais, bah, qu'elle retourne plutôt bouffer ses barres de chocolat en cachette !

— Violette ! je m'exclame, choquée.

Emma-Lou tente de se défendre en la poussant, ce qui plonge Violette dans un état proche de l'hystérie.

— Me touche pas ! hurle-t-elle.

Elles ne vont quand même pas se sauter à la gorge ?

— Mais va crever, connasse ! explose Emma-Lou avant de quitter la pièce au pas de charge.

— Emma… Attends !

Je me précipite à sa suite, mais la jeune fille est beaucoup plus rapide que moi et s'enferme déjà à double tour dans la salle de bains. Je lance un regard inquiet vers le haut de l'escalier, en vain. Et pour le coup, impossible de compter sur ma mère pour gérer la crise puisqu'elle est au travail, et Antoine aussi. C'est bien ma veine ! Je ne comprends pas ce revirement de situation. Hier leur relation était redevenue cordiale. Et Violette a beau être ronchon au réveil, je ne l'avais encore jamais vu se mettre dans un tel état. Penaude, je pousse un profond soupir. Que faire ? De mémoire, intervenir pour tenter d'apaiser les choses quand deux adolescentes se crêpent le chignon équivaut à vouloir stopper une avalanche avec une pelle : c'est inutile. Tant pis, on se passera de tact. Je vais prendre le taureau par les cornes.

De retour dans la cuisine, j'attrape une tasse, verse du café dedans et me plante face à Violette, l'accablant d'un regard lourd de reproches.

— T'es complètement fêlée de lui parler comme ça. C'est quoi, ton problème ?

— C'est bon, ce n'est pas ma pote ! fulmine-t-elle. Je lui parle comme je veux.

— Certainement pas. Emma-Lou est ta cousine et tu lui dois le respect.

— Parce qu'elle se respecte, elle, peut-être ? Elle se gave de cochonneries entre les repas et après elle va se plaindre de son poids.

— Mais ça, ce n'est pas ton problème, Violette, dis-je avant de porter la tasse à ma bouche.

Ma nièce secoue la tête pour marquer sa désapprobation.

— Regarde ce que ma copine Laura m'a envoyé, déclare-t-elle soudainement en faisant défiler l'écran de son téléphone.

— C'est quoi ? je demande, agacée qu'elle tente de changer de sujet.

— Des captures d'écran d'un groupe Facebook.

Peu intéressée, je sirote mon café.

— Et alors ?

— Bah regarde, au moins ! C'est Emma-Lou. Elle se prend pour Kim Kardashian, ou quoi ?

Je me saisis du portable, mais mon cerveau a du mal à analyser les photos qui passent sous mes yeux.

— Mais… qu'est-ce que…, je bafouille. Comment ta copine connaît-elle Emma-Lou ?

— Bah, en fait, c'est plutôt une de ses amies qui la connaît, elles étaient dans le même bahut, un truc pour les bourges, tu vois ? Ces captures ont pas mal tourné, alors Laura a percuté quand je lui ai parlé d'elle. Emma-Lou, ce n'est pas un prénom courant, tu comprends ?

— Non, justement ! Ce que tu me dis est abscons pour moi ! D'où sortent ces photos de notre cousine... en petite tenue ?

Je laisse échapper un hoquet de stupeur en lisant la légende inscrite sous une photo : « Le gros thon en culotte », puis les deux commentaires qui suivent : « Toute cette cellulite me donne envie de gerber » ; « Grassouillette, la blondinette ! ».

— Violette, réponds-moi, je lâche d'une voix blanche. C'est quoi, ce délire ?

Ce qu'elle m'apprend alors me plonge dans un effroi sans nom. En assemblant une à une les pièces du puzzle, je comprends qu'Emma-Lou a succombé aux charmes du garçon le plus populaire de sa classe.

— Mais, apparemment, il a accepté de sortir avec elle uniquement après un pari avec ses copains, me raconte Violette, comme si elle lui cherchait déjà des circonstances atténuantes.

Un après-midi où ils se trouvaient tous les deux, le type a photographié Emma-Lou en sous-vêtements, alors qu'elle venait de s'assoupir après des caresses plutôt poussées. Puis il a diffusé les clichés sur le groupe Facebook de leur lycée et les photos ont fait le tour des élèves. La cruauté des adolescents se propageant à la vitesse de la lumière, en quelques heures, notre cousine est devenue la risée de ses camarades.

Les larmes aux yeux, je me sens chanceler et mon premier réflexe est de repousser brutalement le Smartphone à l'autre bout de la table. Violette ne bronche pas alors que je lui crie dessus :

— Est-ce que tu te rends compte que c'est grave ? C'est du harcèlement, bon sang ! Du har-cè-le-ment !

— Calme-toi, se défend-elle mollement. Ils l'ont fermé, ce groupe, et elle a quitté le lycée.

Ses mots, au lieu de m'apaiser, attisent ma colère.

— Et tu trouves ça normal ? Tu penses que c'est logique que sa scolarité soit bousillée à cause d'une bande de crétins qui, eux, vont pouvoir poursuivre leurs études en toute impunité ?

Elle reste silencieuse une fraction de seconde, semblant réfléchir à la situation.

— Le mec a été exclu quelques jours du lycée…

Violette tente de faire bonne figure, mais je vois bien qu'elle commence à blêmir.

— Exclu quelques jours ! je répète, en voyant ses yeux s'embuer. Alors, tout est parfait, il peut conti-nuer à faire le beau devant ses potes en attendant sa prochaine proie. Mais qu'est-ce que tu as dans la tête, Violette ?

Les larmes débordent à présent de ses yeux.

— Je n'ai rien fait, moi, je te le jure, Léna ! Sur la tête de Lucas, même ! Je te jure que je n'ai pas fait tourner les photos, Laura me les a envoyées cette nuit.

À l'étage, l'eau de la douche coule toujours.

— Je te crois. Mais ton comportement vis-à-vis d'Emma-Lou est purement inacceptable. En la trai-tant aussi mal, tu joues le jeu de ses harceleurs.

Ma nièce s'essuie maladroitement la joue d'un revers de la main et, l'espace d'un instant, je retrouve sur ses traits la petite fille qu'elle a été, il n'y a pas si longtemps que ça.

— J'étais choquée. Sur le coup, je n'ai pas pensé que… T'es en colère, Léna ?

J'avale d'un trait le reste de ma tasse.

— Je suis surtout consternée. Tu vas aller t'excuser auprès d'Emma-Lou, Violette.

— Mais…

— C'est un ordre ! C'est ça ou tu ne vois plus Lucas jusqu'à la fin des vacances.

— Tu me fais du chantage ? crie-t-elle, outrée.

— Non, je te fais un rappel des règles de la vie. Alors, dès qu'elle aura terminé de se doucher, tu vas devenir sa meilleure amie.

La mine de chien battu qu'elle m'oppose ne me fait pas flancher.

— Je suis sérieuse, Violette.

— OK, capitule-t-elle au bout de quelques secondes. Je vais faire tout mon possible.

Je m'adoucis en la voyant à son tour ébranlée et, malgré la situation, une bouffée de tendresse monte en moi. Je lui explique alors, d'un ton plus posé, qu'Emma-Lou n'a pas besoin d'être jugée, mais juste d'être aimée pour ce qu'elle est. Avec ses quelques kilos en trop, avec ses casseroles.

— Elle va devoir se construire avec cette horrible histoire. Est-ce que tu te rends compte de l'impact psychologique que ça a pu avoir sur elle ?

Violette réfléchit et je peux presque percevoir les rouages de son cerveau qui se mettent en branle.

— Elle n'a plus de copines, dit-elle pensivement. Et j'imagine que ça va être dur pour elle de faire à nouveau confiance à un mec.

— Exactement. Et si jamais elle a lu tous les commentaires sous les photos, ce dont je ne doute pas, son estime d'elle-même doit être au plus bas.

Pauvre gosse... J'espère qu'elle est au moins suivie par un psychologue car elle doit se trouver dans un gouffre de détresse sans fond. La cruauté et la bêtise dont sont capables certains humains me laisseront toujours sans voix.

Les heures suivantes s'écoulent un peu plus tranquillement. Les filles enterrent la hache de guerre au moment où Violette s'excuse auprès d'Emma-Lou pour avoir été « trop relou » avec elle. Elles passent l'après-midi à réviser leurs cours en écoutant à fond les chansons de Noël de Michael Bublé. Mon cœur est assailli par des émotions contradictoires quand elles entonnent en chœur le refrain de *Cold December Night*. Celui dans lequel le chanteur supplie la femme qu'il aime de tomber amoureuse de lui « pour ce Noël », ajoutant qu'il n'a besoin de rien d'autre « qu'un baiser en cette froide nuit de décembre ».

C'est sirupeux et un peu trop efficace. Moi aussi, je veux qu'un homme me déclare sa flamme de cette manière. Même si là, dans l'immédiat, ça me paraît mal barré, à moins que je ne prenne les choses en mains. Parmi tous les conseils dispensés par ma grand-mère, j'hésite sur celui à appliquer : débarquer dans la cuisine de *L'Edelweiss* en lingerie sexy pour expliquer à Clément à quel point j'aimerais qu'il m'embrasse « en cette froide journée de décembre » (mais la forte probabilité d'être balancée *manu militari* dans la neige ne m'enchante pas particulièrement), ou m'inscrire sur Meetic pour trouver mon prochain mec et redécouvrir les sensations uniques des premières fois.

La précipitation étant mauvaise conseillère, je me contente de travailler sur mon ordinateur, jusqu'à ce que je sois interrompue par un coup de fil de mon frère. Même à des dizaines de milliers de kilomètres de là, alors qu'il est censé boire des cocktails les doigts de pied en éventail au bord d'une eau paradisiaque, il a besoin d'entendre de vive voix que sa progéniture va bien, les SMS de cette dernière ne suffisant pas à le rassurer.

— Ne t'inquiète pas, Tom. Ta fille a tout ce dont elle a besoin et elle n'a contracté aucune maladie incurable, dis-je en riant.

— Est-ce qu'elle voit Lucas ? me demande-t-il à brûle-pourpoint.

Ah, le sujet qui fâche. Mon frangin est adorable, mais il est intimement persuadé qu'il pourra empêcher sa fille de fréquenter des garçons avant ses trente ans. Au minimum.

— Ils se sont croisés, je concède doucement.

À l'autre bout du fil, Tom souffle. Soit c'est un soupir, soit il est en train de recracher la fumée d'une cigarette. Et s'il fume, c'est qu'il est stressé.

— Je sais que Maman n'empêchera pas Violette de sortir, Léna, alors je compte sur toi.

Dépitée, je fixe le plafond.

— Hors de question que je la séquestre. Tu ne veux pas la mettre dans un couvent, pendant que tu y es ?

— Je te demande juste de les surveiller, répond-il en serrant les dents (du moins, c'est que l'inflexion de sa voix me laisse supposer). À cet âge, la libido est en surrégime. Je le sais, moi aussi, j'ai été un ado en rut avec le cerveau entre les jambes.

— Merci pour l'image, Tom. Mais ta fille ne risque rien. Elle a du répondant et Lucas est un mec bien. Il a Clément derrière lui, qui veille au grain.

Tom laisse échapper un rire mordant.

— Tu veux que je fasse confiance au type qui a brisé le cœur de ma petite sœur ?

Si je n'étais pas la petite sœur en question, je trouverais ça touchant. Je m'efforce de minimiser les choses :

— Il ne m'a pas brisé le cœur. Juste un peu… euh… meurtri.

« Broyé » serait un terme plus exact.

— Et sinon, comment va Papa ?

Je lui sais gré de changer de sujet et lui relate le silence dans lequel notre père s'enferme dès que j'essaie d'évoquer avec lui les raisons de sa déprime.

— Il m'a dit qu'il avait le sentiment d'avoir été un mauvais père pour nous, etc.

— Ça ressemble à une bonne crise existentielle, analyse mon frère.

J'acquiesce et l'interroge :

— Il m'a aussi parlé d'une certaine Graziella qui lui aurait téléphoné. C'est une de ses ex, tu te rappelles d'elle ?

— Je crois que je l'ai rencontrée une fois ou deux, mais ça remonte à loin. Plutôt jolie, si je me souviens bien.

Je secoue la tête, incrédule.

— Ce serait quand même curieux qu'il ait quitté Céleste pour remettre le couvert avec elle.

Mon frangin me répond d'un ton hésitant :

— Avec Papa, rien n'est impossible… Ah ! ajoute-t-il dans un soupir. J'aurais peut-être mieux fait de venir.

— Mais non, Tom, cesse de te faire du souci et profite de tes vacances. Tu ne devrais pas être en train de nager ou de faire un trek sur le piton de la Fournaise ?

— C'est plutôt l'heure de dîner, ici, me rappelle-t-il.

— Raison de plus pour que tu files ! Promis, je te préviens si jamais Violette est enlevée par une organisation mafieuse.

En fin d'après-midi, alors que nous attendons toutes les deux notre tour dans la longue file d'attente de la boulangerie (à croire que tout le monde s'est donné rendez-vous à la même heure !), Violette me confie avoir un peu papoté avec Emma-Lou.

— C'est un sale connard, le mec qui lui a fait ça. Heureusement qu'elle ne lui a pas donné sa virginité.

Une vieille dame se tourne aussitôt vers nous et nous scrute d'un regard aigu. Je chuchote à ma nièce :

— Je suis entièrement d'accord avec toi. Mais tu devrais parler moins fort car tes propos risquent d'être déformés.

Je vois déjà Tom m'appeler pour me demander si c'est vrai que Violette a perdu sa virginité en étant sous ma surveillance.

— Est-ce qu'elle t'a dit si Catherine est au courant de ce qu'elle a subi ?

Cette question m'a turlupinée durant une bonne partie de la journée. Si Catherine savait ce qui est arrivé à sa petite-fille, elle serait peut-être un peu plus diplomate, non ?

— Ouais, elle le sait. Mais elle fait genre qu'elle ne veut pas en parler, comme si ça n'avait jamais eu lieu ! m'explique ma nièce d'un air révolté.

— Je ne crois pas que Catherine soit à blâmer. Certaines personnes préfèrent ignorer ce qui fait mal, c'est une façon de se protéger.

— C'est un peu le problème de notre famille, non ? Quand tu vois Papy qui ne veut même pas nous dire ce qui ne va pas...

— Tu as discuté avec lui ?

Elle hausse les épaules.

— L'autre jour, quand il s'occupait du Solex. Il n'a rien lâché... Je crois qu'il serait plus facile de faire parler Memphis.

En sortant de la boulangerie, j'aperçois Lyne qui remonte la rue dans notre direction. Un poids m'écrase aussitôt la poitrine et je suis tentée de changer de trottoir pour éviter de l'étriper sur place. Mais Violette me retient de force par le coude.

— Sois sympa, ne l'attaque pas frontalement, me souffle-t-elle.

— Et c'est toi qui me dis ça après la scène de ce matin ?

L'expression de Lyne se fige lorsqu'elle arrive à notre hauteur. Le regard qu'elle pose sur moi me fait penser à celui d'un grand requin blanc affamé. Très affamé.

— Tiens donc, Léna Pichon ! articule-t-elle en se fendant d'un rictus supposé évoquer un sourire.

— Bonjour, Lyne. Voici ma nièce, Violette.

— Je sais qui elle est, merci, me coupe-t-elle sèchement.

J'avais oublié que, l'année dernière, Violette a traité Lyne de poufiasse alors que cette dernière tentait de convaincre Tom que ma mère devait vendre la maison familiale.

— Alors, reprend-elle, tu passes les fêtes en famille ou tu t'es rabibochée avec Clément ?

Je ravale une grosse boule de salive non dénuée de quelques épines. Impossible de me dérober.

— Je suis chez ma mère, je réponds d'un ton évasif.

Lyne adopte une expression faussement compatissante.

— Mmmh, avec le canon que Clément a embauché comme serveuse, ça m'aurait étonné que vous vous soyez remis ensemble.

Ses paroles claquent dans l'air, aussi férocement qu'une gifle. Je sais que je suis censée rebondir par une réplique assassine, mais dans l'immédiat, mes cordes vocales peinent à fonctionner et seul un bafouillage étranglé sort de ma bouche :

— Oh, eh bien, je...

— J'ai entendu parler de la cuite monumentale de ton père, enchaîne-t-elle en poussant un reniflement de mépris.

Je m'oblige à prendre un ton enjoué :

— Une soirée bien arrosée, tu sais ce que c'est…

— Bah non, justement, affirme-t-elle, hautaine. Je sais me maîtriser, moi.

— À défaut de savoir maîtriser ta langue.

Oups. C'est sorti tout seul. Lyne étrécit instantanément les yeux.

— Qu'est-ce que tu sous-entends ?

Oh et puis crotte ! Pourquoi devrais-je prendre des pincettes avec elle alors qu'une pelle ferait plutôt l'affaire ?

— Rien. Je pensais seulement aux rumeurs qui ont circulé sur moi après l'incendie. Tu as dû en entendre parler puisque, en général, elles sortent de ton agence.

La bouche grande ouverte, elle joue la surprise offensée. Cette femme mériterait un Molière.

— Alors là, je t'arrête tout de suite, se reprend-elle. J'ai effectivement entendu des trucs sur toi, mais je n'en suis pas à l'origine.

— Ah oui ? C'est marrant, j'aurais pourtant juré qu'après l'épisode de l'année dernière…

Elle me coupe à nouveau, crachant sa méchanceté avec une précision imparable :

— Eh bien, non, ce n'est pas le cas. Et sans vouloir t'offenser, tout le monde était au courant que Clément ne comptait pas ses heures au travail. On se doutait tous qu'un jour ou l'autre, ça deviendrait un problème entre vous.

Je lâche un rire bref.

— Tu es donc en train de m'avouer que tu me crois coupable ?

— Il n'y a pas de fumée sans feu, articule-t-elle nettement en approchant son visage du mien. C'est le cas de le dire.

J'aimerais pouvoir prétendre que la suite se déroule au ralenti et que je stoppe la trajectoire de ma main avant qu'elle n'atteigne son but. Mais ce n'est pas le cas. Tout va très vite. La rage monte en moi comme une boule de feu et je lui flanque une gifle magistrale. Lyne reste hébétée une fraction de seconde avant de cracher :

— Alors là, tu vas me le payer !

Elle tente de me gifler à son tour, mais comme je m'écarte vivement, ce sont ses ongles, ou plutôt ses griffes qui viennent à la rencontre de ma joue. Je la pousse et elle attrape une mèche de mes cheveux dans un cri guttural, alors je me dégage brusquement, ce qui a pour effet de la rejeter en arrière. Ses talons dérapent sur une plaque de verglas.

— Mais arrêtez ! nous crie Violette. Vous êtes folles ou quoi ?

Atterrissant sur les fesses, Lyne me saisit par les chevilles, espérant m'entraîner dans sa chute. Mue par l'adrénaline, je me penche en avant et appuie de toutes mes forces sur ses épaules pour lui faire lâcher prise. C'est à ce moment-là qu'une voiture de gendarmerie s'arrête à notre hauteur. Je me fige de surprise et manque de défaillir en remarquant qu'un attroupement s'est formé autour de nous.

— Tu me mets l'affiche, là ! me reproche Violette.

Lyne profite de ce bref moment d'inattention pour achever ce qu'elle avait commencé et je me retrouve à mon tour sur le sol glacé, non sans avoir poussé une exclamation de rage. Les haut-parleurs de la mairie crachent à plein volume *Vive le vent.*

— Allons, mesdames, on se calme ! Vous allez nous suivre sans faire d'histoires.

Mathieu, le maréchal des logis-chef, qui est aussi un des meilleurs amis de Clément et Rémi, vient officiellement de m'arrêter pour bagarre sur la voie publique...

12

— **Ç**a me fait kiffer d'être ici, affirme vigoureusement Violette en touillant son chocolat. On se marre trop.

Le lendemain matin, au petit déjeuner, nous évoquons mes exploits de la veille pour la cent cinquantième fois depuis ma libération.

Bon, en fait, je ne suis pas allée en cellule. Mathieu est sympa et quand je lui ai expliqué pourquoi j'avais réagi de la sorte, il m'a seulement fait la morale, pour la forme. Lyne n'a pas porté plainte, moi non plus, et nous avons consenti à ne plus nous adresser la parole si le sort voulait que nous nous recroisions. Ensuite, ma mère est venue me récupérer (la honte, quand j'y pense !), et Violette, après avoir fait un détour chez ma grand-mère pour tout lui raconter, s'est moquée de moi toute la soirée, me rebaptisant Léna Balboa.

— Je regrette vraiment d'avoir raté ça, pouffe Emma-Lou.

— Surtout après la leçon de morale qu'elle nous a faite hier matin, approuve ma nièce. Nous, au moins, ça ne s'est pas fini en bagarre.

Ma mère rit sous cape et je pousse un long soupir, consciente que mes actes sont en totale incohérence avec le sermon que j'ai tenu hier à Violette. D'ailleurs, c'est promis, je ne critiquerai plus jamais des adolescentes qui ont envie de se taper dessus.

— Je n'aurais pas dû la gifler, j'admets d'une voix ténue. La violence ne résout pas tout.

— En tout cas, elle t'a laissé une belle balafre sur la joue, remarque Emma-Lou.

— Ouais, se délecte Violette, elle l'a carrément griffée. C'était dingue. Faut dire que Léna lui a collé une de ces raclées ! Le tout avec Tino Rossi en fond sonore, c'était tordant.

— Mais qu'est-ce qu'elle t'a dit pour te mettre dans un tel état de nerfs ? me questionne Antoine.

— Elles n'étaient pas d'une humeur compatible, toutes les deux, plaisante Violette, qui s'empresse de lui résumer la situation.

Tout le monde éclate de rire lorsqu'elle en vient au moment où Mathieu a voulu me faire souffler dans le ballon pour tenter de déterminer si l'alcool pouvait être la cause de notre crêpage de chignon. N'ayant aucun souffle – c'est d'ailleurs pour cette raison que j'ai fréquenté la salle de sport de mon quartier approximativement quinze minutes, avant de renoncer définitivement à la silhouette de Cara Delevingne – l'exercice s'est avéré laborieux.

Pour l'heure, je n'aspire plus qu'à une chose : reléguer cet épisode peu glorieux au fin fond de ma mémoire. Dans le compartiment « oubliettes », si possible. C'est sans compter sur ma mère, qui en remet une couche :

— Ça nous fera une nouvelle anecdote pour les soirées en famille, déclare-t-elle avant de mordre avec gourmandise dans sa tartine.

Antoine coule alors un regard insistant vers elle.

— En parlant de soirée…, dit-il d'un ton vague.

— Ah oui ! réagit-elle aussitôt en triturant une boucle d'oreille assortie aux montures vertes de ses lunettes. Les filles, est-ce que ça vous ennuierait de dîner toutes les trois chez Mamie, ce soir ? Antoine part demain dans sa famille alors nous aimerions manger une pizza en amoureux devant un film de Russell Crowe.

Je me retiens d'éclater de rire. Pauvre Antoine ! Ma mère va lui faire subir un film avec son fantasme ambulant. Pour une soirée romantique… En général, elle se met carrément à pousser des petits couinements d'approbation dès que l'acteur apparaît torse nu à l'écran.

— Naturellement, poursuit-elle d'un ton peu convaincu, si vous préférez vous joindre à nous…

— Nous joindre à vous pour une soirée en amoureux ? l'interrompt Violette. Beurk ! Je préfère dîner chez Mamie Jacotte. J'ai trop envie de raconter à Xavier les talents de boxeuse de Léna.

Je me tourne vers ma nièce et souris à pleines dents en lui désignant ses cheveux.

— Emma-Lou n'avait pas complètement tort, hier. Le matin, t'es capillairement à côté de la plaque.

— Je te méprise de haut en bas, me rétorque-t-elle en se mordant l'intérieur des joues.

165

— Fais gaffe, lui recommande notre cousine, elle serait capable de t'en coller une.

— N'essaie même pas, Miss Balboa, ou je cafte tout à mon père.

***

En début d'après-midi, c'est seule que je prends la direction de la station de sports d'hiver, afin de peaufiner la déco. La paire de ski que les garçons veulent accrocher au mur est arrivée ce matin et je dois prêter main-forte à Rémi. Dix à quinze centimètres de neige recouvrent le bas-côté de la route et les nuages qui se forment au-dessus des montagnes descendent lentement vers Vallenot. Sous le ciel bas, les branches des arbres m'apparaissent squelettiques et vulnérables. Je frissonne en songeant qu'il ne fait vraiment pas un temps à se perdre dans les sentiers de la vallée. Heureusement, il n'y a pas un seul promeneur en vue, ce serait de la folie d'entreprendre une randonnée par ce temps.

Une fois la voiture garée, je presse le pas, motivée par la perspective de me réchauffer à l'intérieur du restaurant. Le froid humide transperce mes vêtements et j'espère que je n'ai pas attrapé un rhume, hier, en me donnant en spectacle sur le trottoir verglacé.

De délicieuses odeurs de pâtisserie assaillent mes narines lorsque je pousse la porte de *L'Edelweiss*.

— Rémi ? je me hasarde en haussant la voix pour être bien entendue.

Clément apparaît dans l'encadrement de la porte de la cuisine et vient à ma rencontre. Mon cœur se contracte brusquement quand nos regards se croisent.

— Salut, Léna.

Son ton est calme mais tendu.

— Salut... Euh, ton frère n'est pas là ?

— Non, il remplace ma mère sur le marché de Noël et ne reviendra pas avant le début du service. Il m'a dit que tu devrais t'en sortir.

J'acquiesce d'un hochement de tête nerveux.

— En théorie, je suis capable de fixer ces machins sur un mur, je grommelle en désignant du menton l'immense paire de skis posée dans un coin. Est-ce que Rémi m'a au moins laissé le matériel nécessaire ?

Clément opine en laissant son regard flotter sur mon visage. Puis il esquisse lentement un de ses sourires à tomber, qui se retrousse aux commissures de ses lèvres comme un clin d'œil malicieux. Je ne vais pas tarder à manquer d'air.

— Elle ne t'a pas ratée, déclare-t-il, amusé, en indiquant la marque laissée sur ma joue par les ongles de Lyne.

— Ah. Tu es au courant.

— Mathieu m'en a parlé... Et puis c'était le principal sujet de conversation dans tout le village, ce matin.

Je ressens tout à coup une honte cuisante. Qui s'intensifie davantage lorsque Clément ajoute :

— Il paraît que tu étais folle de rage.

— Elle m'a poussée à bout, je réplique, sur la défensive.

Faisant mine d'étudier les skis, je lui explique que je n'ai pas apprécié d'apprendre que Lyne avait probablement fait courir des ragots sur moi peu après l'incendie.

— Elle a le droit de ne pas m'apprécier, mais de là à raconter que j'ai mis le feu au restaurant...

J'observe Clément à la dérobée pour guetter sa réaction. Ce dernier secoue la tête, totalement incrédule.

— Depuis quand est-ce que tu prêtes attention à ce que peut raconter Lyne ? Sa réputation de garce n'est plus à faire, mais de là à lui sauter à la figure...

J'inspire une grande bouffée d'air et tente de contrôler ma voix afin qu'elle ne tremblote pas trop pendant que je lui avoue :

— J'ai cru que si tu avais rompu, c'est parce que tu avais cru ces calomnies.

Clément agrandit les yeux de stupéfaction.

— Eh bien, tu as très mal cru !

Son regard brille à présent d'une colère qu'il semble avoir du mal à contenir.

— Comment as-tu pu penser ça ? reprend-il, vexé.

Je lui remémore les mots blessants qu'il a utilisés à mon encontre quatre jours plus tôt, lorsque nous nous sommes trouvés seuls dans cette même salle de restaurant. Clément se passe une main sur le visage, visiblement las.

— Que les choses soient claires entre nous, articule-t-il en se campant face à moi, bras croisés. Je n'ai jamais pensé, pas un seul instant, que tu avais mis le feu au *Café du Commerce*. Je n'ai jamais douté de toi sur ce point-là.

Lui sauter au cou ne me paraissant pas être la réaction la plus indiquée, je me contente d'un simple sourire forcé.

— OK, Clément. Merci.

— Et, Léna...

*Oui, Clément, je veux bien qu'on se donne une nou-
velle chance, là, tout de suite, maintenant, sur une table,
par exemple.*

— Oui ?

— Si tu vas aux toilettes, ne verrouille pas. La
serrure a un défaut, elle sera changée la semaine
prochaine.

Les WC. Il me parle des WC. Je me sens à la fois
ridicule et soulagée qu'il ne lise pas dans mes pensées.

Clément me laisse à mon bricolage et retourne
dans sa cuisine. Je dois absolument me reprendre,
je ne me reconnais plus, là. Depuis quand est-ce
que je suis du style à attendre désespérément un
retour de flamme de mon ex ? Je dois être en
manque d'affection masculine, c'est la seule explication possible.

T'es vraiment grave, ma pauvre fille.

Le restaurant est plongé dans un silence total,
hormis le léger crépitement du bois qui se consume
dans la cheminée et le four qui cliquette à inter-
valles réguliers en refroidissant. Consciente que
seule une cloison me sépare de Clément, j'ai du mal
à me concentrer sur ma tâche.

Si j'appuie ma tête contre le mur, est-ce que j'en-
tendrai le souffle de sa respiration ?

Je parviens à me faire violence et commence à
prendre les mesures de la paire de skis : deux beaux
bébés d'un mètre quatre-vingt-dix ! Je reporte les
dimensions sur la cloison (*et si c'était Lyne, qui avait
fait brûler le restaurant ?*) et me prépare à percer

afin de placer les chevilles métalliques (*c'est possible, quand on y réfléchit bien*).

Mon premier trou est fait (*je devrais peut-être en toucher un mot à Clément*). Le deuxième aussi. Je m'empare du premier ski (*il serait peut-être de mon avis*) et le place au bon endroit (*à moins qu'il ne m'accuse de la persécuter à cause de notre altercation*) avant de l'ajuster (*allez, je tente le coup, après tout*). Le ski tient parfaitement, il n'a plus besoin de moi. Je file alors vers la cuisine et m'immobilise sur le seuil. Clément, le buste incliné sur son piano de cuisson, gratte les restes de graisse incrustée entre les brûleurs. Il a retroussé ses manches, découvrant ainsi ses avant-bras fermes et musclés qui...

Arrête de le mater.

— Euh... Clément ?

Il redresse la tête, surpris.

— Un problème, Léna ?

— Non, tout va bien. Simplement, je pensais à quelque chose. Au sujet de Lyne.

Il reste dans l'expectative et je sais que je n'ai plus le choix. Puisqu'il attend la suite, je dois aller au bout.

— En fait, je me demandais si ce ne serait pas elle, la coupable de l'incendie.

Clément me dévisage, la tête penchée sur le côté. Puis il pousse un long soupir.

— Lyne n'y est pour rien.

— Comment est-ce que tu peux en être si certain ?

Il prend une inspiration, s'apprête à me dire quelque chose puis se ravise.

— Je le sais, c'est tout.

Son ton est catégorique et sans appel.

— Est-ce que ça signifie que tu sais qui a fait le coup ?

Il a une légère hésitation qui suffit à m'ébranler sérieusement, puis élude ma question.

— Tu fais une fixette sur Lyne, non ?

Et voilà, j'en étais sûre.

— Elle avait toutes les raisons de nous en vouloir, Clément. Souviens-toi ce qui s'est passé à l'hôtel…

Je m'interromps subitement. Évidemment qu'il se rappelle chaque détail du jour où nous avons échangé notre premier baiser. Nous nous étions introduits de façon illégale dans l'ancien hôtel que tenait la mère de Lyne. Et bien sûr, Lyne nous a chopés. En tout cas, moi, je n'ai rien oublié : Clément est le genre d'homme qui embrasse comme si le monde touchait à sa fin.

Il me semble que l'ombre d'un sourire passe sur ses lèvres, mais ça peut aussi bien être le fruit de mon imagination. Je ne suis pas tellement confiante en ce qui concerne ma capacité à décoder les rictus.

— Tu es un peu rouge, Léna. Tu te sens bien ?

Je refoule le bêlement qui tente de s'échapper de ma bouche et déglutis.

— Tout va bien, je te remercie. Je vais terminer de fixer les skis.

Sans un mot, Clément hoche la tête, puis s'empare d'une énorme courge et d'un couteau.

Cela fait cinq minutes que je me débats avec le second ski (beaucoup moins coopératif que son confrère) quand j'entends Clément expulser un cri sauvage, suivi de :

— Bordel de merde !

Je me précipite dans la cuisine et le trouve avec la main en sang.

— Clément ? Mais qu'est-ce que... ?

De sa main valide, il tente de stopper le flot de l'hémorragie.

— Je me suis entaillé avec la lame, marmonne-t-il, les traits déformés par une grimace de douleur.

Clément a pourtant l'habitude d'être méticuleux, quand il manipule des objets tranchants.

J'ai dû sacrément l'énerver pour qu'il relâche son attention !

— Ça saigne beaucoup, quand même, dis-je d'une toute petite voix.

— C'est proportionnel à la taille du couteau, me fait-il remarquer, sarcastique malgré tout.

— Bon, j'appelle les pompiers.

Ses sourcils font aussitôt un bond.

— Tu me traites de chiffe molle ?

— Mais enfin, tu ne vas pas rester comme ça !

Sans plus réfléchir, je l'aide à ôter son tablier, que je compte transformer en garrot de fortune. Je frissonne lorsque mes doigts entrent en contact avec son dos à travers la maille de son pull, et refrène ma subite envie de lui enlever le reste de ses vêtements. Ce n'est pas le moment. Et même si ça l'était... Tandis que je m'efforce tant bien que mal de bander sa main, le silence se déverse dans le mince espace qui nous sépare et je peux sentir son odeur, que je trouvais si réconfortante il y a encore quelques mois. Me retrouver si proche de lui me rappelle doulou- reusement tout ce que j'ai perdu. Le sol menace de m'engloutir au moment où je prends conscience de son souffle dans mes cheveux. Si je redresse la tête, je sais que mes lèvres chercheront à retrouver les siennes.

Je sursaute violemment lorsqu'un hurlement strident nous déchire les oreilles. Sur le pas de la porte, Solveig, dont la peau a pris la teinte de la neige fraîche, a les yeux écarquillés d'horreur.

— Oh mon Dieu, il est blessé ! se lamente-t-elle, complètement hystérique. Mais qu'est-ce qu'on va faire ! C'est atroce !

Génial, on avait besoin d'une crise de panique.

Maintenant toujours fermement le garrot contre la blessure de Clément, j'incline la tête vers Solveig.

— Est-ce que tu pourrais appeler les pompiers ?

— Mais non, Léna, arrête de dire n'importe quoi, proteste Clément.

— Pour ta gouverne, sache que j'ai les idées très claires, ce qui ne semble pas être le cas de tout le monde dans ce restaurant.

— Téléphone juste au médecin, s'il te plaît, Solveig, reprend-il en m'ignorant ostensiblement. Préviens-le que je vais avoir besoin de quelques points à l'intérieur de la main et que j'arrive.

Solveig tire son Smartphone de sa poche et s'exécute aussitôt, les mains tremblantes.

— Je ne supporte pas la vue du sang, se justifie-t-elle en nous tournant le dos. Je vais m'évanouir si je reste ici.

Si elle pouvait effectivement nous épargner une syncope, ça m'arrangerait. Un blessé à gérer, c'est déjà bien assez.

— Elle fait un peu dans le mélo, me dit Clément, d'un air désinvolte. Je ne perds pas tant de sang que ça.

Je le toise avec une expression sévère.

— Tu ne comptes quand même pas rouler jusqu'au village dans ton état ?

— Euh non, pas vraiment. Je comptais sur toi pour me déposer au cabinet médical.

Conduire une voiture avec mon ex blessé assis à côté de moi, un tablier plein de sang enroulé autour de la main, pendant que le CD dans l'autoradio passe *Can't Help Falling In Love*, voilà bien une expérience que je n'avais pas prévu de vivre. Si je coupe la musique, Clément va capter que cette chanson me met dans l'embarras parce qu'elle reflète un peu trop mes sentiments actuels.

Prends ma main, prends toute ma vie aussi, car je n'y peux rien si je t'aime.

Si je la laisse… eh bien, je vais rassembler toutes mes forces pour rester concentrée sur la route. J'espère que le prochain morceau ne sera pas *Love Me Tender*, car je n'ai pas envie de me retrouver en larmes, à devoir supplier le médecin de me filer quelques antidépresseurs.

— Alors, dis-je en tentant de refouler ces pensées, tout baigne avec Solveig ?

Clément plisse le front, comme s'il avait du mal à comprendre le sens de ma question.

— Écoute, oui, me répond-il laconiquement. Nous sommes satisfaits de son travail.

Je lui adresse un sourire forcé et il se tait quelques secondes avant d'ajouter :

— Je crois que Rémi a un peu craqué pour elle.

La voiture fait une embardée et je la redresse de justesse. Décidément, cette descente ne me réussit pas depuis que Violette a failli nous faire envoyer dans le fossé, la dernière fois.

— Rémi ? Ah bon ?

Clément fronce les sourcils.

— Tu n'as quand même pas des vues sur mon frère ? me questionne-t-il, avec une drôle d'intonation dans la voix.

Reste concentrée, Léna, reste concentrée !

— Moi ? Mais non, pas du tout.

Et voilà que je me récrie comme si j'étais coupable.

Ressaisis-toi !

— C'est juste que je pensais…

Je lâche la suite dans un petit rire nerveux :

— En fait, je croyais que Solveig et toi… enfin, tu vois.

Clément répète, incrédule :

— Solveig et moi. Et quels genres de signaux ont bien pu te faire penser ça ?

— Je ne sais pas trop. Elle est jolie, sportive, lumineuse et sûrement… formidable.

Je vais passer sous silence les sous-entendus de Lyne avant qu'il ne m'accuse encore d'être obsédée par elle.

— Et comme tu avais un rendez-vous, vendredi soir, j'en ai conclu que…

— Il faudrait peut-être que tu arrêtes avec les conclusions hâtives, Léna.

Il ne fréquente pas Solveig, quelle délivrance !!!

J'ordonne mentalement à la petite voix frénétique dans ma tête de la mettre en veilleuse et à mes genoux de cesser de faire bravo. Et, toujours en silence, j'insulte copieusement l'autoradio qui a décidé d'enchaîner sur *Love Me Tender*.

— Ce soir-là, reprend Clément, je devais bien retrouver une femme…

Je me disais bien que c'était trop beau.

— Ah, c'est cool, je réponds en déglutissant un tantinet trop fort. C'était sympa ?

Love me tender, love me sweet
Never let me go…

— Oui ! déclare-t-il avec enthousiasme. On a bien ri, comme toujours avec elle.

Ce n'était pas la première fois qu'il la voyait, ce qui sent donc la relation suivie… Et en plus il a décidé que j'étais la bonne personne pour ce genre de confidences. Au secours !

— Je suis contente pour toi, si ça fonctionne, dis-je en tentant d'ignorer la lame de rasoir qui m'incise le cœur.

Love me tender, love me long
Take me to your heart…

— On parle de ma tante, Léna ! s'esclaffe-t-il. Je devais la récupérer à la sortie du ciné-club car personne ne pouvait la ramener chez elle. Tu as vraiment cru que… ?

Pour toute réponse, je lâche un rire silencieux alors que ça bouillonne à l'intérieur de moi. Je vais finir terrassée par une crise cardiaque, avec toutes ces montagnes russes émotionnelles !

— Tu n'as pas à te justifier, Clément.

— Ce n'est pas ce que je fais.

— Tant mieux. Tu fais ce que tu veux de ton temps libre, nous ne sommes plus ensemble. Il n'y aurait rien d'invraisemblable à ce que tu rencontres quelqu'un. Ce serait même plutôt normal. Complètement normal.

Mais qu'est-ce que tu racontes, punaise ?

J'espère secrètement que, dans un sursaut de lucidité soudaine, il va me répondre que je suis la seule femme avec qui il a envie d'être.

Cependant, les choses se déroulant rarement comme on le souhaiterait, il acquiesce à ce que je viens de lui baragouiner.

— Tu as raison, lâche-t-il d'une voix sourde.

Au moins, me voilà fixée sur ses sentiments. J'essaie de maîtriser le tremblement de mes jambes avant qu'il commence à s'en inquiéter… Mais, après tout, je pourrais prendre feu devant lui, je crois bien qu'il ne remarquerait rien !

En arrivant chez le médecin, Clément me demande si les filles et moi pourrions monter au restaurant samedi en fin de matinée pour l'aider à finaliser les préparatifs de l'inauguration.

Parfait. Faisons ça. Tenons-nous-en à des rapports strictement semi-professionnels.

Cette idée me serre la gorge.

— Nous serons là.

— Merci, dit-il. Alors à samedi.

Et il m'embrasse chastement sur la joue avant de quitter l'habitacle.

Il me faut au moins dix minutes pour parvenir à réguler mon rythme cardiaque et cinq de plus pour me rendre chez ma grand-mère, complètement déconcertée par les quelques heures qui viennent de s'écouler.

13

Au moment où j'accroche mon manteau dans l'entrée, le chat de Catherine s'approche doucement de moi. Puis, arrondissant le dos, il vient se frotter contre mes chevilles et je me penche pour caresser sa fourrure soyeuse. Ça fait plaisir d'être accueillie avec tant de cérémonie par un représentant du sexe masculin !

— Bonsoir, tout le monde ! je lance en rejoignant ma famille dans la salle à manger.

Je constate aussitôt l'absence de mon père, de Xavier et de Lulu.

— Vous n'êtes que toutes les quatre ?

— Les hommes préparent le repas, me répond ma grand-mère. Nous, on prend l'apéro.

Elle se tait un court instant, le temps que je m'installe à côté de Violette, en pleine séance Snapchat sur son portable, puis se penche vers moi. Un sourire de première communiante ourle ses lèvres.

— Alors ? C'était comment ?

Je présume que Mamie veut savoir quel effet ça m'a fait d'avoir réglé mes comptes avec Lyne hier soir, puisque nous ne nous sommes pas revues depuis. J'attrape une poignée de chips.

— C'était jouissif.

Quatre bouches bées me font face.

— Vous vous êtes réconciliés sur l'oreiller ?! s'écrie Violette, avec les mêmes intonations que si son idole venait de se matérialiser devant elle.

Hein ? Lyne et moi ? Plutôt mourir !

— Tu as suivi mon conseil pour la lingerie, c'est ça ? enchaîne Mamie, le regard brillant.

Je fronce les sourcils. À l'évidence, j'ai raté un épisode.

— Je suppose que vous ne parlez pas de Lyne…

Ma grand-mère éclate de rire.

— Mais pas du tout, ma chérie ! Il est question de Clément ! Catherine et moi avons croisé Rémi au marché de Noël.

— Plutôt bel homme, soit dit en passant, souligne sa sœur.

— Le frangin est encore mieux, lui révèle Mamie.

Elle me sert un verre de rosé et poursuit :

— Si mes déductions sont bonnes, tu as donc passé l'après-midi avec lui.

J'acquiesce d'un hochement de la tête.

— Tes déductions sont bonnes. Et je retire ce que j'ai dit : il n'y avait rien de jouissif.

— Bon, bah, dis-nous quand même comment ça s'est passé ! me presse Emma-Lou, tout en beauté dans un blazer Chanel en tweed rose.

Après une longue gorgée de vin, je me lance dans un résumé de la situation :

— Pas trop mal. Du moins jusqu'à ce que Clément finisse avec la main en sang et que Solveig se mette à hurler face à toute cette hémoglobine.

Violette tourne la tête vers moi, comme si une mouche l'avait piquée.

— Léna, dis-moi que…

Elle marque une pause afin de ménager un effet dramatique.

— … Dis-moi que tu n'y es pour rien dans cette profusion de sang.

— Promis, je n'ai ressenti aucun nouvel instinct meurtrier depuis hier, je réponds en riant, avant de leur relater l'incident qui a eu lieu.

Ma grand-mère hausse les sourcils d'impatience.

— Est-ce que tu as une bonne nouvelle à nous annoncer, oui ou non ?

— Je suis sûre que oui ! s'emballe ma nièce. Ils se kiffent trop pour rester séparés.

Je secoue la tête d'un air maussade.

— Non. C'est bel et bien fini entre Clément et moi.

Ces mots sont difficiles à prononcer car, au fond, une infime partie de moi continuait à espérer un peu. Mon cœur martèle contre ma poitrine, il proteste. Il n'est pas d'accord avec ce constat âcre et triste. Hélas, ce n'est pas lui qui décide.

Il n'y a rien d'autre à faire que tourner définitivement la page, même si c'est dur à digérer. Pourtant, c'est ainsi : nous ne ferons plus jamais de balades dans la forêt main dans la main, nous ne regarderons plus jamais, enlacés, le soleil se coucher au-dessus du lac situé près de la maison de Clément. Quand tout ira mal, pour me réconforter, je ne pourrai plus enfouir mon visage dans son cou, là où sa peau si douce contraste avec la texture épaisse de sa barbe. Je vais oublier peu à peu le contact de ses mains sur mes hanches, reléguer aux oubliettes l'odeur de nos corps emperlés de sueur après l'amour. Et je ne fredonnerai plus jamais à ses oreilles *Divine idylle*, notre chanson.

Ma folie, mon envie, ma lubie, mon idylle…

La voix de ma grand-mère me tire brusquement de mes rêveries.

— C'est l'occasion de t'ouvrir à de nouvelles perspectives, ma chérie. De faire de nouvelles rencontres.

Elle met une telle application à se donner un air innocent que je la soupçonne de mijoter quelque chose. Je n'ai pas le temps de l'interroger car la porte s'ouvre sur mon père, mon oncle et Lucien, chargés de couverts et de plats.

— Pour vous, mesdames, annonce Lulu d'une voix de stentor, rumsteck et pommes de terre rôties au four.

— Pour nous aussi, lui rappelle Xavier.

Mon père s'approche d'Emma-Lou et lui indique :

— Et pour toi, nous avons remplacé le bœuf par un steak végétarien.

— Merci, le remercie-t-elle timidement.

Un sourire se dessine sur les lèvres de Lulu, quand il s'installe face à la jeune fille.

— Tu sais quel est le comble pour un végétarien ? lui lance-t-il.

Elle secoue négativement la tête.

— Se faire carotter ses légumes.

Un rire s'échappe de ma bouche ; plus les blagues sont pourries, plus elles fonctionnent sur moi. Encouragé par mon côté bon public, le vieil homme enchaîne :

— Et la meilleure arme du végétarien, vous la connaissez ? C'est le lance-roquettes.

Emma-Lou rit poliment mais ma grand-mère rappelle Lulu à l'ordre :

— Dis donc, tu ne serais pas en train de te moquer de ma petite-nièce, quand même ? gronde-t-elle, le sourcil sévère.

— Comment résister à une femme qui me regarde de cette façon ? ironise-t-il.

Peu après le dessert, je félicite Emma-Lou sur le choix de sa veste.

— Elle te donne un joli teint et te va à ravir.

Voilà que je me mets à parler comme une vieille, maintenant.

— Merci, se rengorge-t-elle.

— Comment t'as fait pour pouvoir t'acheter du Chanel ? l'interroge Violette, les yeux pleins d'envie.

— C'est sa mère qui la lui a donnée, intervient Catherine. Elle lui était trop grande, elle ne l'a portée que durant sa grossesse.

Le sourire d'Emma-Lou s'évanouit aussitôt sous la réflexion maladroite de sa grand-mère.

— Je vais voir si les autres ont besoin de moi pour la vaisselle, déclare-t-elle en se levant.

Violette me jette un coup d'œil consterné et décide finalement de la suivre. Je me retrouve donc seule avec mon père, qui textote frénétiquement, Mamie et sa sœur.

— Emma-Lou m'a raconté ce qui lui est arrivé, dis-je en fixant Catherine ostensiblement.

Cette dernière me considère longuement sans rien dire, l'expression impénétrable. Son mutisme m'agace mais je m'efforce de n'en rien laisser paraître. Ma grand-mère rompt finalement le silence :

— Cette histoire est épouvantable.

Je rejette la tête en arrière de surprise.

— Tu es au courant ?

— Il m'a semblé bon de la prévenir, me répond Catherine à sa place. Je ne suis pas si insensible que j'en ai l'air.

Des yeux, j'interroge ma grand-mère.

— Je n'ai rien répété parce que j'estimais que ce n'était pas à moi de le faire, m'explique-t-elle. Les choses doivent déjà être assez difficiles pour cette petite pour qu'on ne lui jette pas en plus tous des regards de pitié.

— Ou des réflexions pas très sympas, dis-je un peu sèchement.

— On l'aide comme on peut, murmure Catherine. Ce n'est pas simple.

Ses pupilles s'embuent et elle frotte son index sous son oreille droite, où je remarque pour la première fois une petite plaque d'eczéma. Je m'en veux aussitôt de l'avoir jugée trop vite.

— Je sais que je suis malhabile avec Emmy, mais je ne m'attendais pas à prendre un tel raz de marée dans la figure... Personne n'est armé pour affronter ça.

— Et puis tu n'as pas vraiment appris à faire étalage de tes sentiments, lui fait remarquer gentiment Mamie, ce qui éveille à nouveau ma curiosité concernant leur passé.

Mon père lève enfin le nez de son Smartphone.

— Il lui est arrivé quoi, au juste ? demande-t-il, interloqué.

— Rien, répondons-nous toutes les trois en chœur, ce qui ne manque pas de nous tirer un éclat de rire.

Le chat, qui a décrété que je suis digne d'être aimée ce soir, me saute sur les genoux et m'assène de brusques coups de tête dans l'épaule pour que je daigne le caresser.

— Eh bien, monsieur Oscar, on ne vous a jamais enseigné comment vous y prendre avec les femmes ? ne puis-je m'empêcher de rire.

Catherine sourit tendrement.

— Il ne faut pas lui en vouloir, il a l'affection bourrue.

— Un peu comme Lulu, quoi ! souligne ma grand-mère, en rougissant légèrement.

Peu après, mon oncle et Lucien nous quittent pour rentrer au presbytère et mon père monte se coucher. Violette me demande :

— On peut rentrer chez Mamie ou tu crois qu'ils sont en train de faire des choses répugnantes sur le canapé ?

— Oh non, Violette, je t'en prie, je ne veux pas imaginer ça !

Ma grand-mère nous propose de rester encore un peu.

— Xavier m'a laissé un DVD de *The Walking Dead*, si vous aimez bien les séries avec les zombies.

— Je n'ai pas trop envie de regarder la télé, dis-je en réprimant un bâillement.

— Moi non plus, affirme Catherine. Ça empêche de bien dormir, de la regarder tard.

Les yeux de Mamie se mettent à pétiller de malice.

— Et si on se buvait un petit ratafia, les filles ?

— Oh oui ! s'écrient simultanément les deux adolescentes.

— Désolée, mes bichettes, mais vous n'étiez pas incluses dans ma proposition.

Pour toute réponse, elles esquissent une moue boudeuse.

— Vivement qu'on soit majeures, grommelle Violette.

Elle chuchote quelque chose à l'oreille d'Emma-Lou et cette dernière retrouve aussitôt le sourire. Les voir ainsi complices me réjouit.

— Vous pourriez nous raconter votre histoire… je suggère d'un ton suppliant à Mamie et Catherine.

Ma grand-mère dispose trois petits verres et une bouteille d'eau-de-vie sur la table.

— Qu'est-ce que tu veux savoir ?

— Tout ! Catherine m'a dit qu'elle n'avait pas grandi ici… Et vous êtes si différentes, pour des sœurs.

— Demi-sœurs, rectifie une nouvelle fois Catherine.

Nos verres remplis, Mamie se laisse aller contre le dossier de sa chaise. Elle pousse un profond soupir.

— Je ne sais pas par où commencer…

— Par le début, peut-être ? l'encourage Violette.

Catherine se redresse légèrement et déclare sans ambages :

— C'est très simple. En gros, mon père a couché avec la bonne. Elle s'est retrouvée enceinte et a accouché de Jacotte.

Ma mâchoire est en train de se décrocher de stupéfaction.

Ça y est, elle a pété une durite.

Pourtant, la révélation a beau être brutale, elle n'en paraît pas moins sincère.

— T'es une enfant illégitime, Mamie ?

Elle opine du chef et les deux sœurs entremêlent alors leurs deux voix pour nous faire le récit de l'histoire familiale. Celle qui a commencé avec Ernest, leur père, un avocat très en vue du barreau parisien dans les années trente. Ernest a épousé Yvonne, une jeune fille issue elle aussi d'un milieu aisé et tous les deux vivaient avec leur fils, Paulin, dans un appartement cossu situé près du Champ-de-Mars.

— C'était une autre époque, concède Catherine. Dans ce genre de mariage arrangé, il n'était pas rare que l'époux prenne des maîtresses.

— Mais plutôt que de s'enticher de belles danseuses ou d'actrices en vue, poursuit Mamie, il est tombé amoureux de ma mère, qui n'était qu'une simple bonne.

— Oh, je ne sais pas s'il était vraiment amoureux d'elle… minimise Catherine.

Ma grand-mère lui tient tête :

— Moi je te dis que si. C'est juste qu'il n'en avait pas conscience.

La petite bonne, chargée de l'entretien des sols, s'appelait Clara. C'était mon arrière-grand-mère. Tom l'a un peu connue, mais pas moi, car elle est décédée deux ans avant ma naissance. Abandonnée, Clara avait grandi dans un orphelinat (ce qui n'avait rien de romantique, nous assure Mamie). Elle a été trouvée le 11 août 1917 sur les marches d'une église parisienne, vagissant dans une boîte à chaussures. Comme c'était le jour de la Sainte-Claire, elle a été baptisée Clara et, à quinze ans, elle a commencé à travailler.

Trois ans plus tard, elle est entrée au service d'Ernest. La chevelure de feu de Clara et son sourire espiègle ont ravi le cœur de l'avocat et ils ont entamé une relation. En 1934, enceinte de son patron, elle a dû démissionner. Mais Ernest était un homme foncièrement bienveillant et, même s'il a mis un terme à leur histoire, au lieu de la chasser comme une malpropre, il lui a trouvé un logement et une nouvelle place chez des amis à lui, un couple d'intellectuels ouverts d'esprit.

— Il était très mal vu d'être fille-mère en ce temps-là, poursuit ma grand-mère. Aussi, il leur a fait croire que Clara était veuve depuis peu. Sa nouvelle patronne s'est vite attachée à elle, et quand je suis née, ma mère a eu le droit de m'emmener sur son lieu de travail.

Violette, Emma-Lou et moi sommes captivées par ce récit dont nous ne soupçonnions rien. Mamie se souvient avec émotion avoir été choyée. Les patrons de Clara la gâtaient comme si elle avait été leur propre petite-fille. Ils lui offraient des sucreries et des fruits bien juteux, lui ont appris à lire et à compter.

— Et mon père me rendait parfois visite.

— Tu savais qui il était ? l'interroge Violette.

— Ce n'était pas clairement dit, mais ce n'était pas un secret non plus. Je suppose que même les patrons de ma mère s'en doutaient, parce qu'un avocat aisé venant jouer avec la fille d'une petite bonne, c'était tout sauf naturel.

Emma-Lou se tourne vers Catherine.

— Et toi, tu faisais quoi pendant ce temps ?

— Je suis née quatre ans après Jacotte, lui répond sa grand-mère. Mon père ne s'est jamais caché d'avoir eu une fille adultérine… Et moi, je ne comprenais pas pourquoi ma grande sœur ne pouvait pas venir habiter chez nous. Mon frère ne s'intéressait pas à mes jeux, je m'ennuyais terriblement.

— Mais vous vous êtes finalement connues, fais-je remarquer.

Catherine hoche la tête.

— Il arrivait parfois qu'on se retrouve au parc pour jouer ensemble.

— Et dans ces cas-là, sourit Mamie, si ta mère était présente, je devais appeler Papa « mon bon oncle ». Tu te souviens ?

— Les arrangements de l'époque, approuve sa sœur.

Ma grand-mère nous explique ensuite qu'un soir de pluie estivale, un ou deux ans après la guerre, Ernest a débarqué dans le petit appartement étriqué de Clara.

— Il rentrait de Bretagne, où il avait passé tout l'été avec sa femme et ses enfants. Il a simplement dit à Maman qu'il avait besoin d'elle, car il devait se cacher.

Catherine lève un sourcil.

— Tu parles de la période où Papa a disparu pendant trois mois ? Il était chez ta mère, en réalité ?

— Il n'est resté que deux jours.

— Mais pourquoi est-ce qu'il devait se cacher ? s'enquiert Emma-Lou. Tu ne m'avais jamais dit ça, Mamie !

Nos verres sont à présent vides et je suis pendue à leurs lèvres.

— Mon père était soupçonné d'avoir tué le curé du village où nous passions nos vacances, lâche Catherine.

— Et il était bel et bien coupable, déclare Mamie d'une voix posée.

Mes cils papillonnent.

— Quoi ?

— Allons, Jacotte, cette eau-de-vie te fait dire n'importe quoi, la tance mollement Catherine. Tu sais bien qu'aucune suite n'a été donnée à cette affaire.

— Parce qu'il a pu s'enfuir dans les Basses-Alpes – c'est ainsi qu'on appelait ce département à l'époque, ajoute-t-elle à notre intention. Ernest y avait un ami haut placé à qui il avait rendu un grand service par le passé. Alors, il nous a embarquées, ma mère et moi, a loué cette maison pour nous y loger et il est resté pendant trois mois avec nous. Ce fut la période la plus heureuse de mon enfance.

Mamie avait douze ans à l'époque.

— Avoir mon père rien que pour moi, c'était inouï ! se souvient-elle. Loin du tumulte parisien, il avait retrouvé une forme d'insouciance et nous rattrapions à longueur de journée tout le temps passé l'un sans l'autre. Nous n'aurions pas pu être plus heureux.

Tous les deux partaient souvent en expédition dans la nature afin de compléter l'herbier qu'avait

débuté ma grand-mère, il lui expliquait les problèmes de mathématiques qu'elle avait parfois du
mal à comprendre, imitait Maurice Chevalier pour
la faire rire. Une fois, il l'a même emmenée jusqu'à
Nice pour lui offrir une nouvelle robe.

— Je l'ai toujours gardée, elle est dans une
housse, dit-elle en essuyant une larme qui roule lentement sur sa joue.

Clara étant tombée amoureuse de cette région
montagneuse, Ernest a finalement acheté la maison
pour qu'elle puisse y rester et lui a trouvé une place
à la mairie.

— Ça a été un déchirement, le jour où il nous a
annoncé qu'il rentrait à Paris. J'ai cru que ma mère
allait lui arracher la tête. Elle était comme ça, très
volcanique. Pauvre Papa !

— Mais pourquoi tu idolâtrais ton père s'il a
assassiné un curé ? s'offusque Violette. C'est grave
choquant !

— Tous les prêtres ne sont pas aussi bons que
peut l'être Xavier, ma puce.

Pour la première fois depuis qu'elles ont commencé leur récit, Catherine semble partager l'opi-
nion de sa sœur.

— Celui-ci avait dénoncé trois familles juives
aux Allemands, pendant la guerre. Aucune n'est
rentrée des camps, nous apprend-elle, la gorge
nouée.

Mamie nous raconte que leur père, après l'Armis-
tice, avait intégré un groupe d'anciens résistants qui
refusaient de laisser certains crimes impunis.

— Les expéditions punitives s'organisaient un
peu partout dans le pays. Ils ne croyaient plus en

la justice, pas après les horreurs qui avaient eu lieu. Alors, ils la faisaient eux-mêmes.

En passant trois mois à Vallenot, Ernest a réussi à se faire oublier et son ami a fait étouffer l'affaire.

— Lorsqu'il est rentré à Paris, enchaîne Catherine, ma mère l'a accueilli comme s'ils s'étaient quittés le matin même. Elle n'a posé aucune question. Ce n'était pas le genre de la maison.

Mon arrière-grand-père a succombé à un cancer dix ans après. Catherine nous explique que sa mère lui a conseillé de prendre ses distances avec « la bâtarde », comme elle l'appelait.

— Elle était terrorisée à l'idée que Jacotte en veuille à notre héritage, d'autant plus que mon frère, qui souffrait de problèmes pulmonaires, n'a pas tardé à suivre Papa dans la tombe.

— On m'a certifié qu'elle avait piqué une crise de nerfs en apprenant qu'il me laissait cette maison, rapporte Mamie.

— On ne peut pas dire que ça l'a mise en joie, même si elle n'a jamais mis les pieds à la montagne… Ma mère avait aussi ses torts. Tout le monde en a.

— Évidemment, lui accorde Mamie en lui recouvrant la main de la sienne. Moi, j'ai cru durant de nombreuses années que tu me snobais parce que tu étais la fille légitime.

— Oh, non. Si tu savais comme j'aurais aimé qu'on grandisse ensemble ! Mais cela n'aurait pas été correct vis-à-vis de Maman, bien sûr.

— J'aurais pu t'écrire ou te téléphoner. Va savoir pourquoi, je ne l'ai jamais fait…

Catherine lui sourit timidement.

— Remuer le passé m'a épuisée. Je suggère que nous allions nous coucher.

La tête encore bourdonnante de l'histoire de Clara, je rentre chez ma mère, prête à m'abandonner à un sommeil profond.

14

— Tu tombes bien ! m'accueille ma grand-mère, le lendemain matin. Nous sommes en plein conseil de guerre.

Qui a osé prétendre que la vie était un long fleuve tranquille, déjà ?

La mine préoccupée, mon père m'adresse un petit salut de la main tandis que Mamie le toise avec une expression d'attente inquiète. Catherine, quant à elle, s'évertue à fixer un Oscar qui a entrepris de se nettoyer les parties intimes, indifférent aux deux oiseaux qui font semblant de roupiller dans la cage.

La voix tendue, je m'enquiers de ce qui se passe.

— Céleste me demande de prendre une décision pour nous deux, lâche Papa.

Voilà qui explique donc l'ambiance de folie, ce matin.

Je relâche discrètement mon souffle, soulagée d'apprendre que, cette fois-ci, personne n'a fait de coma éthylique devant la grille du cimetière.

Je me risque à questionner mon père :

— Est-ce que c'est pour ça que tu n'allais pas très bien, ces derniers jours ?

Il ouvre machinalement un placard, le referme et s'adosse au plan de travail, les bras croisés sur son torse.

— Non, elle m'a envoyé son message hier soir. Je ne sais pas trop quoi en penser.

— Comme je te l'ai déjà dit, ce ne serait pas une mauvaise idée que tu y réfléchisses, rétorque ma grand-mère. Je comprends qu'elle puisse s'impatienter.

Je la considère avec étonnement et plisse le front.

— Tu ne trouves pas qu'il ressasse assez comme ça depuis qu'il s'est mis en congé ?

— Ma chérie, tu apprendras très vite que passé cinquante ans, le nombre d'années qu'il nous reste à vivre diminue, me recadre ma grand-mère. Pourquoi ne pas les mettre à profit pour se recentrer sur ce qui compte vraiment ?

L'odeur du café en train de passer emplit la pièce et je me demande quel effet ça peut bien faire de savoir qu'on a vécu plus d'années que ce qu'il nous en reste. Se retourne-t-on régulièrement pour voir ce que l'on a parsemé sur le chemin de sa vie, ou avance-t-on en regardant droit devant soi, dans une confiance sereine ?

— Et toi, Papa, de quoi as-tu envie ?

— Je ne sais pas vraiment…, avoue-t-il, perdu, en passant une main sur son visage froissé.

— Tu attends d'être mort pour te rendre compte que tu l'aimes, Éric ? s'enflamme Mamie. Ça se résume à quoi, une existence ? On travaille, on paye les factures, on remplit le frigo et on tire sa révérence ? Nous évoquions ma mère, hier soir ; c'est une chance qu'elle ait vécu si longtemps vu la vie qu'elle a menée. Eh bien, sur son lit de mort, elle n'a eu qu'un seul regret : n'avoir pas su retenir mon père.

Un silence hésitant s'abat sur nous.

— C'est exactement ça, déclare mon père au bout de quelques secondes. J'ai l'impression d'avoir vécu une petite vie sans vie. Je n'ai rien accompli. Rien.

La gorge nouée par l'émotion, je me lève et le rejoins pour lui presser tendrement l'épaule.

— Allons, Papa, tu t'en es plutôt bien sorti.

Il laisse passer quelques secondes durant lesquelles ma grand-mère nous verse du café dans des tasses, et pousse un long soupir.

— C'est compliqué, Léna, compliqué… Bon, je vais au presbytère, dit-il pour clore la conversation. Xavier a besoin de moi.

Nous le regardons quitter la pièce et, à cet instant précis, aucune de nous n'est capable de prédire quelle décision va prendre mon père. Pour ma part, je n'arrive plus du tout à le cerner. Je me surprends à penser à voix haute :

— Quel gâchis… Il était pourtant si bien, avec Céleste !

— Je suis certaine qu'ils se réconcilieront, m'assure ma grand-mère.

Sa sœur lui adresse un regard compatissant.

— Tout de même, ça ne doit pas être une partie de plaisir de récupérer son gamin à la maison. Surtout à cet âge-là.

— Tu veux que je te dise, Catherine ? lui souffle-t-elle. La vie est un intarissable nid à emmerdes. Mais que veux-tu ! Une fois qu'on est mère, c'est à vie.

Puis elle porte délicatement sa tasse à sa bouche et me scrute avec la plus grande attention, comme pour percer mes secrets.

— Et toi, ma chérie, qu'est-ce que tu envisages en ce qui concerne tes amours ?

Je m'enfonce contre le dossier de ma chaise. Mes pensées incessantes m'ont tenue éveillée durant une bonne partie de la nuit et j'ai eu tout le loisir de réfléchir au désastre de ma vie amoureuse. Il m'est finalement paru évident que Clément est passé à autre chose. Alors je dois faire pareil. Il faut que je me rince le cœur de lui car je ne peux pas attendre jusqu'à ma mort qu'un miracle se produise. Mais, comme d'habitude, des sentiments contradictoires s'affrontent en moi. L'oublier ne sera pas facile, je sais que je vais en baver.

— Je pense qu'il est temps de m'ouvrir à la nouveauté, dis-je d'un ton peu convaincu.

Les yeux de Mamie se plissent de plaisir, comme si le vrai John Travolta, époque *Grease*, venait d'apparaître devant elle.

— Je suis contente de t'entendre dire ça ! Je trouve dommage que ça n'ait pas marché entre Clément et toi, mais si tu sens qu'il n'y aura pas de nouveau départ entre vous, tu ne perdras rien à fréquenter d'autres hommes.

— Tu ne penses pas que je devrais plutôt profiter de mon célibat ?

— Ne raconte pas de bêtises. Le célibat, ça te rend l'œil triste et le teint terne.

Mamie et son tact légendaire.

— Merci, je me sens déjà beaucoup mieux, dis-je en grimaçant.

Le menton reposant dans sa paume, elle lève les yeux vers moi.

— Excuse-moi, ma puce, mais tu es tellement pâle qu'on voit tes veines. Ça me fait penser aux traînées bleues dans le roquefort.

— Bonjour la poésie ! Tu es vraiment en train de me comparer à du fromage ? je tente d'articuler entre deux éclats de rire.

— Je te promets que les odeurs n'ont rien à voir là-dedans ! rit-elle. Bon, Léna, tu sais que je suis inscrite sur Meetic…

— Il faudrait vraiment venir d'une autre planète pour l'ignorer.

Sans crier gare, les perruches se réveillent en même temps et se mettent à pousser des cris perçants. Le chat fait un bond et s'aplatit avant de disparaître sous le buffet. Catherine jette une œillade courroucée aux oiseaux, puis s'adresse à ma grand-mère :

— Ces sites de rencontres vont finir par t'attirer des ennuis, Jacotte.

Finalement, c'était peut-être sa sœur qu'elle toisait sévèrement.

— Tttt, proteste cette dernière. Que veux-tu qu'il m'arrive, enfin ? Il n'est pas né, celui qui me fera la misère, tu peux me croire.

Ma grand-mère se tourne vers moi et reprend, avec les inflexions exactes d'une fillette lâchée dans un magasin de jouets :

— Que dirais-tu si je t'annonçais que, depuis hier, tu discutes avec un charmant jeune homme qui a à peu près ton âge ?

Deux pensées me viennent concomitamment : la première, c'est que si je faisais une chose pareille, je m'en souviendrais forcément. La seconde, c'est que « à peu près » mon âge, ça peut vouloir dire tout et son contraire.

— Tu peux rembobiner, Mamie ?

— Suis-moi, je te montre, m'ordonne-t-elle en se levant.

Catherine nous emboîte le pas et, quelques secondes plus tard, nous sommes toutes les trois installées devant l'ordinateur portable de ma grand-mère, qui a ouvert une boîte de messagerie dans laquelle elle a entamé un dialogue avec un certain Benoît8604.

— Lis, m'encourage-t-elle en inclinant l'écran vers moi.

Je découvre, horrifiée, qu'elle m'a créé un compte, illustré par une photo sur laquelle je me tiens de dos, observant un coucher de soleil. Un court texte prétend que je suis là car je cherche l'âme sœur :

Léna, 31 ans, grande romantique. J'attends celui qui fera battre mon cœur de bonheur pour que nos vies vibrent au diapason.

Mon Dieu ! Si je croisais cette personne qu'elle décrit et qui n'est pas moi, je la trouverais d'une naïveté déconcertante.

— J'ai viré ceux que je soupçonnais de vouloir un plan cul, me précise ma grand-mère d'un air très naturel. Il y en a un qui m'a demandé ta pointure aussi, ça sentait le fétichiste si tu veux mon avis. Mais ce Benoît a l'air mignon comme tout.

Je la fixe d'un regard morne et étudie la photo que l'homme a choisi de mettre en avant. Physique quelconque, cheveux châtain foncé, yeux bleus, tee-shirt noir sans motif. Accroupi, il enserre affectueusement un labrador. Dans la conversation que Mamie a engagée en se faisant passer pour moi, je lui parle de mon métier de décoratrice textile, de mon amour pour la nature… et pour les fêtes de Noël.

C'est une période tellement importante à mes yeux ! Je me réjouis chaque année de passer Noël auprès des miens, dans mes montagnes.

— Euh… Tu n'y es pas allée un peu fort, là ? je proteste.

Mamie me tapote la main.

— Ce jeune homme a l'air d'être très famille. Il a perdu son frère aîné quand il était plus jeune et ça l'a beaucoup marqué.

En effet, Benoît, que je n'ai jamais vu, confie donc à une parfaite inconnue que cet aîné emporté trop tôt par un accident de la route en sortant de boîte était pour lui un modèle et a laissé un vide cruel dans son cœur.

— J'ai l'impression qu'il cherche davantage une psy qu'une copine, ne puis-je m'empêcher de souligner à voix haute.

— Ne me dis pas que tu ne le trouves pas touchant ! soupire ma grand-mère, désespérée. Ce garçon est un oiseau rare.

— Non, tu *imagines* que c'est un oiseau rare, nuance. Tu crois à l'homme idéal avec la même ferveur que Xavier croit en Dieu.

— Sans vouloir te vexer, tu n'es pas vraiment en situation de faire la fine bouche.

— Ça, c'est vrai, approuve Catherine. De mon temps, tu aurais déjà été considérée comme une vieille fille.

Elle se penche par-dessus mon épaule pour mieux lire.

— Cet homme est… Comment on dit, de nos jours ? Il a l'air *grave kiffant*.

Je lève les yeux au plafond. Pourquoi la vie a-t-elle décidé de m'affubler d'une famille aussi loufoque ?

— Je comprends qu'il vous fasse *kiffer*. Un homme propre sur lui… (je poursuis tout en parcourant son profil) … fan de randonnées en montagne et commercial en produits médicaux… Il a tout pour *vous* plaire.

— Je ne vois pas ce que tu lui reproches.

D'accord, ma grand-mère a raison. C'est le type d'homme bien rangé qui ne m'inspirera aucune passion (donc pas de souffrance) et pour lequel, avec un peu de chance, je pourrais éprouver sur la durée un amour empreint de tendresse. Fini, le cœur qui pleure.

— C'est seulement que, de prime abord, je ne me sens pas particulièrement attirée par Benoît, même si les minauderies que tu lui as écrites lui ont sûrement laissé penser le contraire. Il semble accorder sa confiance un tantinet trop vite et ça me met mal à l'aise.

D'ailleurs… oh non ! À la fin de la conversation, il me demande si je serais d'accord pour lier connaissance autour d'un verre demain, aux alentours de dix-huit heures.

— Qu'est-ce que je suis censée lui répondre ?

— Oui ! s'exclament les deux sœurs à l'unisson.

— Évidemment, que tu vas accepter, développe ma grand-mère. Ça te changera les idées, si tu vois ce que je veux dire.

— Je n'ai pas envie de m'envoyer en l'air avec un inconnu, Mamie !

— Ce n'est pas un inconnu, ça fait vingt-quatre heures que tu discutes avec lui.

Je lui adresse un regard plein de sous-entendus et elle concède :

— Bon, c'est sûr, tout dépend du point de vue duquel on se place… Mais ce serait quand même dommage que tu lui répondes non.

Catherine, cette traîtresse qui, il y a encore quelques minutes, mettait pourtant sa sœur en garde contre les rencontres de ce genre, souligne :

— Personne ne te demande de te jeter dans ses bras. C'est un type sympa avec lequel tu vas aller boire un verre. Ça ne t'engage à rien.

Je secoue la tête en me disant que si l'homme de ma vie gisait au fond d'un lac glacé, elles seraient capables de m'y jeter, juste *parce qu'il a l'air sympa et grave kiffant.*

Ma grand-mère juge bon d'en rajouter une couche :

— Qu'est-ce que tu risques ? Vous pouvez aussi bien avoir un coup de foudre l'un pour l'autre que devenir les meilleurs amis du monde.

Ou n'avoir rien à nous dire.

— Bon, c'est OK, je souffle, résignée, dans l'espoir qu'elle me fiche enfin la paix avec ce site et ces hommes mystérieusement célibataires malgré leurs profils aux allures parfaites.

Comme ma grand-mère se met à battre frénétiquement des mains, je lui précise qu'il est inutile pour l'instant de faire publier les bans.

— Mais non ! me répond-elle en me pinçant une joue, de la même manière que lorsque j'étais petite. C'est juste que je suis contente. Tu passeras demain avec les filles pour qu'on choisisse ta tenue.

Elle est aussi excitée que si c'était elle qui venait de décrocher un rencard. J'espère qu'elle n'aura pas l'idée de me filer pour vivre la rencontre en direct !

***

— Enfin, nous arrivons ! dis-je en soupirant de soulagement, alors que la voiture aborde le dernier virage avant Vallenot.

L'après-midi qui vient de se dérouler a été affreusement long. Violette et Emma-Lou ont voulu que je les emmène terminer leur shopping de Noël et nous avons passé des heures à nous mêler à la joyeuse et éreintante effervescence consumériste. Manifestement, cela ne leur a pas suffi, puisqu'elles ont ensuite tenu à faire du patin à glace sur le marché de Noël de la ville.

— Comme l'année dernière ! m'a précisé Violette en m'envoyant un clin d'œil censé me rappeler de bons souvenirs.

Alors j'ai patiné avec elles, en songeant que les années se suivent et ne se ressemblent (presque) pas. L'année dernière, Tom et moi avions pratiquement dû traîner ma nièce de force sur la piste.

L'année dernière, les organisateurs, entre deux chansons de Noël, passaient des tubes des années quatre-vingt. Comme cette année, en fait. Exactement la même compilation, avec, dans l'ordre, le groupe Images et ses *Démons de minuit*, puis Wham avec *Last Christmas*, une chanson que je déteste désormais cordialement. L'année dernière, comme George Michael, moi aussi j'ai donné mon cœur et il a ensuite été abandonné.

L'année dernière, à cette même date, nous ignorions tout de l'endroit où se trouvait ma mère. Cette année, j'ignore comment aider mon père à aller mieux.

L'année dernière, j'ai accepté un dîner avec un ancien camarade de classe alors qu'il y avait déjà une attirance latente entre Clément et moi. Cette année, je vais aller boire un verre avec un inconnu alors que mon cœur bat toujours pour Clément.

La vie a quand même un sens de l'humour particulier. Elle devrait s'écrire au crayon de papier pour qu'on puisse en gommer tous les ratés, ce serait bien moins compliqué.

— Mais bouge-toi, Léna ! a soudainement crié Violette, me voyant perdue dans mes pensées. T'es aussi molle que des nouilles trop cuites !

J'ai sursauté, j'ai chuté et entraîné les filles avec moi. Nous avons terminé notre course sur les fesses. Comme l'année dernière.

— C'était quand même trop cool cette journée ! lance Emma-Lou, tandis que je m'engage dans notre rue.

— C'est vrai, j'admets en souriant, ravie qu'elle ait pris du plaisir pendant ces quelques heures passées en notre compagnie.

J'aurais aimé qu'elle nous parle, qu'elle se confie sur ses drames et sur ses vides à combler à chaque fois qu'elle extirpait un Kinder Bueno de son sac à main, mais Violette et moi avons préféré ne pas insister. Les mots sont délicats à poser sur des blessures, et il arrive parfois qu'au lieu de les cicatriser, ils les rouvrent.

Je gare la voiture devant la maison et c'est en fredonnant *Les Démons de minuit* que nous nous rendons chez ma grand-mère, où nous sommes attendues pour le repas. Tirant mon portable de ma poche, je m'aperçois que j'ai raté un appel de ma mère. J'ai d'abord un petit mouvement de surprise puisqu'elle téléphone rarement, sauf en cas d'urgence. Mais enfin, puisque nous sommes là, je vais être rapidement fixée.

Violette pousse la porte d'entrée (ma grand-mère nous a tellement répété que nous n'avions pas besoin de sonner !) et j'appelle machinalement :

— Mamie ?

— On a trouvé des cadeaux de ouf ! s'exclame ma nièce en se débarrassant de son manteau.

Dans la cuisine plongée dans la pénombre, le silence des oiseaux me pèse soudainement plus que leur vacarme habituel. Et pourquoi aucun écho de conversation ne provient du salon ?

Emma-Lou semble saisir mon appréhension grandissante et me regarde en fronçant les sourcils.

— Bah alors, vous êtes tous endormis ? plaisante Violette en ouvrant vivement la porte de la salle à manger.

Ma nièce se fige aussitôt et je l'imite en découvrant un jeune homme qui vient de se lever précipitamment d'une chaise, comme s'il était en train de commettre un acte illicite. Dans sa hâte, il a renversé un verre d'eau et, sans un mot, il nous dévisage. Il paraît à la fois curieux et choqué, pour ne pas dire affolé. C'est alors que je remarque à quel point il ressemble à Tom, au même âge. Dix-sept, dix-huit ans à vue de nez. Mon frère n'aurait quand même pas… ?

Rationalise, Léna, et vite !

— C'est quoi, ce délire ? lance Violette d'une voix haletante. T'as tué notre famille, c'est ça ?

En reculant, elle se heurte à Emma-Lou, qui pousse un cri semblable à celui de la fille qui va se faire scalper dans un film d'horreur.

— Tu… es qui ? je demande à l'adolescent, la voix obstruée par ma trachée qui se rétrécit.

Sans répondre, il avance vers nous tandis que les filles se réfugient au fond du couloir, se serrant l'une contre l'autre. Derrière moi, des mains se posent sur mes épaules et je pivote brusquement, retenant de justesse un hurlement en reconnaissant mon père.

— Léna…, bredouille-t-il, gêné.

Ma gorge s'assèche. J'ai un mauvais pressentiment. Je me braque aussitôt et assène d'un ton cassant :

— Quoi, Léna ?

— Je suis désolé, ma puce. Je n'avais pas l'intention qu'une chose pareille se produise.

Il parle en gardant les yeux rivés au sol et mon exaspération augmente d'un cran.

— La chose pareille, c'est moi, déclare l'adolescent en serrant les mâchoires.

— Noah, ne complique pas la situation…, supplie mon père, la voix brisée.

— Noah ? je répète en laissant mon regard flotter de l'un à l'autre.

L'adolescent hoche la tête.

— Oui, je m'appelle Noah. Et si tu es Léna, alors… tu es ma grande sœur.

J'aimerais pouvoir dire qu'à ce moment-là, tout devient noir et que je m'évanouis.

J'aimerais pouvoir penser que ce n'est qu'un rêve sans queue ni tête et que je vais me réveiller.

Au lieu de quoi, je ne parviens qu'à formuler une seule question :

— C'est quoi, ces conneries ?

15

En fait, je n'ai même pas attendu les explications de mon père. Je me suis ruée sur la porte d'entrée, et puis j'ai vomi sur le trottoir verglacé. Violette et Emma-Lou n'ont pas tardé à me rejoindre, me frottant le dos d'un geste réconfortant. Je tremble violemment et ce n'est pas dû au froid. Mon père a eu un fils caché, bordel ! Avec ses liaisons sporadiques, cela devait bien finir par arriver et pourtant, je fulmine. Depuis combien de temps mène-t-il une double vie ? Et qu'est-ce que ce môme fout chez ma grand-mère, bon sang ? Je ferme les yeux et inspire l'air glacé, comme si cela pouvait m'aider à y voir plus clair. Ce qui n'a évidemment aucun effet.

Violette renifle avant d'essuyer une larme qui roule sur sa joue. Notre cousine passe un bras autour de ses épaules pour tenter de l'apaiser. Il n'y a rien à dire, rien à faire, à part fixer le paysage obscurci par la nuit. Emma-Lou brise finalement notre silence :

— On ferait mieux de rentrer avant d'attraper la mort.

Puis elle nous attrape par les mains, nous forçant à la suivre chez ma mère. Ce soir, l'adolescente blessée et perdue s'est transformée en guide. J'ai l'impression de traverser la maison comme un fantôme. Sans même ôter mon manteau, je me dirige d'un pas mécanique vers la cuisine et m'assois sur la première chaise libre. Mes jambes ne tiendront pas le coup plus longtemps.

Cette révélation m'a tellement ébranlée que je suis comme anesthésiée, incapable d'esquisser le moindre geste ou de prononcer le moindre mot. C'est comme si mon univers venait de basculer, je n'y comprends plus rien.

— Tu es livide, me fais remarquer Maman tout en remuant un plat qui mijote sur le feu. Est-ce que tu as écouté mon message ?

Je hoche la tête en signe de négation.

— On vient de voir Papy, déclare Violette en se faisant violence pour rester calme. Et Noah, aussi.

Ma mère coupe le gaz et s'approche de nous.

— Oh, les filles ! compatit-elle doucement.

Je retrouve peu à peu mes esprits et la parole.

— Est-ce que tu étais au courant ?

— Bien sûr que non, Léna. Aucun de nous n'imaginait ça.

Je crois que j'aurais préféré qu'elle me dise qu'il s'agit d'un énorme malentendu. Que ce gosse est un mythomane ou que les filles et moi avons été victimes d'une hallucination collective due à une indigestion de churros.

La voix d'Emma-Lou me sort de mes pensées. Elle veut savoir où se trouve sa grand-mère, dans tout ça.

— Elle est au presbytère avec Jacotte et Lulu. Vu les circonstances, il était préférable de laisser Éric et Noah en tête à tête.

— Quelles circonstances ? je demande en lui envoyant un regard aigu. Il sort d'où, ce garçon, d'abord ?

— C'est avec ton père que tu dois avoir cette conversation, ma chérie. Nous sommes tous sonnés, et lui le premier, me précise-t-elle, accablée.

Je laisse échapper un demi-éclat de rire ironique.

— Serais-tu en train de prétendre que Papa ne connaît pas son propre...

Fils. Ce môme est son fils, je ne peux pas le nier.

Maman acquiesce.

— C'est la première fois aujourd'hui qu'il le voit. J'ai essayé de te joindre pour te dire de venir directement ici, car je ne voulais pas que tu te retrouves confrontée à cette nouvelle de façon aussi abrupte.

— Si je m'étais doutée un seul instant d'un tel rebondissement, j'aurais écouté mes messages...

— Comment aurais-tu pu t'en douter ? Noah a débarqué chez ta grand-mère sans prévenir... Elle en était toute retournée.

Je me lève subitement, en proie à la colère.

— Où est-ce que tu vas ? veut savoir ma mère.

Sans lui répondre, je me rue à l'étage et m'enferme dans la salle de bains. Là, je m'adosse à la porte, la tête en arrière. Comment ont-ils pu faire ça à ma grand-mère ? Elle n'en a pas assez vu pour qu'en plus, un petit-fils inconnu débarque chez elle pratiquement la veille de Noël ?

— Léna ?

Derrière la porte, la voix inquiète de Maman chuchote et me demande si tout va bien. Je lui ouvre, et me dirige vers le lavabo pour m'asperger la figure d'eau froide.

— Je comprends que cet événement te bouleverse, ma chérie. Essaie de ne pas trop en vouloir à ton père, cependant.

J'enfouis mon visage dans une serviette de toilette afin d'essuyer les gouttes accrochées à ma peau.

Ne pas trop en vouloir à mon père, elle en a de bonnes !

— Est-ce qu'au moins, il avait l'intention de nous révéler un jour l'existence de ce fils caché ? je lance en inclinant légèrement la tête pour marquer mon scepticisme.

— Ton père est le seul à avoir la réponse, Léna.

— Alors, je vais aller lui poser la question de ce pas.

Sans lui laisser le temps de me retenir, je dévale les escaliers comme une furie et me rends tout droit dans la maison d'à côté. Averti par le bruit de la porte d'entrée, mon père m'accueille dans l'encadrement du salon, la mine défaite. Il a les traits tirés de celui qui cumule les mauvaises nouvelles, le regard qui crie un besoin pressant de dormir et de tout oublier.

J'ai envie de le secouer. J'ai envie de le serrer dans mes bras. J'ai envie de lui hurler dessus pour cette agitation qu'il nous fait encore subir. J'ai envie de le réconforter et de lui dire qu'on va le soutenir.

Je maudis ses silences et appréhende ses paroles. Je suis furieuse et émue. C'est mon père, et même si je ne m'habituerai jamais aux coups de théâtre qui jalonnent son existence, je l'aime.

Pendant que mon esprit joue au ping-pong entre toutes mes contradictions, Noah me scrute avec attention. Cherche-t-il des similitudes sur nos traits ? Les siens sont criants de vérité et ce constat m'émeut. L'émotion de découvrir un nouveau membre de sa fratrie est forte. Elle me heurte de plein fouet et prend le pas sur ma stupeur.

Mais, pour l'heure, je demande au jeune homme de nous laisser.

— Je dois parler avec mon père.

— C'est aussi le mien, me provoque-t-il.

Génial, je n'avais pas assez de deux ados du même genre à gérer !

Je prends une inspiration pour réprimer mon agacement.

— Noah, tu joueras à ce jeu-là quand on se connaîtra mieux, OK ? Je manque de patience ce soir et je n'ai pas envie que nos liens fraternels débutent sur de mauvaises bases.

Il me renvoie un sourire canaille en enfilant son manteau et je lui précise qu'il peut se rendre dans la maison d'à côté. Sitôt Noah parti, je prends place sur la chaise qu'il occupait jusque-là. Je me fais la brève réflexion que chez nous, tout se joue toujours autour d'une table : on se confie nos vies pendant les repas, on papote autour d'un café ou d'un thé, on est contents qu'une table se dresse entre nous si on a des choses graves à se dire. Nos mots glissent et rebondissent sur la rusticité du pin, s'y cognent parfois.

Je ne sais pas pourquoi je pense à de tels détails en ce moment.

Mon père s'assoit face à moi et me laisse pianoter nerveusement des doigts sur la nappe. Il paraît tout penaud aussi, je décide de rompre la glace.

— Il a quel âge ?

— Dix-huit ans.

Il a chuchoté, comme s'il avait peur. Comme s'il redoutait que je puisse exploser à tout instant.

— Dix-huit ans. OK. Je pense que si Maman avait été enceinte l'année de mes treize ans, je l'aurais remarqué…

— Nous étions déjà divorcés, me coupe-t-il.

— Je sais, mais explique-moi, parce que je suis complètement larguée. Tu n'as pas voulu saisir les perches que je t'ai tendues pour que tu me parles, j'assène, accusatrice. J'ai essayé de t'aider. Pourquoi tu ne m'as rien dit ? Depuis quand es-tu au courant ? Est-ce que tu te rends compte de l'état dans lequel doit être Mamie ?

Je m'arrête pour reprendre mon souffle, mais d'une injonction, il m'empêche de poursuivre.

— Peux-tu juste te taire et m'écouter, Léna ?

Mon père hausse rarement la voix. Or l'effet s'avère immédiat ; le calme revient instantanément en moi.

— Ta grand-mère va bien, poursuit-il d'un ton affirmé. Elle a un peu pleuré sous le coup de l'émotion, mais tu la connais, son optimisme va reprendre le dessus.

— Je l'espère. Parce que la surprise est assez violente, là.

Il baisse les yeux, affligé.

— Elle l'a été pour moi aussi, souffle-t-il. C'est tout sauf simple…

— Je t'écoute. Je n'attends plus que des réponses.

Mon père avale sa salive, semblant chercher ses mots et se met enfin à me raconter :

— Il y aura bientôt un an, le jour du Nouvel An, j'ai reçu un coup de fil d'une de mes ex, Graziella.

La fameuse Graziella ! Et merde, il a bien essayé de m'en parler !

Catastrophée de n'avoir pas su lui tendre la main quand je l'aurais dû, je hoche lentement la tête, l'encourageant ainsi à continuer.

— Ce jour-là, elle m'a annoncé que, peu après notre rupture, elle s'est rendu compte qu'elle était enceinte et que j'étais le seul à pouvoir être le père.

— Votre rupture date de quelle année ?

— 2000.

Jusque-là, ça colle. Suspicieux, Papa l'a alors interrogée : pourquoi avait-elle attendu autant d'années pour lui apprendre la nouvelle ?

— Elle m'a dit qu'à l'époque, elle avait pris peur. Elle redoutait que je ne l'accuse de m'avoir fait un enfant dans le dos pour me retenir.

Je lui demande s'il aurait été réellement capable de penser cela.

— Non… j'aurais cru à un accident. Et c'en était un. Nous n'étions pas amoureux l'un de l'autre. Nous aimions passer du temps ensemble, mais ça s'arrêtait là.

— Et pourquoi, d'un coup, a-t-elle jugé bon de t'informer du cadeau que tu lui as laissé ?

Mon père se lève et me fait signe de le suivre sur le balcon, où il allume une cigarette. Il exhale une longue bouffée de nicotine avant de poursuivre son récit :

— Apparemment, les disputes entre Noah et Graziella étaient devenues fréquentes. Le fait d'avoir grandi sans père ne l'avait pas tellement gêné, puis il est arrivé à l'âge du désir d'indépendance, de couper le cordon.

La question est finalement tombée : Noah a exigé de savoir qui était son géniteur. Il souhaitait le retrouver.

— C'était sûrement avec la volonté de blesser sa mère, au départ. Il était en rébellion permanente contre elle. Mais l'idée a viré à l'obsession.

L'adolescent a annoncé à sa mère qu'il comptait lancer une procédure de reconnaissance de paternité, convaincu que mon père en voudrait à Graziella pour ce temps qu'elle leur avait volé.

— Et tu lui en veux ?

— Avec le recul, je me dis qu'elle aurait dû me parler de sa grossesse dès le départ. Mais sur le coup, l'année dernière, j'ai pris peur. C'est pour ça que j'ai supplié ta mère de me laisser une seconde chance.

Il secoue la tête, frappé par l'absurdité de sa réaction.

— J'ignore ce que j'espérais. Peut-être que je croyais qu'en agissant ainsi, j'allais effacer définitivement Graziella et Noah de ma vie, pouvoir faire comme si cet appel n'avait jamais eu lieu.

Papa m'explique qu'il est quand même parvenu à se raisonner, toutefois sans rien avouer à personne.

— Graziella ne donnant plus de nouvelles, j'ai opté pour la politique de l'autruche.

Néanmoins, elle l'a à nouveau contactée il y a quelques mois, en lui disant que Noah souffrait vraiment de ne pas connaître son père.

— Son psy l'encourageait à entamer des démarches pour au moins me rencontrer.

Effrayé par cette nouvelle perspective, Papa n'a fait que repousser l'inéluctable moment. C'est ainsi qu'il a tout plaqué pour se réfugier chez ma grand-mère.

— Je m'en voulais terriblement, Léna. Je m'en veux toujours. Tout m'est revenu d'un coup en plein visage et j'ai eu le sentiment d'être passé à côté de mon rôle de père. Pas seulement envers Noah, mais aussi envers Tom et toi.

Il écrase son mégot et se tourne vers moi.

— Vous devez avoir une image déplorable de moi. Quel genre de père peut agir ainsi ?

Je redresse la tête afin de pouvoir le fixer dans les yeux.

— Papa, je te l'ai déjà dit, Tom et moi n'avons rien à te reprocher. Tu as toujours, toujours été présent pour nous. Quant à Noah, tu n'y es pour rien puisque tu n'étais même pas au courant de son existence.

— Certes… mais ma première réaction quand je l'ai su a été le rejet. Tu te rends compte ?

— N'importe qui aurait paniqué. Se découvrir père d'un gamin de dix-huit ans, ça doit quand même faire un drôle d'effet.

J'ajoute qu'en définitive, ils ont pu se rencontrer, même si le lieu n'était pas idéal.

— Je n'ai rien choisi du tout, m'avoue-t-il en secouant ses boucles poivre et sel. Noah a fouillé le téléphone de Graziella – enfin ça, c'est la version officielle. Peut-être que Graziella elle-même lui a tout déballé car je lui avais écrit par SMS que je restais quelque temps chez ma mère.

Je me convaincs aussitôt que ce SMS de Papa était un acte manqué. Si vraiment il n'avait pas désiré que quelque chose se produise, il n'aurait jamais pris le risque de préciser où il se trouvait. Je pense que, inconsciemment, il avait besoin de rencontrer Noah. L'adolescent a donc débarqué ici de son propre chef... J'imagine le remue-ménage que son irruption a dû créer et me retiens de rire quand Papa me décrit le mélodrame sicilien dans lequel ils ont plongé au moment où Lulu, Catherine et ma grand-mère ont découvert Noah en rentrant de la belote du club du troisième âge.

— Le pire dans tout ça, reconnaît mon père, c'est qu'à présent que j'ai vu Noah, je trouve mon attitude aberrante. Comment ai-je pu ne pas vouloir le connaître ?

Et pourquoi ne s'est-il pas délesté de ce lourd secret qui l'encombrait depuis un an ? Voyant que je garde le silence, il me demande si je suis fâchée.

— Non, je réponds en soupirant. Mais tu aurais pu nous en parler. Ça t'aurait évité bien des complications... dont une murge qui t'a envoyé à l'hosto.

— Mes actes manquent parfois de courage, déplore-t-il. Je craignais tellement vos réactions. Le soir où j'ai trop bu, Noah venait de m'envoyer un message dans lequel il menaçait de me soumettre à un test ADN. Ça m'a fait perdre les pédales.

Tu m'étonnes. Il a du caractère, le petit.

— Qu'est-ce que tu vas faire, maintenant ?

— Ce que j'aurais déjà dû faire. Me comporter comme un père.

— Vous avez dix-huit ans à rattraper, Éric, intervient ma grand-mère, que nous n'avons pas entendue rentrer. Ne fais pas le con ou je te promets de te mettre un coup de pied aux fesses.

Je ris silencieusement en imaginant la scène et me lève pour la serrer dans mes bras.

— Comment prends-tu la nouvelle ? je lui demande en desserrant mon étreinte.

Mamie hausse les épaules.

— Ma foi, pas trop mal. Il vaut mieux apprendre une naissance qu'un décès, non ?

— Voilà des paroles sensées, approuve Xavier en pénétrant à son tour dans le salon. Une naissance, ça reste une merveilleuse nouvelle. C'est la célébration même de l'existence.

Vu comme ça, je ne peux pas leur donner tort. Le faire-part a juste mis dix-huit ans à arriver.

— Tout de même, quelle affaire ! dit Catherine en s'éventant avec exagération. C'est toujours aussi agité, chez vous ?

Nous hochons la tête de concert.

— Ceci dit, souligne Xavier, le mouvement c'est la vie. Vous imaginez si une existence défilait en suivant un long chemin tout tracé, sans jamais explorer les possibilités infinies qu'elle nous offre ?

— Quel ennui ce serait ! admet ma grand-mère. Maintenant que ce petit est là, nous n'allons quand même pas le rejeter.

Elle tire un mouchoir de la poche de son gilet et commence à tamponner le coin de ses yeux.

— Je ne voulais pas te faire pleurer, Maman, se désole mon père. Je me sens minable.

Mamie lâche, entre deux reniflements :

— Oh, ce n'est pas ça, Éric ! C'est seulement que… je suis à nouveau grand-mère et j'ai tout raté de sa petite enfance ! Ses premiers pas, les dents qui poussent, sa bouille ronde de bébé joufflu, son entrée à l'école maternelle, la première photo de classe, les bonbons mangés en cachette…

Catherine, Oscar ronronnant entre ses bras, lève les yeux au ciel.

— Sois heureuse, Jacotte ; tu as échappé aux gastros, aux couches à changer, à la purée régurgitée sur ton chemisier préféré, aux fonds de culotte à repriser, aux week-ends où c'est toi qui dois t'en occuper, à la maman qui te jette des regards noirs dès que tu tentes de le lui arracher des bras et toutes ces joies-là.

Les pleurs de ma grand-mère redoublent.

— Et dire qu'il va être le seul de mes petits-enfants à ne pas avoir son pull de Noël tricoté mains ! couine-t-elle. Il va se sentir rejeté et mis à part !

Ou juste reconnaissant quand il découvrira l'affreux vêtement en laine que je suis contrainte de porter chaque année.

Xavier se mord l'intérieur des joues pour ne pas éclater de rire et il m'est très difficile de me retenir aussi.

— Un pull de Noël, répète Papa, hébété. Je l'emmènerai en ville demain pour en choisir un.

— Ce ne sera pas pareil, proteste doucement ma grand-mère, enfin calmée. Mais j'apprécie ton geste. Cela vous fera du bien de passer du temps ensemble.

J'approuve en silence, épuisée par toutes ces émotions. Je ne sais pas comment font ces personnes qui prennent les événements comme ils viennent, ces personnes qui ne semblent jamais être en proie à mille combats intérieurs. Pour ma part, j'ai l'impression d'avoir couru un marathon en ballerines sur l'Everest.

La voix de Mamie me fait tout à coup revenir à la réalité :

— Léna chérie, n'oublie pas de passer demain avec les filles pour qu'on te pomponne. Tu as rencard avec Benoît à dix-huit heures.

Ma grand-mère vient d'apprendre qu'elle a un petit-fils âgé de dix-huit ans, et la seule chose à laquelle elle pense, c'est à ma vie amoureuse. C'est moi, ou tout le monde est dingue dans cette famille ?

16

Le matin suivant, peu après le départ de ma mère à son travail, Noah se met en route avec mon père pour leur première journée en tête à tête. Le jeune homme, après avoir téléphoné à Graziella pour la rassurer, a passé la nuit sur le canapé puisqu'il n'y avait plus de place chez Mamie, et Violette a partagé son lit avec Emma-Lou. Ce matin, le moins qu'on puisse dire, c'est que l'adolescent est au cœur des conversations. Tout en essuyant la vaisselle du petit déjeuner, Violette nous livre son analyse ironique de la situation :

— Je trouve ça sympa qu'on soit une grande famille où personne n'a de secrets pour les autres. Vous allez voir que, l'année prochaine, Lulu va nous faire son coming out et Xavier quitter les ordres.

— Un jour, vous finirez par me retrouver en PLS dans les toilettes à cause de la révélation de trop, je lui prédis en riant à moitié.

Les cheveux encore humides de son shampoing, Emma-Lou nous balance avec son sourire le plus désarmant que nous sommes tous déjantés.

— Entre une mamie qui drague sur Meetic, un oncle qui héberge un sans-abri faisant des blagues pourries et le frère-surprise, je suis en train de passer les meilleures vacances de ma vie.

— Sans parler de la série ultra palpitante du moment, ajoute ma nièce en se tournant vers moi : *Léna et les garçons*. Que se passera-t-il dans le prochain épisode ? Tombera-t-elle éperdument amoureuse du doux Benoît ou se remettra-t-elle avec le ténébreux Clément ?

Je lui jette mon torchon à la tête.

— Il ne se passera rien de tout ça. Je vais faire une croix sur ma vie sentimentale et partir en mission humanitaire pour protéger les rares types bien d'une extinction de race.

— T'es fêlée, je te jure ! ricane Violette.

— C'est la vie qui est dingue, ma belle, je n'y peux rien.

Elle secoue la tête.

— Dingue ? Complètement ouf, tu veux dire ! Tu te rends compte que mon nouvel oncle n'a que deux ans de plus que moi ? Ça me fait trop bizarre.

— Attends, dit Emma-Lou en s'immobilisant pour réfléchir. Si j'ai tout suivi, ce n'est pas vraiment ton oncle, mais plutôt ton demi-oncle.

— Enfin bref, c'est le bordel, conclut ma nièce. Même Corneille avec ses histoires chelou, n'aurait jamais imaginé ça. Il va faire quoi, maintenant, Noah ? S'installer avec Papy ?

Je lui réponds que je ne sais absolument rien des plans du jeune homme (et je me rends compte qu'il me faudra du temps avant que ne me vienne spontanément l'appellation « petit frère »).

— Ce gosse doit avoir plein de doutes. Je pense qu'il est en quête de sa propre identité.

— Un ado, quoi, fait remarquer Violette, du même ton que si elle ne faisait plus partie de la tranche d'âge concernée depuis belle lurette. Les garçons restent immatures tellement longtemps, en plus ! En parlant de ça, qui se dévoue pour appeler mon père et tout lui raconter ?

Je salue mentalement son enchaînement de pensées et lui laisse prendre l'initiative, peu enjouée à l'idée d'entendre Tom pousser des grands cris. Ce qui ne l'empêche pas, après dix minutes d'explications alambiquées, de me tendre le téléphone.

— Il veut te parler, dit-elle avant de filer dans sa chambre.

Je passe donc l'heure suivante à raconter à Tom les dernières aventures de notre père. À La Réunion, c'est l'heure du déjeuner et mon frangin manque de s'étouffer avec ses acras.

— Je ne sais pas ce qui me choque le plus, déclare-t-il après avoir avalé un verre d'eau pour faire passer la nouvelle et ses beignets. Le fait que Papa nous offre un petit frère pour Noël, ou que se découvrir à nouveau père lui ait déclenché une dépression.

— Je ne veux pas plaider sa cause, mais c'est un peu plus complexe que ça en a l'air. Noah a été l'élément déclencheur qui l'a poussé à une grosse remise en question.

— Mais encore ?

— Papa a toujours assumé ses choix de vie, il en riait même, parfois.

Mon père et son assurance à la George Clooney, le type qui a réussi sa carrière professionnelle et qui se sait encore séduisant en dépit des années qui passent.

— Tu n'as pas besoin de me le rappeler, Léna. Je sais comment est Papa.

Je soupire en m'enfonçant dans les coussins moelleux du canapé.

— Ce que je suis en train de te dire, Tom, c'est qu'il n'est plus comme ça justement.

Je me lance alors dans une description détaillée des changements qui m'ont frappée : ses traits tirés et les nouvelles rides qui ont fait leur apparition sur son front. Et je sais que ce n'est pas seulement lié à l'âge.

— Tu te souviens, quand tu étais plus jeune, à quel point tu admirais sa stature ? À présent, il a les épaules si basses qu'il semble en permanence abattu.

— Mmmh, fait pensivement mon frère. Alors, sa cuite, c'était un mal-être plus profond que ce qu'il n'y paraissait…

— Je suis à présent convaincue que ce n'était pas une tentative de suicide, mais je crains qu'en effet, il y ait quelque chose de sous-jacent.

Notre père a toujours affronté la vie avec défi, voire avec arrogance. Lorsque son propre père est décédé, au lieu de s'effondrer, il a mis un terme à sa relation extraconjugale car il n'arrivait plus à se regarder dans un miroir. Mais il a aussi maintenu son cap en quittant Maman puisqu'il ne l'aimait plus. Il a continué à avancer, à surveiller de près notre éducation et nos résultats scolaires, à gravir différents échelons dans sa carrière. Rien ne paraissait pouvoir l'ébranler. Pourtant, je comprends aujourd'hui que son instabilité amoureuse cache quelque chose. Le poids d'une culpabilité qui n'a jamais dit son nom.

Papa n'est pas responsable de l'infarctus de mon grand-père, puisque ce dernier ne prenait pas son traitement pour le cœur. Mais, au fond de lui, au-delà de la vérité énoncée, le sait-il, que la fatalité aurait été la grande gagnante de cette affaire, au bout du compte ?

— À présent que Noah a déboulé dans sa vie, il a sûrement reporté sa culpabilité sur lui.

— Est-ce que tu penses qu'il va s'en sortir ? me demande Tom d'une voix ténue.

Je hoche la tête, même s'il ne peut pas me voir.

— J'en suis convaincue, frérot. J'ai comme le sentiment que Noah va lui redonner un peu de cette fraîcheur qui lui manquait. Un second souffle.

— OK. Je n'en reviens toujours pas, lâche-t-il. Comment Violette a-t-elle réagi ?

— Façon Violette. Avec des cris, des yeux exorbités et une bonne part d'ironie à l'arrivée. Je ne pense pas que ça la perturbe sur le long terme.

— Et toi, tu le tiens le coup ?

On va dire que l'arrivée de ce gamin aura réussi à détourner momentanément mes pensées de Clément. C'est toujours ça de pris.

Je réprime une grimace.

— Je ne suis pas certaine que tout cela contribue à faire de Noël ma période préférée de

227

l'année, mais ça a le mérite d'être distrayant. Figure-toi que Mamie m'a décroché un rencard, pour ce soir.

— Elle t'a présenté un veuf trop vieux pour elle ? se met-il à plaisanter.

Je rigole et lui raconte la façon dont elle m'a légèrement forcé la main en m'arrangeant une rencontre avec Benoît8604.

— Tu feras attention à toi, hein ? me recommande Tom.

— Ne t'en fais pas, nous irons seulement boire un verre dans un village voisin.

— Vous devriez aller dans le restaurant de Clément, ça lui ferait les pieds.

Jamais de la vie. Plutôt écouter Mariah Carey et ses chants de Noël en boucle durant les trois prochaines décennies.

D'un ton désinvolte, je lui réponds que je suis bien au-delà de ça. À la fin, mon frère en a même l'air plus convaincu que moi.

***

— Mamie, on est là ! annonce Violette en refermant la porte de la maison.

Il est quinze heures et il me reste encore un peu de temps pour me préparer tranquillement avant de rencontrer Benoît. Ma nièce a pris avec elle un énorme vanity dans lequel elle a fourré l'équivalent d'un salaire en maquillage. Est-ce qu'elle compte faire en sorte que je demande « Qui êtes-vous ? » en croisant mon reflet dans le miroir ?

— Il n'y a personne, constate-t-elle avec étonnement en découvrant le salon désert. Mamie ? crie-t-elle plus fort.

Un bruit sourd nous parvient de l'étage, comme un objet tombé sur le plancher. Emma-Lou me regarde, perplexe, et je ne trouve rien d'autre à faire que suggérer en blaguant :

— Mon père a peut-être planqué un nouvel enfant illégitime là-haut ?

C'est bien ce que je disais, je vais finir en PLS !

Nous décelons à présent un chuchotement étouffé. Dans un instant de panique absolue, je suis persuadée que ma grand-mère a eu un AVC et qu'elle gît par terre, dans sa chambre, essayant désespérément d'appeler à l'aide. Sans un mot, je me précipite dans l'escalier, aussitôt imitée par les filles.

Faites que Mamie aille bien, faites que Mamie aille bien.

Tout en gravissant les marches, j'essaie de trouver une explication rassurante aux différents sons suspects. Le bruit sourd pourrait provenir du chat de Catherine, qui aurait été enfermé par erreur dans une pièce. Quant aux chuchotements… euh… ça peut murmurer, un chat ?

Au moment où nous atteignons le palier, la porte de la chambre de Mamie s'ouvre brusquement sur…

— Oh mon Dieu ! je m'écrie en pivotant de façon à faire face aux filles. Cachez-vous les yeux, descendez !

Devant le spectacle qui s'offre à nous, je mets moi-même mes mains en visière au-dessus de mes paupières. Et vu comme les adolescentes pouffent, on dirait bien que je suis la seule.

— Ah, c'est vous ! fait Lulu, qui se tient dans l'embrasure, seulement vêtu d'un marcel et d'un caleçon.

— Mais ferme donc cette porte ! proteste Mamie d'une voix effarée.

Oh mon Dieu. Oh mon Dieu. Oh mon Dieu.

À côté de moi, Violette et Emma-Lou ricanent toujours comme deux imbéciles. Je me mets à bredouiller :

— Pardon. Pardon. Je… Je ne savais pas que… J'ignorais totalement…

Ma grand-mère apparaît à son tour, poussant Lucien au passage. J'ai le réflexe de vérifier si ses vêtements sont bien ajustés, ce qui est le cas. En ce qui concerne ses cheveux, en revanche, on dirait qu'elle vient de passer sous une tornade. Voire sur la chaise électrique.

— Ce n'est pas ce que vous croyez ! commence-t-elle, le rouge aux joues.

— Pépé a tombé la chemise parce qu'il avait trop chaud, réplique Lulu en nous octroyant un clin d'œil malicieux.

Mamie lui flanque une claque dans l'épaule et Violette, qui n'en peut plus, laisse éclater son hilarité.

— Vous n'avez pas besoin de vous cacher, on s'en doutait un peu !

— Arrête ! s'offusque ma grand-mère. J'étais simplement en train de lui recoudre son pantalon.

Les rires des filles redoublent et j'y cède à mon tour. Mamie a l'air d'une collégienne qui s'est fait choper en train d'embrasser un garçon en cachette sous la cage d'escalier.

— Regardez, si vous ne me croyez pas ! insiste-t-elle en s'emparant d'un pantalon en velours côtelé. Je viens juste de terminer. Enfile-le, ordonne-t-elle à Lulu, qui rit avec nous.

Afin de la laisser se remettre de ses émotions, les filles et moi descendons au rez-de-chaussée et préparons le café. Les minutes qui suivent bruissent d'un joyeux commérage, et pour une fois, les oiseaux n'y sont pour rien.

— Tu crois qu'ils étaient en train de faire ce que je pense ? me sort Violette.

— Et qu'est-ce que tu penses ? je lui demande en retour, pour éluder la réponse.

— Arrête de jouer les mijaurées ! me reproche-t-elle avec un regard lourd de sens.

— En tout cas, souligne Emma-Lou, je ne crois pas qu'ils étaient en train de réviser leur chorégraphie de *Grease* !

Ma grand-mère nous rejoint à cet instant. Ses cheveux sont recoiffés et elle sent bon le savon de Marseille. Sans son expression un peu absente, on pourrait presque penser que nous avons rêvé la scène à laquelle nous venons d'assister.

Lulu et elles ne répétaient peut-être pas leur danse, mais à leur façon, ils étaient bel et bien sur l'air de *You're the One that I Want*. Ce rose aux joues et les étoiles dans ses yeux ne mentent pas. J'espère moi aussi connaître encore la passion amoureuse, à l'âge où ça dégoûtera mes petits-enfants de m'imaginer entre les bras d'un homme.

— Merci pour le café, mes chéries, nous dit-elle en sortant quelques tasses. Vous avez apporté de quoi pomponner Léna ?

Les deux adolescentes approuvent joyeusement et Violette commence à étaler sur la table une dizaine de fards colorés, poudres et autres rouges à lèvres.

— Est-ce que tes parents sont au courant que tu possèdes une succursale de Sephora ? je m'enquiers en arrondissant les yeux.

— Ce sont eux qui m'offrent les cartes cadeaux pour mes anniversaires, réplique-t-elle en haussant les épaules. Faut bien que je les utilise.

Lulu se matérialise sur le pas de la porte. Il a revêtu une tenue plus décente, arborant un pull-over bien coupé sur son pantalon prétendument recousu par Mamie. D'ailleurs, cette dernière marque un temps d'arrêt en le voyant, un bref émoi passant dans ses yeux, puis reporte son attention sur moi :

— C'est parfait, Léna. On va te reluquer.

— La relooker, rectifie Emma-Lou.

— C'est ce que je viens de dire.

Violette secoue la tête.

— Non, tu as dit « reluquer ».

— Allons, les filles, vous déraillez.

Lulu s'installe dans un coin avec ses mots croisés et fait semblant de ne pas rire. Je crois que même le chat de Catherine a entendu le lapsus de ma grand-mère car, perché sur la table façon bibelot antique, il la toise avec les yeux arrondis de celui qui n'est pas dupe.

La séance de maquillage est ouverte. En bon cobaye docile, je m'assois sur une chaise et les laisse me coller du scotch au coin des paupières (« Pour ne pas déborder »), promettant de ne pas bouger d'un cil pendant qu'elles appliquent sur mon visage de multiples couches qui, je le redoute, ne partiront pas sans le concours d'un bon détergent.

— Catherine est sortie ? je demande en sentant Oscar frotter sa fourrure contre mes chevilles.

— Xavier lui fait visiter les alentours, répond Lulu en adressant un sourire complice à ma grand-mère.

Autrement dit, ils ont refourgué Meryl Streep à mon oncle pour être pénards. La discussion bifurque naturellement sur Noah et mon père. Bien que Mamie tombe toujours des nues, elle semble avoir retrouvé son flegme et se laisse déjà aller à des conclusions psychogénéalogiques :

— Je crois qu'Éric a reproduit inconsciemment le comportement de mon père.

Pour ma part, j'avoue que toutes ces histoires de répétition génétique me passent un peu par-dessus la tête et son analogie me semble plutôt bancale.

— Je ne vois pas en quoi. Tu étais une enfant illégitime, certes, mais tu as toujours connu ton père. Ce qui n'est pas le cas de Noah.

— Mon père était un séducteur dans l'âme, insiste-t-elle. Regarde le tien, combien de cœurs a-t-il brisés ?

En guise de réponse, j'éternue à cause du gros pinceau que Violette balaye sur mon nez.

— Ne te prends donc pas le chou avec ça, Jacotte, déclare Lulu en levant les yeux de son journal. À quoi ça te servira de bâtir un pont pour relier des faits passés entre eux ? Ce qui compte, ce sont les liens que ton gamin réussira à tisser avec Noah.

Devant tant de sagesse, nous ne pouvons que nous incliner.

— Le maquillage, c'est OK ! annonce Violette d'un ton satisfait. Tu veux te regarder ?

— Uniquement si tu peux me jurer que je ne ressemble pas à une YouTubeuse qui aurait essayé tous ses nouveaux produits d'un coup.

Elle me tend un miroir et je dois admettre qu'Emma-Lou et elle se sont plutôt bien débrouillées. On voit que je suis maquillée, mais ça reste naturel. Un marron un peu métallisé, souligné par un trait de khôl d'un ton plus foncé pour faire ressortir mes iris, un soupçon de terracotta sur les pommettes. Mes cils sont un peu alourdis par la généreuse couche de mascara qu'elles y ont appliqué, mais je présume que je vais m'y faire. Je m'attends à voir débarquer à tout instant une styliste brésilienne, prête à me lancer avec un enthousiasme surjoué que je suis « magnifaïque ».

— Qu'est-ce que tu vas porter ? se renseigne ma grand-mère.

— Une robe, non ? suggère Violette.

J'objecte en prenant le froid pour prétexte.

— Dis plutôt que ça fait au moins trois siècles que tu ne t'es pas rasé les jambes ! se moque ma nièce.

Grillée.

Je lui réponds sur le ton de la raillerie :

— Tu es peut-être fâchée avec Corneille, mais je constate que tu maîtrises l'hyperbole à merveille !

Emma-Lou pouffe, mais Violette ne lâche pas l'affaire.

— J'en étais sûre ! Tu crois que le mec a l'intention de conclure avec un yéti, ou quoi ?

Dit comme ça, je me sens aussi sexy qu'un manche à balai.

Loin de me laisser convaincre par cet argument peu flatteur, je réaffirme ma volonté :

— Vous m'avez maquillée comme des pros, c'est déjà pas mal. Je ne vais pas non plus me pointer en robe de gala juste pour boire un verre avec un type que je n'ai encore jamais vu. Et puis, je n'ai pas l'intention de lui montrer mes jambes.

À vrai dire, à la perspective de ce rendez-vous, je me sens aussi excitée que Marie-Antoinette avançant vers l'échafaud.

— Des fois, tu me fais penser à une vieille chose oubliée depuis trop longtemps dans un grenier, rouspète ma nièce.

— Merci, dis-je en me rengorgeant, c'est bon d'être appréciée à sa juste valeur.

— Tu ne vas pas y aller avec des guenilles, quand même, intervient Lulu en désignant le tee-shirt Levi's que je porte sous ma chemise à carreaux verts.

Il sait ce qu'elles lui disent, mes guenilles ?

— C'est gentil de vouloir participer, lui répond ma grand-mère, mais je doute que tu connaisses quelque chose en matière de mode. J'ai lu dans *ELLE* que le must, pour un premier rendez-vous, c'est une tenue féminine et faussement décontractée.

Nous nous mettons finalement d'accord sur mon pull en cachemire rose tendre et un slim gris. La neige tombant à nouveau en flocons épars, j'aurais plutôt rêvé de m'emmitoufler sous d'épaisses couches de vêtements polaires, mais il paraît que c'est tue-l'amour. On verra bien si une bronchite carabinée est jugée plus sexy ! Les rencards à la montagne en plein hiver devraient être prohibés.

17

— Alors, si j'ai bien compris, tu vis à Nice.

Dans le restaurant, à la lueur chaleureuse des lampes, Benoît n'a de cesse de m'adresser de larges sourires. Moi qui m'attendais à ce que la photo de son profil soit trompeuse, j'ai failli rester hébétée en découvrant qu'il est mieux en vrai, franchement mignon, même : des cheveux courts et bouclés, un visage carré parsemé de fins grains de beauté et des yeux bleus qui se plantent dans les miens sans aucune hésitation. Je ne ressens pas pour autant de coup de foudre, mais je ne vais pas me mettre la pression. Si mon cœur peut battre paisiblement, ça me convient aussi. Ça me ferait même des vacances.

— Oui. Je me suis installée à Nice durant mes études et je n'en suis jamais repartie.

Benoît hoche lentement la tête et sirote son cocktail.

— Tu n'envisages pas de revenir dans la région ? me demande-t-il ensuite.

L'attente qui se cache derrière son interrogation me percute un peu trop fort, réveillant le souvenir de mon projet avorté. De ce soir où j'aurais dû annoncer à Clément que je voulais vivre avec lui, si l'incendie n'avait pas tout foutu en l'air. Je réalise que si je détenais le nom du coupable, je serais capable d'aller l'étrangler de mes propres mains.

Loin de m'attendrir, la question déguisée de Benoît me fait passer sur la défensive.

— Et toi, tu n'as pas envie de t'installer à Nice ?

Après tout, pourquoi, dans un couple, c'est toujours la femme qui doit sacrifier son appartement, sa petite vie et tout plaquer pour rejoindre l'autre ? Je m'efforce de faire taire ma petite voix intérieure, qui me souffle insidieusement que je ne tenais pas le même discours quand il s'agissait de Clément.

— Je suis trop attaché à cet environnement, me répond Benoît d'un ton qui exprime l'évidence. J'ai grandi entouré par la forêt et la nature. Les arbres qui fleurissent et se dégarnissent au gré des saisons, le ski en hiver, les randonnées dans la montagne en été. À mes yeux, c'est vital.

Et je ne peux pas lui donner tort. Cela aurait pu redevenir mon quotidien, si seulement…

Arrête, Léna. Pense à autre chose. Parle-lui ciné ou même météo locale. Demande-lui ce qu'il pense du Brexit ou de la situation en Algérie.

— Je comprends.

C'est tout ce que je parviens à dire avant d'avaler une gorgée de Manhattan. Oui, parce que Benoît est tellement gentil que lorsque je lui ai fait part de ma déception en constatant que ce cocktail ne figurait pas sur la carte, il a demandé au barman, en échange d'un généreux pourboire, de m'en préparer un.

— C'est la première fois que je rencontre une femme qui boit du whisky, remarque-t-il, épaté. C'est rare, surtout lors d'un premier rendez-vous.

Je préfère ne pas lui confier qu'en réalité, je n'avais encore jamais bu de Manhattan et que j'ignorais totalement ce qu'il y avait dedans. La faute à l'héroïne du roman que je suis en train de lire, et qui boit ça quand elle sort avec ses copines. Sur le papier, ça a l'air sympa. En pratique, je parie que l'auteure n'a jamais testé. Moi, j'écarquille les yeux à chaque lampée. C'est quand même un peu fort, ce truc.

Sans trop y croire, je m'applique à irradier confiance en moi et séduction, à coups d'œillades et battements de cils bien placés.

— J'espère que tu ne vas pas t'imaginer que je suis alcoolique.

Il me regarde, visiblement amusé.

— Je ne pense pas que ce soit le cas. Si tu étais alcoolique, tu ne grimacerais pas à chaque fois que tu portes ton verre à ta bouche.

Confiance en soi, donc. Confiance en soi.

— Est-ce que tu insinues que je suis une fillette, Benoît8604 ?

— Je dirais plutôt que tu es audacieuse, réplique-t-il en me faisant un clin d'œil.

Il fait chaud. Est-ce que ça vient de moi ou de la petite fossette qui se creuse à côté de sa bouche quand il sourit ?

La conversation s'enchaîne sur cette période d'ébullition qui précède Noël. Nous évoquons les achats planifiés, les compulsifs, les décorations. Benoît est à fond dans le truc et je peux aisément imaginer ma mère tomber en pâmoison devant lui rien que pour cette raison.

Puisque ma grand-mère est allée lui écrire que j'adooore Noël, j'adopte un ton enjoué en lui laissant croire que le meilleur moment pour moi, c'est celui où j'accroche les babioles féeriques au sapin tout en chantant *All I Want For Christmas*. Pas de chance, mais alors pas du tout, du tout, il préfère Tino Rossi. J'en rajoute une couche en lui décrivant avec moults détails les petits biscuits que cuisine ma mère durant chaque week-end de l'Avent.

— J'en salive rien que d'y penser ! Tu as l'air proche de ta famille, constate-t-il avec un hochement de tête approbateur.

Il me parle alors de la sienne, de ses souvenirs d'enfance. Benoît est la normalité incarnée, un fils aimant, un mec bien qui ne fait pas de vagues. Il ne masque pas son émotion en évoquant son frère disparu bien trop tôt, mais a l'art de rebondir sur les valeurs familiales que la période des fêtes permet de replacer au centre de nos vies. Et c'est là que tout commence à partir de travers. Encouragée par son exemple, je m'épanche moi aussi sur ma famille. En particulier sur ma mère, qui a eu le toupet de disparaître l'année dernière pour aller se marier à Las Vegas (« alors que j'aurais pu être sa demoiselle d'honneur ! »), sur ma grand-mère qui drague sur les sites de rencontres (« tout ça pour finir au lit avec Lulu Travolta, non mais j'te jure ! »), et il s'en faut de peu pour que je lui raconte ma bagarre avec Lyne, mais cela inclurait de parler de Clément. Jugeant que les frasques amoureuses de mon père sont davantage dignes d'intérêt, je me lance dans un exposé complet de la situation.

— Franchement, dis-je en conclusion, je m'attendais à tout sauf à une telle nouvelle.

Benoît ne paraît pas plus effrayé que ça, il se montre touché par l'histoire de Noah.

— Ce doit être un gros chamboulement pour vous tous, suppose-t-il.

— C'est le moins qu'on puisse dire. Les secrets de famille, c'est quand même plus amusant dans les livres.

— Amusant ? Dans les livres, les secrets refont toujours surface lorsque l'un des protagonistes meurt.

Je m'esclaffe bruyamment.

— Au train où vont les choses, ça nous arrivera aussi ! Peut-être qu'à soixante ans, je vais encore me découvrir des tas de nouveaux frères et sœurs.

Benoît sourit, replace une mèche rebelle derrière mon oreille, puis sourit encore. Alors, je m'excuse :

— Je ne devrais pas te parler de tout ça alors qu'on se connaît à peine.

— Trop de cocktails dans un estomac vide, répond-il, compréhensif.

— Pas tant que ça. Je n'ai bu que quatre petites gorgées de ce truc infâme.

Je m'excuse, encore et encore. Je voudrais lui demander pardon parce que je sais qu'en dépit de sa gentillesse et de son charme, je n'aurai pas envie de l'embrasser lorsqu'il me raccompagnera. Je sais

que je n'éprouverai jamais pour lui le désir fulgu-
rant que j'ai pu ressentir pour un autre.

— Tu n'as pas à t'excuser, Léna, répète-t-il avant
d'étudier le menu. On devrait peut-être commander
quelque chose à manger. À moins que tu ne veuilles
prendre l'air avant ?

Sa prévenance me touche mais, en réalité, il est
totalement exclu, inenvisageable que je me lève.
Parce que je crois que si je sors, je ne rentrerai plus
jamais dans ce restau. Si je sors, je vais prendre mes
jambes à mon cou et m'enfuir pour finir roulée en
boule sous la couette à me morfondre sur le fait que
j'ai perdu Clément à tout jamais.

Pense à autre chose, bordel !

— Je n'ai pas très faim.

Benoît me lance un regard appuyé et je comprends qu'il se méprend sur mes intentions, mes
paroles lui laissant probablement croire que je préférerais passer à l'étape supérieure. Dans la confusion, j'en renverse mon cocktail sur la table.

— Oh merde ! Quelle andouille ! je m'exclame,
effarée.

— Ce n'est rien, je t'assure, lâche Benoît en faisant signe au serveur.

Tout de même, c'est gênant. Je pense que les scé-
naristes de *Desperate Housewives* ont eu une vision de
moi le jour où ils ont créé le personnage de Susan,
la grande brune gaffeuse. Aurais-je trouvé mon
Mike en la personne de Benoît ? Je dois avant tout
m'assurer d'un point crucial.

— Mais dis-moi, Benoît8604, comment se fait-il
que tu sois encore célibataire ? Tu pues des pieds ?
T'es accro aux jeux d'argent ?

Il s'esclaffe avant de m'avouer qu'il est surtout très exigeant.

— Je cherche une femme qui partage mes valeurs. Mais la plupart, ici, sont soit déjà casées, soit attirées par les lumières de la ville.

Il laisse s'écouler un bref instant de silence avant de reprendre :

— Et toi, Léna ? Tu es mignonne, sympa, rigolote... C'est étonnant que tu n'aies pas trouvé l'âme sœur.

Je me redresse sur ma chaise et me penche vers lui, comme si je m'apprêtais à lui révéler le secret du siècle.

— Le problème, c'est peut-être justement que je suis mignonne, sympa et rigolote. Loin des canons qui font rêver les mecs.

À son tour, il incline le buste vers moi. Nos mains et nos visages se frôlent presque.

— Détrompe-toi. Tu es très attirante.

— Même avec l'haleine d'une buveuse de whisky ?

Il se rapproche davantage et nos bouches ne sont plus qu'à quelques millimètres l'une de l'autre. Soudain troublée par cette intimité nouvelle qui va beaucoup trop vite à mon goût, je me recule légèrement.

— Pardon, je n'ai pas l'habitude.

— Des hommes ? dit-il, surpris.

— Non ! Enfin, si. J'ai l'habitude des hommes, bien sûr, mais pas de tout ça.

Benoît n'ayant pas l'air de comprendre où je veux en venir, je précise :

— En fait, je suis célibataire depuis trois mois.

— Oh, d'accord.

Mes mots semblent l'avoir un peu ébranlé, mais il se reprend aussitôt.

— Ce n'est jamais facile dans ces cas-là. J'imagine que c'était une relation sérieuse ?

J'opine du chef.

— C'est lui qui a rompu et je ne m'y attendais absolument pas.

Au moment où je lui dis ça, le visage de Clément se superpose à celui de Benoît dans mon esprit.

Clément. Mon âme idéale. Ma divine idylle. Son regard intense et sa force tranquille. Lui. Juste lui.

Non mais oh, pauvre cinglée, tu ne vas quand même pas te morfondre sur ton ex auprès de ton rencard ?

Benoît accroche ses yeux aux miens, tentant probablement de déceler quelque trace d'un chagrin d'amour non digéré ou la promesse d'une ouverture à autre chose. Mon sourire se crispe. À mes pieds, je sens mon portable vibrer avec insistance au fond de mon sac. Agacée, je fronce les sourcils. Tout le monde sait que je suis de sortie, ce soir. Ils peuvent bien m'oublier un peu pour quelques heures, non ?

— Le principal, c'est qu'il ne t'a pas désillusionnée de l'amour, soliloque Benoît. Je ne sais pas comment on peut faire un coup pareil à une nana comme toi. Tu sais que mon ex est partie parce qu'elle ne supportait pas que mon chien ait sa place dans notre lit ?

Hein ? Le chien ? Vraiment ?

— Ah bon ? Tu dors avec ton chien ? je couine d'une voix incertaine.

— J'espère que cela ne sera jamais un problème entre nous, parce que tu sais...

Ce maudit téléphone qui n'arrête pas de vibrer !

— Excuse-moi, je marmonne en me contorsionnant pour extirper le Smartphone de mon sac.

Trois appels manqués et un SMS. Tous proviennent de…

Merde, merde, merde !

… Clément. Quelle ironie !

Pour la première en trois mois de séparation, je me surprends à espérer qu'il n'a pas choisi précisément ce moment pour me faire une déclaration.

— Une urgence ? m'interroge Benoît.

Je me fais violence pour ne pas rougir. Je crois que c'est raté.

— Je ne sais pas encore. Je vais lire le texto, si tu n'y vois pas d'inconvénients.

— Non, bien sûr.

Et re-merde !

Je découvre, horrifiée :

Je n'arrive pas à te joindre mais ce serait bien que tu m'appelles dès que tu auras ce message. Teasing : Violette a encore fait des siennes.

— Euh… Benoît, je suis navrée, mais je dois passer un coup de téléphone. Apparemment il y a un problème avec ma nièce.

Tout homme normalement constitué lèverait les yeux au ciel, paierait l'addition et me laisserait plantée là. Lui, au contraire, me demande si c'est grave et s'il peut faire quelque chose pour m'aider.

— Je dis ça dès que j'aurais eu Clé… Violette au téléphone.

Le cœur battant à vive allure, je cours m'enfermer dans les toilettes et compose le numéro de Clément. Ce dernier décroche aussitôt.

— Léna, mais où étais-tu passée ? Je ne sais plus quoi faire !

Je rêve où il est réellement en train de m'engueuler ?

— J'étais en train de boire un verre avec un... avec quelqu'un.

Il comprend. Je sais qu'il comprend ce que cache mon hésitation.

— Violette ne m'en a rien dit.

— Et pourtant elle est au courant, ne puis-je m'empêcher de protester, d'une intonation agacée.

C'est même elle qui m'a pomponnée en espérant que ça matche.

— Elle a insisté pour que je t'appelle toi et pas tes parents.

Sous l'effet du stress, ma cage thoracique est à nouveau sur le point d'exploser.

— Pourquoi, que se passe-t-il ? je crie presque, en priant pour que ma nièce n'ait pas décidé de partir à nouveau en excursion improvisée dans la montagne.

À l'autre bout du fil, j'entends Clément prendre une lente inspiration.

— Figure-toi qu'en redescendant du restaurant, je suis tombé sur les filles. Elles étaient en train de courir comme des dératées sur la route.

— Elles ont eu un problème ?

Et que faisaient-elles dehors à cette heure ?

— Un vieux Solex orange, ça te dit quelque chose ? reprend Clément.

Non, elles n'ont quand même pas osé... ?

— Ma grand-mère en possède un, je m'efforce de répondre en conservant mon calme.

— Eh bien, j'espère qu'elle connaît quelqu'un qui pourra le réparer, parce qu'à l'heure actuelle, il gît dans un fossé.

Je vais les tuer.

— Tu veux que je vienne les récupérer, c'est ça ?

— Idéalement, oui. Je suis moyennement chaud pour passer la soirée avec elles sur le bas-côté de la route et elles tiennent absolument à ramener le Solex.

— Ça tombe assez mal, Clément…

De légers coups frappés à la porte des toilettes me font sursauter.

— Léna ? Tout va bien ? s'enquiert la voix inquiète de Benoît.

Je couvre mon portable d'une main et lui souffle que j'arrive, avant de reprendre ma conversation téléphonique :

— Bon, comme je te le disais, ça tombe plutôt mal, mais je ne vais pas avoir le choix. Où est-ce que je dois vous retrouver ?

— Merci, Léna. Tu ne peux pas nous rater, on est sur la route qui monte à la station de skis, juste avant la bifurcation.

— OK, j'arrive. Je préviens mon oncle pour qu'il rapplique avec le Kangoo. Ce sera plus pratique pour rapatrier le Solex.

Avant de sortir rejoindre Benoît, je jette un bref regard à mon reflet dans le miroir. Je me sens lamentable. Je vais devoir lui annoncer que notre rendez-vous s'achève ici et maintenant, et le pire c'est que je me sens soulagée. Le pauvre, il est tellement sympa ! Il mérite de trouver sa femme idéale. Une qui se réjouira vraiment à l'approche des fêtes, qui dormira avec son chien et qui ne le plantera pas en plein rencard pour aller rejoindre son ex sur le bord d'une route enneigée. Une nana qui lui offrira bien plus que quelques miettes de son cœur.

La-men-ta-ble.

***

— Je suis désolée. Tellement, tellement désolée !

C'est au moins la quinzième fois depuis le début du trajet que je réitère cette phrase. Benoît, en plus d'avoir écouté mes explications sans ciller, a tenu à m'accompagner jusqu'au point de rendez-vous fixé par Clément, arguant que je n'allais pas faire déplacer mon père alors qu'il est lui-même venu en voiture. C'est ainsi que nous roulons dans la nuit hivernale, les phares balayant les flocons que le vent souffle en bourrasques sur la route.

— Ne t'en fais pas, me répond-il, concentré sur sa conduite. Ce n'est vraiment pas grave.

Est-ce qu'au fond de lui, il nourrit encore quelque espoir à mon encontre ? Je ne lui ai pas précisé que Clément est l'ex dont je lui ai parlé un peu plus tôt. À quoi bon ? Dans l'intervalle, j'ai pu joindre mon oncle, mais comme il est occupé, c'est Lulu qui viendra avec le véhicule utilitaire. Benoît va donc me déposer, nous attendrons le vieil homme et redescendrons vers Vallenot.

Tout va bien se passer.

Je me répète cette phrase comme un mantra. Avec un peu de chance, Clément repartira dès que j'arriverai sur place. Mais comment vais-je bien pouvoir lui présenter Benoît ? Après tout, je n'ai aucun compte à lui rendre et faire l'autruche est une bonne technique d'évitement, non ?

Au bout de vingt minutes, nous apercevons enfin trois silhouettes se découpant le long des arbres qui bordent l'accotement de la départementale. Le scooter de Clément est garé non loin. En nous voyant, les filles esquissent de grands gestes de la main. Benoît stoppe la voiture et je bondis hors de l'habitacle. Je n'ai qu'une idée en tête : passer le savon de sa vie à Violette.

Mais je me fige dès l'instant où Clément s'avise de la présence de Benoît. Sans un mot, il le toise de haut en bas, puis me dévisage comme si je l'avais blessé. La mort dans l'âme, je baisse les yeux, signant un aveu muet. Je voudrais pouvoir m'isoler avec lui, lui dire que Benoît compte pour du beurre, que c'est lui, Clément, qui bouscule mon cœur ! Que les nuits me rendent triste depuis que je ne les passe plus avec lui. Que la vie sans lui ne ressemble à rien d'autre qu'à un désert.

Pourtant, par respect pour Benoît, je n'en fais rien. Ce dernier, d'ailleurs, se tient à l'écart. Peut-être qu'il a saisi le regard de Clément, ou peut-être qu'il ne souhaite tout simplement pas se mêler à nos affaires de famille. Pour ma part, je reste silencieuse et en oublie presque ma colère. C'est finalement Violette qui parle la première, la voix chargée de défi :

— Ne t'énerve pas. Je vais tout t'expliquer, Miss Balboa.

— Miss Balboa ? s'étonne Benoît.

— Comme Rocky, lui confirme ma nièce en simulant un frémissement de terreur. Vaut mieux pas l'énerver, si vous voyez ce que je veux dire.

Mais à quoi joue-t-elle, là ?

Benoît croise les bras sur son torse, semblant attendre une explication. Tant pis, au point où nous en sommes, il peut bien penser ce qu'il veut de moi ; je pourrais lui expliquer plus tard que je n'ai jamais maltraité un enfant, contrairement à ce que laissent supposer les sous-entendus de Violette.

Nous sommes seulement éclairés par les phares, ce qui suffit à me révéler que les filles n'en mènent pas large. Elles tremblent de tous leurs membres dans la nuit glaciale.

— Je peux savoir ce qui vous est passé par la tête ?

— C'était mon idée, clame farouchement Violette. Emma-Lou n'y est pour rien.

— Si, la contredit cette dernière. Je t'ai suivie de mon plein gré alors que j'aurais dû dire non.

J'exhale un nuage de vapeur.

— Bon, on s'amusera à répartir les torts une fois que nous serons au chaud. Si vous me racontiez plutôt ce vous fichiez dehors par un temps pareil ?

Les mains enfoncées dans les poches de sa doudoune, Violette essaie de se la jouer nonchalante.

— On voulait juste faire un tour de Solex, pas la peine d'en faire une tragédie.

Emma-Lou m'explique que le vélomoteur a dérapé sur le sol glissant.

— On a essayé de le redémarrer, mais on a entendu un bruit qui provenait de la forêt et ça nous a foutu la frousse.

Elle me débite ça sans aucune émotion. Un texte appris par cœur, une mécanique bien huilée. Les lèvres de Clément s'incurvent en un sourire moqueur.

— C'est là qu'on en arrive à l'instant où je les ai trouvées, complète-t-il. Nos aventurières ont probablement été effrayées par un animal. On aurait dit qu'elles avaient le diable aux trousses.

— C'était peut-être un ours ! s'offusque Violette.

Je n'ai pas le temps de lui fournir une réponse bien sentie, car le véhicule utilitaire de Xavier apparaît sur la route. Lucien se range derrière la voiture de Benoît, qui nous observe toujours avec l'air de ne rien y comprendre, appuyé contre la portière avant.

— Et voilà votre sauveur ! annonce le vieil homme en s'extirpant de l'habitacle.

Clément s'avance vers lui et lui montre le Solex tout en lui relatant la mésaventure des filles. Perdu dans ses pensées, Lulu se gratte le haut du crâne, recouvert par un épais bonnet.

— On va le charger dans la bagnole, décrète-t-il. Mais il va nous falloir redoubler de prudence pour ne pas glisser sur le sol.

Benoît entreprend aussitôt d'apporter son aide, et tout ce que je vois, c'est trois paires de jambes qui s'élancent d'un même élan dans le fossé et manquent de s'emmêler les unes aux autres, me faisant penser à une mêlée de rugby. À la différence qu'il n'est pas question de plaquer le vélomoteur au sol, mais de le soulever. En cinq minutes, l'affaire est pliée et Lulu se retourne vers moi. Désignant Clément et Benoît, il me demande

sans détour, avec son éternelle allure de lutin malicieux :

— Alors, c'est lequel des deux que ta grand-mère
a dragué pour toi ?

Mourir de honte. Tout de suite, maintenant.

Contre toute attente, les visages déconfits de
Clément et Benoît agissent sur moi comme un
effet comique. Soudain, comme si une digue
était en train de céder, un rire hystérique enfle
dangereusement dans mon ventre et je ne peux
faire autrement que lui laisser libre cours. Je me
mets à rire, à rire sans pouvoir me contrôler, au
point de devoir me tenir à un arbre pour ne pas
basculer.

— On peut savoir pourquoi tu te marres ? me
sort Violette, l'œil méfiant.

Je ris de l'incongruité de cette situation, qui
me donne l'impression d'être spectatrice d'une
fiction que j'aurais inventée. Je ris de Clément
qui lorgne Benoît d'un œil mauvais, de Benoît qui
lorgne Clément d'un œil de supplicié, de Lulu
qui nous lorgne d'un œil perplexe. Je ris d'un
trop-plein d'émotions emmagasinées depuis des
mois.

Je ris et, si je continue, je vais en pleurer.

*Punaise, je crois bien que je suis en train de faire un
stress post-traumatique.*

J'essaie tant bien que mal (plus mal que bien,
d'ailleurs) de formuler une réponse cohérente à la
question de ma nièce :

— J'ai les nerfs qui se font la malle, Violette.

Puis, lui désignant l'arbre aux branches alourdies
par la neige qui me sert toujours de soutien :

— Tu ne trouves pas qu'on devrait lui accrocher une guirlande, à ce pauvre arbre ? Il me fait de la peine.

— Laisse tomber, grommelle-t-elle. T'es vraiment chelou, quand tu t'y mets.

Le regard qu'elle me retourne en m'adressant ces mots ne laisse planer aucun doute sur ce qu'elle pense de ma santé mentale.

18

Deux minutes après, Clément enfourche son scooter. Il plante ses yeux dans les miens tout en enfilant son casque et, avant d'en fermer la visière, il me lance :

— N'oublie pas qu'on se voit demain pour préparer l'inauguration.

Je lui souris niaisement. Et puis je me souviens qu'il est très probablement en train de me haïr, du moins si je me fie aux regards hargneux qu'il n'a pas arrêté de lancer à ce pauvre Benoît. Benoît, qu'il salue d'ailleurs de façon très brève avant de s'éloigner dans la nuit. Je secoue tristement la tête ; c'est typique des hommes de nous larguer comme des vieilles chaussettes tout en espérant qu'on ne tombera sur personne d'autre à la hauteur ! Ce constat me laisse un arrière-goût d'échec. Il est évident que ce n'est pas Benoît qui me fera oublier Clément.

Les filles sont déjà parties avec Lulu. Malgré leurs vives protestations, je leur ai signifié que c'était soit un tour de Kangoo, soit quatre kilomètres à pied sous la neige. Elles ont vite tranché en faveur de l'utilitaire.

— Je te raccompagne chez toi ? me propose Benoît, par devoir, je suppose.

— Oui, s'il te plaît.

Les secondes suivantes se déroulent dans le silence le plus complet, durant lequel je fixe le sol de la voiture, que je trouve soudain très passionnant. Benoît se racle doucement la gorge.

— Alors comme ça… c'est avec ta grand-mère que j'ai discuté durant ces deux derniers jours.

— Disons qu'elle m'a mise devant le fait accompli. Ce n'est pas le genre de chose dont j'imaginais me vanter lors d'un premier rendez-vous.

C'est un peu la lose, comme dirait Violette.

— Tu l'aimes toujours.

Là, je pense qu'il n'est clairement pas en train de parler de Mamie.

— Clément, ton ex, ajoute-t-il comme si je pouvais encore avoir des doutes.

Après avoir ri comme une possédée il y a quelques instants, je me retrouve à devoir lutter contre les larmes. Je crois que je deviens dingue. Pourtant, en dépit de la honte qui m'écrase la poitrine, je redresse lentement la tête. La moindre des corrections, c'est que je soutienne son regard. Benoît vient de subir un terrible affront, tout ça parce que je n'ai pas su reconnaître que mon cœur n'était pas libre. Je me sens malhonnête et me force à desserrer le nœud invisible qui enserre ma gorge.

— Je pensais être prête pour une rencontre amoureuse. Je me suis trompée.

Il avait beau l'avoir senti, il semble accuser le coup. Je le vois à sa mâchoire qui se crispe. Je ne serais pas étonnée s'il me laissait sur le bord de la route en me disant que je n'ai qu'à me débrouiller et rentrer à dos de chamois si ça me fait plaisir. Cependant, il n'en fait rien et poursuit sa descente vers le village. J'aurais eu nettement moins de scrupules si Benoît avait été un sale con imbuvable, arrogant, raciste, misogyne ou homophobe ! Pourquoi faut-il qu'il soit la gentillesse incarnée ?

Sans lâcher la route des yeux, il esquisse un geste pour ouvrir la boîte à gants et je ne parviens pas à refréner un mouvement de recul. Je ne voudrais pas me la jouer parano, mais si jamais il est en train de péter un plomb et qu'il sort un flingue, je fais quoi ? Pourtant, aucune trace de nervosité sur ses traits. Il s'empare finalement de papier à tabac, agitant les fines feuilles sous mon nez.

— J'ai un peu de cannabis, tu en veux ?

Je m'esclaffe en même temps que vole en éclats l'image trop lisse que j'avais de lui.

— Non, je te remercie.

Mon interlocuteur paraît déçu.

— Oh, dommage. Tu es sûre ?

— Je ne supporte pas l'odeur du shit. Elle me fait penser à celle de la transpiration.

— T'es un peu bizarre, comme nana. Mais bon, comme tu veux, dit-il en refermant la boîte à gants.

Incrédule, je n'arrête pas de le regarder en secouant la tête. Monsieur Perfection dort avec son toutou et est un adepte de la fumette !

— Quoi ? veut-il savoir en me jetant un coup d'œil subreptice.

— Non, rien. Tu… je te trouve surprenant, c'est tout.

— Visiblement, ça n'a pas suffi à te séduire.

— Tu n'es pas en colère ? J'ai quand même gâché ta soirée.

La radio diffuse un vieux titre folk, *Do You Believe in Magic*. En cet instant précis, je donnerais très cher pour croire en la magie des choses, revenir en arrière et ne pas accepter ce rendez-vous qui a fini par nous mettre tous les deux dans l'embarras.

Arrivé au bas de ma rue, Benoît emprunte la portion de chaussée réservée aux riverains et me répond :

— Ce n'est pas comme si on se tournait autour depuis des mois, Léna. On a bu un verre ensemble pour envisager la possibilité d'une relation amoureuse… Et je pense que tu seras d'accord avec moi pour reconnaître que cela ne se fera pas.

Jamais, ô grand jamais on ne m'avait encore parlé d'amour avec le sérieux d'un analyste géopolitique.

— C'est entièrement ma faute, Benoît.

Il se gare et sort avec moi de la voiture. Les filles nous attendent devant la maison et je me souviens tout à coup que je suis censée endosser le rôle de la tante furax parce qu'elles ont fait capoter ma soirée. D'un ton sans équivoque, je leur demande :

— Qu'est-ce que vous attendez pour rentrer ?

— Il faut que je te parle, déclare Violette.

— Je pense que je vais vous laisser, intervient Benoît, sûrement pressé de rentrer chez lui pour rouler son pétard et oublier ces quelques heures passées en ma compagnie.

Je l'entraîne à l'écart et réitère une nouvelle fois mes excuses.

— Un jour, tu en riras, me prédit-il. Je ne veux pas me mêler de ce qui ne me regarde pas, Léna, mais si tu dois te remettre avec Clément, ne le laisse plus te briser le cœur.

— C'est gentil, mais à mon avis, Clément n'a plus du tout envie qu'on se remette ensemble.

— À ta place, je ne parierais pas là-dessus. Bon, j'y vais. Mes amitiés à ta grand-mère, ajoute-t-il avec un clin d'œil.

Je le regarde s'installer au volant de sa voiture, mettre le contact et s'éloigner avec un ultime salut de la main.

— Il fait pitié, le pauvre, se la ramène Violette.

— La faute à qui ? je lui réponds en prenant un air sévère.

— Justement, c'est de ça dont je voulais te parler.

Je lève les yeux sur la voûte céleste qui projette toujours sur nous de gros flocons virevoltants. Mes orteils et mes jambes sont glacés.

— Tu me diras ça au chaud, Violette. Je refuse de rester une minute de plus à frissonner sous la neige.

À cet instant, la tête de Memphis, oreilles dressées, surgit de derrière la fenêtre. Ce qui n'échappe pas à Violette.

— Alors, on va chez ta mère, tente-t-elle de négocier. Ils sont tous chez Mamie pour dîner. Tu n'as qu'à prétexter l'envie d'être au calme parce que ton rendez-vous s'est mal passé.

Je pousse un soupir et souligne l'incohérence de son propos :

— Sincèrement, Violette, si je devais me consoler d'un rencard qui a mal tourné, je choisirais plutôt Netflix et un plateau de sushis que la compagnie de deux ados irresponsables qui ne pensent qu'à faire des conneries dès que j'ai le dos tourné. Alors, maintenant, arrête de marchander. On y va.

La chaleur qui m'enveloppe dès que nous pénétrons dans la maison me rassérène aussitôt. Je cours me réfugier dans la salle à manger, au plus près de la cheminée.

— Ah ! Vous voilà enfin ! s'exclame ma grand-mère, avant de se tourner vers les filles, qui se tiennent encore sur le seuil, d'un air penaud.

— Venez vous asseoir, leur dit ma mère, avec une intonation implacable dans la voix. Vous avez fait attendre tout le monde, avec vos âneries.

Je n'ai pas souvent eu l'occasion de voir ma mère fâchée, mais cette fois-ci, il semblerait bien que les filles aient réussi à la faire sortir de ses gonds.

Emma-Lou prend place près de Catherine et cette dernière commence à la sermonner :

— Tu paieras une partie des réparations, Emmy. Tu crois que je t'emmène en vacances pour que tu me fasses honte ?

— Elle n'y est pour rien ! s'insurge Violette. C'est moi qui l'ai entraînée.

— Peu importe qui a entraîné l'autre, répond fermement mon père. Quand on fait une bêtise à deux, on assume à deux. Nous emmènerons le Solex au garage dès la semaine prochaine et si le mécanicien est d'accord, vous le réparez toutes les deux avec lui.

— C'est dégueulasse, grogne ma nièce, dans une attitude butée.

Près de moi, Noah arrondit les yeux. Il doit être en train de penser que vouloir à tout prix nous connaître n'était pas forcément une bonne idée. Pour un fils unique, ça doit lui faire drôle, de débarquer dans une famille aussi agitée !

Mamie tente d'apaiser les choses :

— Ce n'est pas la fin du monde non plus, affirme-t-elle. Je ne m'en servais plus, de ce vélomoteur.

— Éric et moi avons tout de même passé quelques heures à le retaper, objecte Xavier. Sans compter que les filles auraient pu se blesser grièvement.

Je pioche une rondelle de saucisson dans le plat de charcuterie et leur demande pourquoi ils les ont laissées partir avec le Solex.

— Mais on ne le savait pas ! proteste ma mère. Violette m'a juste dit qu'elle avait envie de faire un tour dans le bourg avant le dîner. Je ne pensais pas que cet engin était inclus dans la balade.

Assise sur sa chaise, ma nièce esquisse une moue boudeuse et roule nerveusement de la mie de pain entre ses doigts. Je l'interroge une nouvelle fois sur ce qui lui a pris.

— Tu comptes nous faire une fugue chaque année ? C'est ton nouveau challenge perso ?

Elle s'emporte aussi sec :

— Et toi, tu vas me persécuter à vie, avec ma fugue de l'année dernière ? J'ai assez le seum, là, c'est bon.

— Le… ? réagit Catherine, complètement perdue.

— Le seum, répète ma grand-mère. Ça veut dire qu'elle est en colère. Qu'elle a les nerfs.

Depuis quand maîtrise-t-elle le langage jeune ? C'est sur Meetic qu'elle a appris ça ?

— Je ne connaissais pas ce terme, lui répond sa sœur. Tu crois que c'est accepté au Scrabble ?

— Je pense que « schlag » et « bolosse » rapporteraient plus de points.

Noah pouffe et je ne suis pas loin de l'imiter. Violette ignore royalement cet interlude lexical et croise les bras sur sa poitrine.

— Tu ne vas quand même pas tirer la tronche toute la soirée ?

Elle arrondit la bouche, outrée par ma réflexion.

— J'ai fait ça pour t'aider, Léna, et t'as vu comment tu me parles ?

J'aurais tout entendu !

— Tu voulais m'aider ? Surtout me taper sur les nerfs, oui !

— Mais t'es cramée dans ta tête, ou quoi ? s'écrie-t-elle.

J'hésite entre l'étrangler ou l'enfermer dehors pendant cinq minutes.

— Bon ! tonne Lucien. Ça suffit, maintenant, tous ces cris. Moi, j'ai faim. Alors mangeons, et vous vous écharperez après !

En un instant, le calme revient et nous n'entendons plus que le bruit des couverts qui tintent. Puis, très vite, ma grand-mère se souvient qu'elle a un interrogatoire à me faire subir.

— Alors, ma bichette, il est comment, ce Benoît ? Vous allez vous revoir ?

— Il est gentil, dis-je en triturant un morceau de pomme de terre du bout de ma fourchette.

— Et physiquement ? s'enquiert ma mère. Il te plaît ?

— Il est mieux que sur sa photo.

— Je te l'avais dit ! se réjouit ma grand-mère, les yeux pétillants de joie.

— Ne t'emballe pas. C'était sympa, mais je… enfin, nous ne nous reverrons pas.

J'avoue que ce soir, j'ai du mal à exprimer ce que je ressens. Après tous ces événements qui ont failli me conduire à une véritable crise de nerfs, mon cerveau est cotonneux. Ma grand-mère a du mal à masquer sa déception.

— Quel est le souci, alors ? Il a des seins ? Des poils qui lui sortent des oreilles ?

— Le problème vient de moi. J'étais certaine que le fait de rencontrer quelqu'un d'autre me ferait du bien. Ça ne s'est pas déroulé exactement comme prévu.

Lulu découpe un copieux morceau de viande, qu'il fait passer avec une gorgée de vin.

— On a tous à gagner à se défaire de nos certitudes, constate-t-il, la fourchette pointée vers moi. Tu croyais pouvoir oublier ton gars, mais ce n'est pas le cas. J'ai bien vu votre façon de vous regarder, je ne suis pas si bête que j'en ai l'air…

— Lucien, tu bois trop de vin, le morigène gentiment Mamie.

Il balaie sa remarque d'un geste de la main.

— Ne t'inquiète pas, je ne compte pas te faire honte, lui répond-il. Tout ça, c'est pour dire que des certitudes, tout le monde en a. C'est humain, ça nous construit. Mais il faut savoir les laisser sur le bas-côté de la route quand le moment se présente.

— Qu'est-ce qu'il est poète, quand il boit ! fait remarquer Catherine.

Lulu lui sourit malicieusement.

— La poésie, Catherine, ce n'est rien d'autre que des mots que l'on pose pour apaiser un peu le vacarme quand la vie devient trop facétieuse.

— Si jamais tu as une poésie pour calmer l'incident du Solex, intervient Violette, te prive surtout pas.

Je réprime un sourire et demande à Lulu quelles étaient ses certitudes, à lui. L'émotion délave ses yeux tandis qu'il répond :

— Quand je me suis retrouvé à la rue, après la mort de Jeanine, ma femme, je ne croyais plus en rien. Je venais de perdre la seule femme que je n'avais jamais aimée et le fruit du travail de toute une vie... Tout ça parce que notre société estime qu'un petit vieux qui perçoit moins de neuf cents euros de retraite n'a pas le droit de se loger.

Le silence s'est soudainement abattu sur nous.

— J'avais la certitude que mon cœur était engourdi, poursuit Lulu. Et puis je suis tombé sur Jacotte, cette merveilleuse femme qui a su le réchauffer.

— Tu me mets dans l'embarras, Lucien, proteste Mamie. Je t'ai déjà dit que je ne voulais pas les brusquer.

— Je pense qu'on le savait déjà, souligne Violette. Tu sais, on a un peu compris quand tu venais de « recoudre son pantalon », cet après-midi...

Mamie oscille la tête, ennuyée.

— Ah, ils vous ont fait le coup du pantalon ? rit mon père. L'autre matin, à sept heures, quand j'ai surpris Lulu sortant de la chambre, il m'a raconté que ma mère l'avait appelé parce qu'une grosse araignée la terrorisait.

— Tu aurais pu inventer quelque chose de plus crédible ! reproche ma grand-mère au vieil homme.

— Ce n'est pas si grave, déclare-t-il en lui prenant la main. Ils apprendront bien vite que l'amour, c'est l'éternelle jeunesse.

— Ça suffit, maintenant, rouspète-t-elle pour la forme. L'amour, l'amour… Ne va pas t'imaginer que tu vas me passer la corde au cou !

Xavier manque de s'étouffer avec ses légumes.

— J'avoue que je n'avais jamais imaginé la possibilité de marier ma mère.

— Ce qui n'arrivera jamais, jure-t-elle.

— Mais alors, demande ma mère, les sites de rencontres, c'est du passé ?

Lulu confirme d'un hochement de la tête.

— Elle a fini par comprendre que c'est dans les vieux pots qu'on fait les meilleures confitures !

***

Une heure plus tard, alors que je m'apprête à dormir, de légers coups résonnent contre la porte de ma chambre. Violette, vêtue d'un pyjama *Harry Potter*, passe la tête dans l'entrebâillement.

— Je peux te parler ? souffle-t-elle à voix basse.

— Bien sûr, dis-je en rallumant la lampe de chevet.

Je me redresse contre l'oreiller et ma nièce vient s'asseoir près de moi, une jambe repliée sous elle, l'autre pendant au-dessus du tapis.

— C'est au sujet de tout à l'heure…, commence-t-elle. Pour le Solex.

Je retiens une respiration pour m'empêcher de soupirer et lui explique que je suis fatiguée.

— Mais je veux que tu saches, proteste-t-elle. J'ai vraiment fait ça pour t'aider. C'était un cas de force majeure.

Comme je la toise d'un œil perplexe, Violette m'explique que le but de la manœuvre était de me mettre en présence de Clément.

— Tu étais super jolie, bien maquillée et avec un autre que lui. On voulait qu'il se rende compte qu'il t'aime encore. Tu vois ce que je veux dire ?

Je réponds avec un sourire forcé :

— C'est gentil de ta part, Violette. Seulement, si ta technique fonctionne parfaitement à l'adolescence, c'est loin d'être le cas pour les adultes que nous sommes.

— Au contraire ! me soutient-elle avec force. Clément a vu que tu ne te laisses pas abattre et que tu sors, ça a dû lui faire prendre conscience de ce qu'il a perdu, non ?

Je n'en suis pas convaincue mais préfère la laisser parler et extrapoler. Elle me raconte qu'au départ, Emma-Lou et elle avaient prévu de monter jusqu'au restaurant avec le Solex et de simuler une panne une fois là-haut.

— Lucas m'avait confirmé que *L'Edelweiss* fermerait exceptionnellement ce soir et il m'a dit vers quelle heure nous pourrions tomber sur Clément.

La vache, c'est qu'elles l'ont travaillée longuement, leur mise en scène !

— Mais en cours de route, reprend-elle, on a flippé. La chaussée était tellement glissante qu'on a eu peur d'avoir un accident, alors on a balancé le Solex dans le fossé. Et puis, il y a eu ces bruits d'animaux, c'était horrible. On a cru qu'on allait se faire bouffer par une meute de sangliers, alors on s'est mises à courir.

— T'es dingue, Violette, je marmonne. Ton stratagème aurait pu vous blesser, Emma-Lou et toi.

Ses épaules se soulèvent avec nonchalance.

— C'était juste une petite stratégie d'adaptation face à la réalité. Et puis… avoue que je suis pleine de ressources insoupçonnées, me réplique-t-elle avec malice.

Je lui adresse une grimace.

— Et si j'étais tombée sous le charme de Benoît, comment penses-tu que j'aurais réagi en découvrant tes manigances ?

Ma nièce secoue vivement la tête.

— C'est Clément que tu aimes. Ça saute aux yeux, riposte-t-elle.

J'ignore ces dernières paroles.

— Ton projet est quand même tombé à l'eau. Si on admet que Clément ait pu encore avoir des sentiments pour moi, il doit à présent me croire en couple avec Benoît.

Violette soupire avec ostentation.

— J'ai donné le coup de pouce qu'il fallait pour vous réunir, et tu trouves encore le moyen de rouspéter. Tu attends quoi pour lui envoyer un SMS et lui déclarer ta flamme ?

— Je n'ai plus quinze ans. Il faudrait bien plus qu'un simple texto, crois-moi.

Je fais mine de vouloir me rallonger.

— C'est naze, mais vraiment ! maugrée-t-elle.

— Laisse tomber, Violette. Je vais rentrer à Nice après Noël, de toute façon. L'éloignement fera son œuvre.

— Tu fais la forte… C'est beau, hein, mais en attendant, les seuls mecs dans ta vie sont ton père et tes frères.

Je réponds en lui décochant un regard désabusé.

— Est-ce que je t'ai dit que je commence à apprécier *Le Cid* ? me sort-elle sans aucune transition.

— J'ai cru comprendre qu'Emma-Lou t'a aidée, oui.

Violette opine doucement du chef.

— J'ai lu une réplique trop kiffante, continue-t-elle en affichant un air satisfait. Est-ce que tu veux que je te la dise ?

— Si c'est pour les besoins du lycée, bien sûr.

— « L'amour est un tyran qui n'épargne personne », récite-t-elle. Ça me fait trop penser à toi.

Avant que mon cerveau ne puisse imaginer une réponse que ma bouche accepterait de formuler, Violette me souhaite bonne nuit et tourne les talons. J'enfonce la tête dans mon oreiller, espérant me laisser emporter dans les limbes du sommeil.

L'amour est un tyran qui n'épargne personne.

Je me demande ce qu'a pu vivre Corneille pour nous balancer ça, comme ça.

Et, d'un coup, je sais. Je vois tout se jouer sous mes yeux, telle une pièce de théâtre en quatre actes, avec les costumes du XVIIe siècle et les décors d'époque.

Acte I : la grand-mère de Corneille, venant de retrouver l'amour entre les bras d'un vagabond, s'est vue pousser des ailes et lui arrange un rendez-vous avec une inconnue pour qu'il réussisse à oublier son ex, qui l'a éconduit pour d'obscures raisons.

Acte II : sa nièce, une adolescente enivrée de romans d'amour et de ritournelles, vient tout chambouler en piquant un cheval pour aller chercher l'ex en question, retranchée dans l'auberge du village.

Acte III : ladite nièce envoie un messager chercher Corneille pour la tirer du pétrin lorsque l'étalon, glissant sur une plaque de verglas, se retrouve dans le fossé.

Acte IV : après de virulents échanges de regards porteurs de promesses d'empoisonnement entre l'ex et la nouvelle prétendante, Corneille rentre chez lui, renonce à l'amour et écrit *Le Cid,* se laissant guider par la seule idée qu'il a retenue de sa soirée : « L'amour est un tyran qui n'épargne personne. »

Je ne sais plus si je rêve ou si je divague.

19

Après ma nuit un peu agitée, les filles et moi avons revêtu nos vêtements les plus chauds afin de monter à la station de ski. Le programme s'annonce des plus chargés : nous devons aider Rémi et Clément à régler les derniers détails pour la soirée et nous espérons, entre-temps, pouvoir faire quelques descentes de luge.

— Est-ce que je peux venir avec vous ? me demande Noah, la mine enjouée.

Sous la surprise, je lui réponds de façon un peu abrupte.

— Je pensais que tu passerais la journée avec mon père.

Mon père. Le sien, aussi. Le nôtre. J'espère que j'arriverai un jour à considérer Noah comme un frère à part entière, mais je ne sais rien de lui. C'est tellement perturbant.

L'adolescent grimace et se tord les mains, ne sachant visiblement pas quoi en faire.

— C'est pas obligé non plus. Je ne veux pas vous déranger.

Assise sur les marches des escaliers pour enfiler ses chaussures, Violette acquiesce, les pouces en l'air.

— Je vote pour ! Je veux trop voir la tête de Lucas quand je vais lui dire que tu es mon oncle.

Je ris et me tourne vers Noah.

— Tu vas voir, d'ici la fin de la journée, elle va t'appeler « tonton ».

— J'aimerais mieux pas, ricane-t-il.

— Allez, tonton Nono ! le chambre ma nièce.

Je sens que ces deux-là vont s'entendre comme larrons en foire. Je me tourne vers le jeune homme.

— Évidemment, que tu peux venir avec nous, mais pense à prévenir mon p… Préviens Papa, quoi.

— C'est vrai, je peux ? s'exclame-t-il en écarquillant des yeux incrédules.

Sa maladresse m'attendrit et je lui ébouriffe ses cheveux bruns déjà coiffés dans tous les sens.

— Oui, on t'embarque. Deux bras supplémentaires pour aider au restaurant ne seront pas de trop.

Quand nous arrivons à *L'Edelweiss*, Clément prend à peine le temps de me saluer. Il me considère comme une employée. Je ne peux pas lui en vouloir de se montrer distant, je m'y attendais, même si ça me mine le moral. Heureusement, avec l'aide de Solveig, nous entamons un travail de fourmi, ce qui m'empêche de trop cogiter. Nous décorons la salle pendant que Rémi, Clément et Lucas s'activent derrière les fourneaux. Dès que je me trouve près de la cuisine, je ralentis volontairement mes gestes afin de scruter discrètement

Clément, qui marie les ingrédients avec une grâce dont seuls les passionnés sont capables. Ses mains pétrissent et coupent avec une rigueur assurée, les muscles de ses avant-bras se tendent et ses yeux foncés observent chaque aliment avec attention. Il est si dévoué à son art que sa présence semble occuper tout l'espace. J'aimerais pouvoir lui dire combien je le trouve beau, en cet instant où il s'abandonne entièrement à ce qu'il fait.

Clément travaille en écoutant *Nothing Else Matters*, son morceau préféré de Metallica et ma gorge se noue au son des riffs mélancoliques. Je repense à l'incendie et à ce sentiment d'injustice qui me tenaille quand je fais le point sur toutes les conséquences. Je me demande si le coupable sera retrouvé avant qu'il tente une nouvelle fois de bousiller ce que Clément a de plus cher.

Ce dernier lève la tête et nos yeux se rencontrent. C'est aussi furtif qu'une respiration et j'ai pourtant la sensation que le temps est suspendu. Je m'efforce de vaquer à mes occupations, de tricher sur mes émotions en faisant celle qui n'est pas troublée le moins du monde, alors que mon cœur menace de sortir de ma poitrine.

— Tu crois que Lucas viendrait faire de la luge avec nous ? m'interroge tout à coup Violette, qui elle aussi n'a de cesse de jeter des coups d'œil vers la cuisine.

— À moins que Clément ne se soit transformé en un esclavagiste sans pitié, oui. Il aura forcément une pause.

— C'est ton copain ? s'enquiert Noah en se tournant vers ma nièce (*notre nièce, ma vieille, notre nièce*).

— Pas officiellement non, bredouille Violette en rectifiant nerveusement le tombé d'une nappe en papier.

Elle rougit, porte la main à son cœur, puis murmure :

— À chaque fois que je le vois, c'est comme si mon cœur sautait en parachute.

Elle vient de décrire exactement la façon dont mon propre cœur se conduit en présence de Clément. Les symptômes ne changent jamais.

— T'es vraiment mordue, constate Noah.

Violette soulève les sourcils avec éloquence et je demande à Noah si lui-même a une copine.

— Oh, pas vraiment. Les filles, ça va, ça vient. J'ai le temps avant de me fixer.

Il semble hésiter à poursuivre et choisit finalement d'aller au bout de sa pensée :

— Et puis, l'amour n'est pas au centre de mes priorités. J'avais besoin de connaître mes origines.

— Je comprends, dis-je en disposant des coupes à champagne sur une table. Et je voulais que tu saches que je suis navrée si mon accueil a pu te paraître frileux. Je ne m'y attendais tellement pas !

Il opine doucement du chef.

— Je n'ai pas trop réfléchi non plus, reconnaît-il. En fait, je n'ai pas pensé que je pouvais avoir des frères ou des sœurs. C'est bête, mais ça ne m'avait pas traversé l'esprit. J'ai bousculé beaucoup de monde, je m'en rends compte.

Je lâche un rire bref.

— Tu as réussi à perpétuer notre tradition : chaque Noël apporte son lot de surprises et de révélations.

Je m'empare d'un nouveau plateau de coupes et l'interroge, pour savoir s'il est étudiant ou s'il travaille. Mon demi-frère me révèle que, n'ayant jamais été porté vers les études, il est apprenti dans la vente. Il m'apprend tout ce que j'aurais dû savoir si Graziella avait osé parler à mon père, dix-huit ans plus tôt : il aime la pizza, jouer à *Assassin's Creed* sur sa Playstation 4, lire les romans fantasy de Terry Brooks et Raymond E. Feist, le Coca-Cola, les tee-shirts à messages, écouter le groupe *Imagine Dragons*, manger mexicain, et l'univers de *Dragon Ball*. Il déteste le fait de chausser du 44, parler au téléphone, faire des photos d'identité, la mode des chaussettes dans les claquettes, les tartes aux fruits, sa mère qui le traîne sur les brocantes dès neuf heures le samedi matin, la musique folklorique, les filles qui se privent pour rentrer dans des vêtements taille 0, et les gens qui s'engueulent tout le temps. Il rêve de visiter l'Amérique du Sud et le Japon.

Au bout d'une heure, j'ai l'impression de le connaître depuis toujours et ce que je ressens grave au fond de moi une empreinte de tendresse indélébile.

Au bout d'une heure et cinq minutes, j'en veux à sa mère de ne pas nous avoir permis de le connaître bien avant.

Au bout d'une heure et dix minutes, je suis parvenue à la conclusion qu'on peut toujours rattraper le temps perdu, car ce qui compte, c'est ce qu'on vit ici et maintenant.

Au bout d'une heure et quinze minutes, j'envoie un SMS à mon père pour lui dire que je ne lui tiens pas rigueur de ne pas avoir eu la force de nous faire part de ce qui le rongeait. Je lui dis que j'ai enfin compris que c'est en restant unis que l'on devient meilleurs et plus grands.

Le « merci » qu'il m'envoie en retour me bouleverse bien plus qu'un grand discours.

***

Clément dévore un sandwich avec nous, avant de nous informer que Solveig, Lucas, Rémi et moi sommes libres jusqu'à seize heures.

— Je dois faire cuire les tartiflettes et maintenir au frais ce qui doit être servi froid. Vous, les filles, vous transporterez les bouteilles et les petits-fours sur les tables.

Violette pousse un cri de victoire, car elle avait l'intention de prendre du temps pour mettre une tenue plus sympa pour la soirée.

— Moi aussi, j'aimerais bien me changer, déclare Emma-Lou.

Rémi propose de les reconduire au village.

— Je ne voudrais pas casser l'ambiance, dis-je, mais on avait prévu de faire de la luge.

— Ça ne pose aucun problème, répond Rémi. Je peux récupérer les filles et Noah quand vous aurez terminé.

— Et toi, tu vas rester comme ça ? s'enquiert ma nièce.

— Oui, pourquoi ?

Clément me scanne de la tête aux pieds, mais garde le silence. Peut-être s'imaginait-il que j'allais sortir le grand jeu pour ce soir. Bon, à vrai dire, je transporte un peu de maquillage dans mon sac à main. Pour le reste, j'estime que mon pull-over et mon pantalon feront parfaitement l'affaire. On n'est pas à Ibiza et je me passerai volontiers d'une robe de cocktail. Violette me fait les gros yeux, je l'ignore en donnant le signal du départ.

Pour le plus grand bonheur de ma nièce, Lucas décide de se joindre à nous. Les quatre adolescents sautent de joie lorsque je leur annonce que je connais l'endroit parfait pour tenter quelques descentes, un lieu qui n'aura normalement pas encore été pris d'assaut par les touristes. Mes parents nous y emmenaient souvent, Tom et moi, quand nous étions plus jeunes et avides de sensations fortes.

Auparavant, nous passons par le magasin de location de matériel. Le vendeur nous confirme que la saison a bel et bien commencé.

— Les studios et les chalets affichent complet jusqu'à février ! se réjouit-il.

Il ne me reste plus qu'à retrouver la piste à laquelle je pense. Depuis la dernière fois, le paysage a été modifié par les nouvelles constructions, mais je me souviens que je dois me diriger vers la forêt de conifères, avant de tomber sur une clairière qui s'achève en pente. Nous suivons une sente enneigée, étincelante sous le ciel redevenu bleu. Nos pieds s'enfoncent dans la neige épaisse et immaculée, qui crisse sous nos bottes.

— C'est magnifique ! souffle Emma-Lou, au moment où nous arrivons à destination.

En effet, de là où nous nous trouvons, nous bénéficions d'un joli panorama sur la vallée entièrement recouverte de son tapis blanc. Autour de nous, le silence est total, excepté le bruit étouffé de la neige tombant des sapins alentour.

Les ados commencent à préparer leurs luges, se défiant entre eux du regard.

— Je parie que vous ne me rattraperez pas ! lance Noah, avant de dévaler la pente à toute vitesse.

— On lui met une raclée ? propose Lucas à Violette.

Il a dit ça en lui octroyant un sourire nonchalant, un genre de sourire qui sème aussitôt des étoiles dans les yeux de ma nièce. Tous les deux s'élancent à la poursuite de mon demi-frère. Les cris de Violette déchirent l'air tandis qu'elle se cramponne au jeune homme.

— Ils sont mignons, souffle Emma-Lou. Ça me donnerait presque envie de donner à nouveau mon cœur.

J'ai envie de la serrer dans mes bras.

— Tu sais, ma puce, les mecs ne sont pas tous comme celui qui t'a fait mal.

— C'est ce que m'a dit Violette. Elle m'a même proposé que je m'inscrive dans le même lycée qu'elle, à Paris.

Je vois qu'elle en meurt envie, mais pour l'instant, la peur semble encore avoir le dessus.

— Je suis d'accord avec Violette. Et puis, avec elle dans les parages, gare à celui qui osera t'embêter ! j'ajoute en riant.

Emma-Lou s'efforce d'afficher un sourire de nana qui en a vu d'autres, mais je ne suis pas dupe. D'un léger mouvement du menton, je lui désigne Noah, Violette et Lucas qui remontent joyeusement vers nous.

— Tu ne veux pas faire de luge avec eux ? C'est marrant, tu sais.

Pâle, elle reste immobile comme un bloc de marbre.

— Je n'en ai jamais fait…, me répond-elle d'une voix assourdie.

— C'est simple. Tu t'assois et tu fonces.

Du bout de son pied, l'adolescente se met à dessiner un motif dans la neige.

— Je vais avoir l'air d'une baleine, là-dessus. Les autres vont se moquer de moi.

Si elle savait comme en cet instant je maudis férocement tous ceux qui l'ont harcelée et ont bousillé sa confiance !

— Je vais te confier un secret, dis-je en lui empoignant la main. Sur une luge, personne, absolument personne, n'est à son avantage. Regarde Violette, par exemple, tu as entendu comme elle a hurlé dans la descente ? La bouche grande ouverte et les yeux écarquillés, ce n'est pas très canon. Mais elle s'en fout, elle vit le truc à fond. Même avec Lucas à côté d'elle.

La jeune fille prend une longue inspiration.

— Ouais, tu as sûrement raison.

Elle replace une mèche blonde sous son bonnet.

— Tu sais, ces quelques jours avec vous me font du bien.

Je passe un bras autour de ses épaules.

— Je crois que ça nous fait du bien à tous. Comme l'a si bien dit Lulu hier soir, on apprend à laisser nos certitudes de côté.

Elle acquiesce avec emphase.

— Je croyais que j'étais incapable de rester une heure sans manger de chocolat. Pourtant, je n'ai avalé aucune cochonnerie, aujourd'hui. J'ai envie de rééquilibrer mon alimentation.

— Tu peux être fière de toi. Mais en aucun cas tu ne dois perdre du poids pour entrer dans un moule quelconque. Cela doit venir de toi, parce que c'est *ton* envie et que tu te sens plus à l'aise avec des kilos en moins.

— Mon psy est persuadé que mes émotions se cachent derrière mon surplus de poids. Je pensais que les réflexions des autres auraient été un déclic pour que je me calme, mais ça n'a fait qu'empirer le problème.

— C'est logique, tu as subi un stress beaucoup trop lourd à porter.

Emma-Lou hoche la tête une nouvelle fois, puis m'avoue qu'elle a pris conscience qu'elle se gavait – c'est le terme qu'elle utilise – pour combler les vides et les silences.

— Je crois que si mes parents deviennent plus disponibles et que si je retourne au lycée, ça ira un peu mieux. Mais j'ai peur et je ne sais pas si je vais réussir.

Je resserre mon étreinte autour de ses épaules et lui confie, d'un ton plein de sagesse :

— Les blessures ont deux pouvoirs : nous détruire ou nous construire. C'est nous qui choisissons de les apprivoiser ou non. Même si cela ne se fait pas en un jour.

Ses yeux brillent, les miens aussi. Les larmes perlent, menaçant de s'échapper.

— Vous parlez de quoi ? questionne Violette, essoufflée d'arriver avant les garçons.

Je remets mes lunettes de soleil et lui désigne notre cousine.

— Emma-Lou aimerait que tu lui apprennes à descendre en luge.

— Mais carrément ! s'exclame-t-elle en se mettant à danser une petite gigue d'extase. Tu vas voir comme on va laisser les mecs sur le carreau !

Les deux filles attendent que Lucas et Noah soient à nouveau prêts à partir, puis tous les quatre dévalent une nouvelle fois la pente enneigée de la clairière. Je profite encore quelques instants du calme enchanteur des lieux, avant de me joindre à eux.

**

De retour au restaurant, nous buvons le chocolat chaud que Lucas nous a préparé. Nos joues sont rougies par l'air de la montagne et nos mains glacées se réchauffent grâce aux tasses brûlantes. Je me laisse aller contre ma chaise, savourant cet instant de tranquillité, avant le rush prévu d'ici quelques heures. Noah peste sur son téléphone car il n'y a pas beaucoup de réseau, Emma-Lou souffle sur son mug et je remarque le bras que Lucas a passé autour de la taille de Violette.

— Salut, les jeunes !

Emma-Lou sursaute violemment, n'ayant pas entendu Rémi entrer. Elle vient de heurter mon bras et la moitié du contenu de ma tasse se répand sur mon pull.

— Et zut ! je peste, en songeant que je n'ai pris aucun vêtement de rechange.

Ma cousine se confond aussitôt en excuses.

— Ne t'inquiète pas, ce n'est rien, je lui assure, en m'emparant d'une serviette en papier.

— T'es sûre ? s'enquiert Violette. Tu ne veux pas que je te ramène de quoi te changer ?

— Pourquoi pas ? En attendant, je vais aller me nettoyer dans les toilettes.

Les adolescents terminent rapidement leur chocolat, débarrassent et suivent Rémi. Avant de refermer la porte, ce dernier m'interroge :

— Tu ne veux vraiment pas venir avec nous ?

Je secoue la tête en avisant l'heure. Clément et Solveig seront là dans quarante minutes, ce qui ne me laisse que très peu de temps.

— Non, ça risque d'être un peu court puisque ton frère a besoin de moi.

— Comme tu veux. Je ne ferme pas le restaurant à clé, dans ce cas.

J'acquiesce et décide de m'occuper de l'opération sauvetage de mon pull. Un peu d'eau chaude et du savon devraient limiter les dégâts. D'un pas résolu, je me dirige vers les toilettes.

Prenant soin de verrouiller derrière moi (on ne sait jamais, des fois qu'une troupe de chamois aurait l'idée de venir faire une pause pipi à *L'Edelweiss* !), je repère le lavabo, ôte mon pull-over et commence à faire couler l'eau sur la plus grosse des taches.

Et c'est là que je me souviens de l'avertissement de Clément, il y a quelques jours : ne pas fermer la porte des toilettes, car le verrou se bloque. Des ondes de panique se propagent en moi à la vitesse de l'éclair ; je laisse tomber mon vêtement dans la vasque et me précipite sur la porte pour l'ouvrir. Sans surprise, le loquet résiste.

20

— **C**rotte. Crotte, crotte et crotte !
Je m'acharne, en vain. Alors je me mets à taper avec frénésie contre le panneau. Peine perdue, évidemment, étant donné que je suis la seule personne présente ici.

Tout à coup, le bruit de l'eau qui coule se rappelle à moi.

— Oh meeeeerde !

Mon pull est trempé, impossible de le remettre sans risquer une hypothermie. Levant la tête, j'étudie attentivement la petite fenêtre située en haut de la cuvette des WC. Je pourrais escalader sans problème, mais la perspective de sortir à moitié dévêtue sous la neige ne m'enchante absolument pas. Désemparée, je me laisse glisser contre le mur et m'assois sur le carrelage, en ramenant mes genoux contre ma poitrine. Je tremble de froid et j'ai la chair de poule.

Mon portable !

Comment n'y ai-je pas pensé plus tôt ? Je vais prévenir Violette et Rémi fera demi-tour. Ils vont me tirer de ce pétrin dans lequel je me suis fourrée ! Je sors mon Smartphone de la poche de mon pantalon, me félicitant de ne pas l'avoir laissé dans mon manteau. Cependant, ma joie est de courte durée : outre le réseau très hasardeux, il ne me reste que 4 % de batterie. Pourquoi ne l'ai-je pas rechargé la nuit dernière, bon sang ?

En dépit de tous les signaux qui jouent en ma défaveur, je monte sur la cuvette pour capter un peu de réseau et envoie un SMS, ou plutôt un SOS à ma nièce, la priant de venir me libérer au plus vite. Message parti, ouf ! Je n'ai plus qu'à attendre. Attendre et prier pour qu'entre-temps, personne ne vienne foutre le feu au restaurant en vue de saboter la soirée inaugurale. C'est dingue comme les pires des scénarios peuvent nous traverser la tête, quand on se retrouve à la merci des événements ! Je fais le serment que je ne me moquerai plus jamais des personnes un brin parano ; on n'est jamais autant vulnérable que bloquée dans les toilettes d'un restau, de surcroît en soutif.

Dans un long soupir, je jette un coup d'œil à mon portable, qui s'est évidemment éteint. Mue par un brusque élan de colère, je me relève et cogne de toutes mes forces contre la porte. Elle ne bouge pas d'un iota. Alors, comme dans les films, je donne un coup d'épaule, mais le battant ne cède toujours pas. Mon épaule, en revanche, manque de se décrocher, je vais m'en tirer avec un beau bleu.

Résignée, je retourne m'asseoir. Le temps semble s'étirer, je n'ai plus aucune notion des minutes qui s'écoulent. Dix, quinze ? Ils vont bien finir par arriver ! Je refoule les larmes qui menacent de jaillir. Chouiner comme une petite fille ne m'avancera à rien et ne me fera certainement pas sortir d'ici. J'appuie ma tête contre le mur et ferme les yeux…

Toc toc toc.

Est-ce que le froid peut donner des hallucinations ?

Toc toc toc.

Non, je ne rêve pas, quelqu'un tape bien contre la porte des toilettes.

— Violette, c'est toi ?

— Non, c'est Clément. Violette m'a prévenu que tu es coincée dans les toilettes.

Je bondis d'un seul coup sur mes jambes.

— Clément, fais-moi sortir de là !

Mon timbre est aussi tragique que celui d'une chanteuse de fado en plein deuil.

— Tu vas devoir enjamber la fenêtre, me répond-il. C'est le seul moyen.

— Je sais, mais d'abord lance-moi ma veste ! Je suis en… en soutien-gorge.

Je rêve ou il pouffe derrière la porte ? Il n'y a donc aucune âme charitable, en ce bas monde ? Néanmoins, je me garde bien de rouspéter. Je n'ai pas envie que Clément me laisse moisir toute la soirée dans les WC.

— Je fais le tour et j'arrive, Léna.

Pour la seconde fois, je grimpe sur la cuvette des toilettes et ouvre la petite fenêtre qui donne sur l'allée où sont stockés les containers à poubelles. Est-ce que je vais vraiment passer là-dedans ? L'ouverture ne me paraît pas très large. Si je restais coincée, obligeant les secours à venir me désincarcérer ?

— Tu es toujours là ?

Dehors, la voix de Clément me narguerait presque. À question bête, réponse bête :

— Non, j'ai réussi à creuser un tunnel pour m'évader ! Bon, tu as mon manteau ? Je me les pèle !

À mon plus grand soulagement, ma doudoune arrive aussitôt. Je l'enfile en poussant un soupir de délivrance.

— Prête pour la séance d'escalade ? s'enquiert Clément, que je ne vois toujours pas, vu la hauteur de la fenêtre.

Je crois que j'ai envie de faire pipi.

— Euh… Clément ?

— Oui ?

— Est-ce que c'est très haut ?

— Ne t'en fais pas, Léna, je te rattrape.

Un rire nerveux s'échappe de ma bouche alors qu'une honte cuisante envahit chaque parcelle de mon corps sous la forme de petits picotements brûlants. Tout de suite, je préférerais mourir, au moins un tout petit peu. Je veux sombrer dans l'oubli, pouvoir ramper jusque chez ma mère et me planquer à vie sous mon lit.

— Allez, mon cœ… Léna, il faut bien que tu sortes !

Il a failli dire mon cœur ! Finalement, mourir n'est peut-être plus une priorité.

Prenant mon courage à deux mains, je me hisse sur la pointe des pieds et agrippe le rebord de la fenêtre. Je suis perchée assez haut pour passer la tête dans l'ouverture et, un peu plus bas, je rencontre le regard de Clément, qui n'attend que moi.

— Vas-y, m'encourage-t-il.

D'une poussée, je passe la moitié du corps dans l'embrasure et me retrouve la tête dans le vide. La bonne nouvelle, c'est que je ne resterai pas coincée. La mauvaise, c'est que cette situation commence à devenir très gênante ; je suis à deux doigts de passer cul par-dessus tête.

Clément se cache la bouche de sa main et je le soupçonne de se marrer.

— L'idée, me dit-il, c'est que tu t'assoies sur le rebord de la fenêtre et que tu te laisses glisser jusqu'à moi.

Les pieds battant à l'intérieur des toilettes, je réussis tant bien que mal la manœuvre. Une fois assise, je reprends mon souffle et fixe l'horizon, droit devant moi. Je crois que je vais me sentir mal.

— C'est un peu haut, quand même.

J'ai les fesses gelées, mais tant pis, je vais attendre que les pompiers viennent me récupérer avec la grande échelle. C'est désormais la seule ambition de ma vie.

— Il n'y a que deux mètres, Léna. Tu peux le faire, je t'ai dit que je te rattraperais.

— Je te rappelle que j'ai le vertige !

— Fais-moi confiance ! insiste-t-il.

Je prends une lente inspiration, convaincue que je vais le faire. En fin de compte, je me ravise, faisant soupirer Clément.

— Donne-moi du papier et un crayon, je lui lance. Je veux d'abord écrire mon testament.

Il s'esclaffe.

— Tu n'as rien à léguer à part ton ordinateur et quelques bouquins. Viens ou je t'attrape par les jambes, fait-il en levant les deux bras vers moi.

Bon, de toute façon, qu'est-ce que j'ai à perdre à part mes deux guiboles et ma dignité ? Dans un réflexe à la con, je retiens ma respiration et me pince le nez, comme si j'allais plonger dans une piscine. Et je me laisse glisser dans le vide, bien sûr sans prévenir Clément, qui doit bondir pour tenter de me réceptionner. Il parvient à amortir ma chute, mais à la dernière seconde, je trébuche et manque de m'étaler de tout mon long, le nez sur une poubelle.

Clément réussit à me redresser en attrapant mon bras, et sans comprendre comment j'en arrive là, je me retrouve plaquée contre lui. J'hésite à poser mon front contre son torse, mais je rive finalement mes yeux au sol, ça me paraît plus sage, dans l'immédiat.

— Léna, regarde-moi.

Son visage est calme tandis qu'il soulève mon menton. Je sens mon cœur cogner de plus en plus fort contre ma poitrine et mes genoux se liquéfient.

— Ça va ? me demande-t-il.

Je souris bravement.

— Oui. Il faut juste que je me remette de mes émotions.

— Bien sûr, murmure-t-il sans me lâcher.

Ses mains sont passées de mon menton à mes épaules.

— Mais qu'est-ce que tu faisais en lingerie dans les toilettes ? s'enquiert-il, un sourire canaille au coin des lèvres.

J'ouvre la bouche et la referme, comme un poisson hors de l'eau.

— Non, ne dis rien, ajoute-t-il, la mine soudainement rembrunie. Je n'ai plus le droit d'imaginer que sous ton manteau, tu es en petite tenue.

Mais si ! Mais si, tu as le droit ! Tu as le droit de me prendre dans tes bras, de me dire que tu m'aimes toujours et de m'embrasser jusqu'à ce que le sol nous engloutisse.

Rougissant à cause de mes propres pensées, je déglutis. Ma gorge est sèche.

— Je sais que j'ai mal réagi, hier soir, quand je t'ai vu avec ton nouveau copain, reprend Clément.

— C'estpasmoncopain.

La phrase est sortie si vite que je doute de l'avoir prononcée. Avant que Clément ne puisse réagir, je poursuis, parce que je sais que si j'attends, je n'en trouverai plus jamais le courage :

— J'ai cru que je pouvais fréquenter quelqu'un d'autre, c'est pour ça que j'ai accepté ce rendez-vous. J'ai surtout eu la confirmation que je n'étais pas prête à m'impliquer sentimentalement avec un autre.

Pourquoi ne me répond-il pas ? Il ne me croit pas, évidemment.

— Pendant qu'il me parlait, c'est toi que je voyais, Clément. Je…

— Ça m'a rendu dingue, Léna, me coupe-t-il. Je n'en ai pas dormi de la nuit.

Nos corps se rapprochent et je sens que nous risquons à tout moment de basculer. Mais il ne se passera rien tant que je n'aurai pas obtenu toutes les réponses à mes questions.

— Pourquoi est-ce que tu as rompu, Clément ? J'étais enfin prête à penser à l'avenir et tu as tout brisé.

En disant cela, je pointe un index accusateur sur son torse. Il secoue la tête, d'un air qui exprime l'indignation. Ses yeux semblent incendier les miens.

— J'ai cru que tu t'en fichais, Léna ! J'avais besoin de toi, de ton réconfort. J'avais besoin que tu poses une bonne fois pour toutes tes valises chez moi. J'ai été patient et il ne s'est rien passé. Alors, quand tu m'as fait comprendre que tu étais malheureuse… je ne savais plus sur quel pied danser.

— Eh bien, moi non plus, figure-toi ! je m'exclame. Je… Je voulais vivre avec toi. J'avais l'intention de te l'annoncer… le soir de l'incendie. Et après, tu étais sans cesse pris par la paperasse et les soucis…

Je m'arrête un court instant, le temps de reprendre ma respiration.

— J'avais l'impression que le bon moment ne viendrait jamais, mais je n'étais pas malheureuse, ça non. Tu étais l'homme de ma vie. Et tu m'as quittée, alors que je ne m'y attendais pas du tout.

— Mais tu ne t'es pas battue. Comme si tout ça t'était égal.

— J'étais blessée, Clément. J'ai fait comme les animaux sauvages : j'ai préféré me retrancher dans mon coin pour soigner mes plaies.

Et je n'avais pas envie que tu fasses prononcer une ordonnance restrictive à mon encontre.

Je ravale ma salive, consciente que la suite sera cruciale pour notre histoire.

— Seulement, ça n'a pas fonctionné. Je n'ai pas pu t'oubl…

— Ah, mais vous êtes là ! Ça fait dix minutes que je vous cherche !

Nous tournons simultanément la tête en direction de la voix. Les poings sur les hanches, Solveig se tient au bout de l'allée, à quelques mètres de nous.

— Désolée, je ne voulais pas vous déranger, bafouille-t-elle en plissant le nez d'embarras.

Clément ôte ses mains de mes épaules et me lance un dernier regard brûlant. Je n'arrive pas à déterminer si c'est de l'amour ou de l'écœurement.

— Tu as bien fait, Solveig, la rassure-t-il. Je dois absolument faire cuire les tartiflettes si je veux qu'on soit à l'heure.

Trop déçue pour prononcer le moindre mot, je les suis à l'intérieur du restaurant.

21

— Houhou ! Léna ! lance ma grand-mère depuis le buffet, habillée à peine plus sobrement que la reine Elizabeth II en représentation officielle.

La soirée bat son plein, et après avoir secondé Solveig au service, je peux enfin souffler. Je rejoins ma famille, attroupée près des toasts au foie gras et à la secca d'Entrevaux, une spécialité locale de jambon de bœuf fumé. Violette a troqué ses vêtements de montagne pour un joli chemisier noir à pois blancs, qu'elle a partiellement rentré dans son jean skinny noir, ainsi que la mode l'exige.

— Tu es ravissante, ma chérie ! je la complimente en passant une main sur ses cheveux lissés.

Ma nièce m'entraîne à l'écart et me murmure à l'oreille :

— J'ai le cœur over speed, là. Lucas m'a embrassée derrière la remise, tout à l'heure.

Je retiens de peu mes exclamations de concierge indiscrète et surexcitée.

— Waouh ! C'est génial, Violette !

Elle émet une espèce de grognement dubitatif qui m'étonne. Violette en rêvait depuis l'année dernière, alors je me demande ce qui la contrarie.

— Ça ne te rend pas heureuse ?

— Mon père va me tuer, ouais.

Comme souvent lorsqu'il s'agit des réactions disproportionnées de Tom, je lève les yeux au ciel.

— Écoute, ma puce, s'il le prend mal, rappelle-lui de ma part qu'à ton âge, il en était déjà à sa sixième copine.

Je m'empare d'une coupe de champagne tandis que ma grand-mère pointe ma tenue du doigt.

— Pantalon de ski et petit pull beige. C'est très réussi pour une tenue de soirée, ironise-t-elle.

— En même temps, si je reste, c'est surtout pour faire acte de présence, je rétorque en tournant des yeux désespérés vers la porte des toilettes, où Rémi a placardé une feuille sur laquelle il a dessiné un sens interdit.

Après ma mésaventure, les garçons ont décidé de m'épargner une humiliation supplémentaire. Ils ont raconté à tout le monde que les toilettes étaient malheureusement condamnées ce soir à cause d'un dégât des eaux. Cependant, la rumeur sur les causes réelles de l'indisponibilité des lieux s'est répandue comme une traînée de poudre.

Catherine enfourne dans sa bouche une mini-tartiflette et, essuyant des miettes aux commissures

de ses lèvres, me sort, d'un ton faussement désinté-
ressé :

— Au fait, qu'est-ce que tu faisais en petite tenue
dans les toilettes ?

Ma grand-mère agite sa coupe de champagne et
lui répond à ma placc :

— Elle n'a fait que suivre mes conseils.

— Comment ça ? questionne ma mère, les yeux
écarquillés.

— Je lui avais suggéré d'aller retrouver Clément
en lingerie sexy.

— Et ça a marché ? intervient mon père, plein
d'espoir.

*Merci, Mamie. Je suis à deux doigts de me trancher les
veines avec un couteau à beurre.*

Violette, Noah et Emma-Lou ont beau connaître
la vérité, ils se mettent à glousser.

— Non, mais ce n'est pas ça du tout, je tente
de leur expliquer. Je me suis retrouvée bloquée en
voulant enlever une tache de chocolat chaud sur
mon pull. Dans la panique, je l'ai lâché dans le
lavabo.

— Je suis certaine que c'était un tour de ton
inconscient, susurre ma grand-mère.

— Je pense surtout que le fait de me retrouver
dans des situations gênantes fait partie de mon code
génétique. N'est-ce pas, Maman ?

— Je ne vois pas ce que tu veux dire, se dédouane
cette dernière.

Mon père me tend un nouveau toast.

— Nous ferions bien de ne pas rentrer trop tard,
me dit-il. Les prévisions météo annoncent une tempête pour cette nuit.

— Ça ne m'étonne pas, déclare Mamie. Il fait un vent à s'arracher la culotte !

— Qui veut s'arracher la culotte ? interroge malicieusement Lulu en nous rejoignant, une mini-quiche aux champignons entre les mains.

— La honte ! grommelle Violette en se cachant le visage derrière ses mains. Je ne les connais pas, ces deux-là.

— Moi, je la trouve fun, ma nouvelle grand-mère, lui répond Noah.

Mamie étant incapable de résister à la flatterie, elle se place aussitôt près de lui, le recoiffe, lui pince les joues et lui demande s'il a assez mangé ou s'il désire un autre toast.

— Dis-moi de quoi tu as besoin, mon poussin.

Je jurerais que j'entends mon demi-frère ronron-ner sous ces caresses affectueuses.

— Il va être temps que Jacotte ait un nouveau bébé à pouponner, soupire ma mère en me regar-dant avec insistance.

— C'est juste bête que les bébés ne se fabriquent pas tout seuls, je grommelle en tentant de m'esqui-ver.

Une main manucurée de rose se pose tout à coup sur mon épaule.

— Si tu prenais la peine de regarder autour de toi, tu verrais que le candidat parfait à la paternité n'est pas si loin.

Je souris en reconnaissant la mère de Clément.

— Hé, salut, Josse !

Elle me fait une bise, avant de scruter le fond de mes pupilles.

— Ce n'est pas trop difficile, pour toi ? m'interroge-t-elle.

— Merci pour ta sollicitude, mais arrête de me regarder comme si j'étais un petit animal paralysé. Je vais très bien.

Josse tourne son regard vers ma mère et, l'espace d'une seconde, elles ressemblent à deux conspiratrices cherchant la formule du philtre d'amour. Puis son attention revient vers moi.

— Je dis ça parce que je sais que la rupture n'était pas de ton fait, Léna.

— C'est la vie, dis-je en haussant les épaules.

— Clément et toi êtes faits l'un pour l'autre, affirme-t-elle avec force. Mon fils finira bien par s'en rendre compte.

Dans l'espoir d'échapper à cette conversation, je hèle Rémi pour qu'il me serve un verre de vin.

— C'est carrément la folie ce soir, me glisse-t-il, ravi. Tu as vu tout ce monde ?

J'approuve en balayant silencieusement la pièce du regard. Les premiers touristes fraîchement arrivés se mêlent à la population locale, dans un joyeux brouhaha, surmonté d'une musique festive.

— J'espère que tu n'as pas oublié la représentation de la chorale, demain, me rappelle tout à coup ma grand-mère. Les enfants passeront en premier et notre chœur suivra. On a répété une chanson de dernière minute, ça va être trop de la balle !

— Je viendrai, promis.

Les desserts apparaissent et Violette s'extasie sur les petits fondants chocolat-pralin.

— C'est une tuerie intersidérale ! commente-t-elle, la bouche pleine.

La musique enchaîne sur un titre du début des années quatre-vingt, *Enola Gay*. Le vin me montant légèrement à la tête, je suis sur le point de me mettre à danser. L'apparition de Clément, venant saluer tout le monde, me stoppe net.

Alors que le reste de ma famille se rue sur le tiramisu à la crème de marrons, présenté dans des verrines, je n'ai d'yeux que pour Clément qui fend adroitement la foule, prenant le temps de discuter avec les uns et les autres. Il virevolte, se faufile, savoure. Je lis sur son visage qu'il est heureux parce que la soirée est réussie. Je le vois à son expression et son regard qui pétille de joie, à ses traits fatigués, mais détendus.

— Qu'est-ce que tu attends pour aller le retrouver ? me houspille ma grand-mère en me mettant sous le nez un petit chou cacaoté aux clémentines.

— Et n'oublie pas de décrisper les épaules, me conseille Josse, ça fera plus élégant.

Je vais surtout courir me cacher six pieds sous terre, oui ! Mais Clément s'approche déjà de nous. Mon père l'accueille par une bourrade amicale, tandis que Maman, Catherine et ma grand-mère fondent sur lui avec la même effervescence que si l'avenir de l'humanité était en jeu. Elles poussent des exclamations de ravissement lorsqu'il leur confirme que, demain, il servira bien du lait de poule sur le marché de Noël, avant le spectacle de la chorale.

— Tu entends ça, Léna ? C'est fabuleux ! gazouille ma mère, d'une voix haut perchée.

— Parce que Léna viendra, lui précise ma grand-mère en clignant exagérément de l'œil. Pas vrai, ma chérie ? Toi qui aimes tant le lait de poule !

J'approuve d'un léger mouvement du menton, sous le regard amusé de Clément. Ce dernier ne parvient pas à s'éclipser, puisque Catherine enchaîne :

— En tout cas, jeune homme, je tenais à vous féliciter. Vous cuisinez très bien, et pour ne rien gâcher, vous êtes charmant, dit-elle en coulant un regard éloquent dans ma direction.

Mais faites-les taire, pitié !

Histoire de garder contenance, j'avale d'un trait le reste de mon verre de vin. Mauvaise idée. J'ai soudainement chaud au cou, comme si on m'avait aspergé d'huile brûlante. Le point positif, c'est que toute la tension qui m'encombrait jusque-là s'allège d'un coup. Je ferais peut-être mieux d'aller prendre l'air avant de commettre un acte regrettable (me jeter sur Clément et lui arracher ses vêtements, par exemple) lié à l'euphorie passagère provoquée par l'alcool.

— Léna ?

Ah. Et moi qui croyais être discrète en esquissant quelques pas vers la sortie.

Clément se tient à présent face à moi et mon cœur fait une embardée. La joie lui va si bien !

— Tu passes une bonne soirée ? me demande-t-il.

Les commissures de mes lèvres s'étirent en un sourire qui doit révéler toutes mes dents, même celles du fond.

— Devine, lui dis-je d'un ton bêtifiant.

Il plante ses yeux dans les miens, son regard me clouant presque sur place. Oui, il a ce pouvoir-là.

— Je voulais te remercier de nous avoir filé un coup de main.

— Oh, ce n'est rien, c'était cool à faire.

— Pas seulement pour ce soir, insiste-t-il. Pour tout ce que tu as fait. Je suis certain que grâce à toi, *L'Edelweiss* va marcher du tonnerre.

Des petites bulles crépitent sous ma boîte crânienne, alors que je m'imagine en train de lui enlever tous ses vêtements.

— La vie est belle, non ? je couine en me rapprochant de lui, tandis que mes mains emprisonnent sa nuque.

— Euh… Léna…, proteste-t-il en tentant de se dégager.

Je pose ma tête sur son épaule.

— Ne dis rien.

Je respire son odeur, qui m'avait tant manqué. Bon, à vrai dire, je crois que je suis plutôt en train de renifler dans son pull. Tout à coup, je m'enhardis. Il est temps que je lui parle de ce que j'ai sur le cœur.

— Ton parfum m'a toujours fait chavirer d'amour, Clément.

Aussitôt ces paroles prononcées, mes joues deviennent tellement brûlantes qu'il devrait pouvoir faire griller un steak dessus.

Clément s'esclaffe et s'empare de mes mains, me forçant à me détacher de lui.

— C'est l'odeur de l'ail, plaisante-t-il en levant un sourcil ironique. On n'a pas encore trouvé plus sexy. Mais, dis-moi, tu as bu combien de verres, au juste ?

Je me mets à compter sur mes doigts.

— Un… et deux ! Le vin était fort en histamine, non ?

Me rendant parfaitement compte du ridicule dans lequel je m'embourbe, je désigne mon manteau accroché près de la porte.

— Je vais sortir cinq minutes.

— Je t'accompagne, réplique-t-il du tac au tac. Je n'ai pas envie que tu dévales les marches à cause… *de l'histamine.*

Clément fait savoir à Rémi qu'il revient tout de suite, puis il m'emboîte le pas. Dehors il fait très froid et le paysage est entièrement enneigé. La neige immaculée me fait penser à du sucre glace et à ce sentiment euphorique que l'on a, enfant, en découvrant les premiers flocons de la saison. Les lampadaires sont allumés et, au loin, sur la place, le grand sapin brille de mille feux.

— Ils ont eu une très bonne idée, d'ouvrir une de station de ski ici, fais-je remarquer en prenant appui contre la balustrade de la terrasse. C'est beau. Vraiment beau.

Clément pose sa main sur mon dos. Un rayon de soleil dans la nuit.

— Ce n'est pas ce à quoi je me destinais, mais en fin de compte ce n'est pas si mal, reconnaît-il. Et toi, tu vas faire quoi ?

Parcourir les glaciers de Patagonie. Cultiver du manioc au Cap-Vert. Vivre dans une caverne avec des ours. Oublier de t'aimer, en admettant que ce soit possible.

— Rentrer chez ma mère et dormir.

Je sais, j'ai un sens inné de la repartie.

Il rit silencieusement.

— C'est un bon programme…

Ses mots restent en suspension car notre attention est détournée par des bruits de pas qui fendent la neige.

— Tiens donc, Clément !

En contrebas de la terrasse se tient Hugo, son ancien concurrent. Ses joues sont assombries par un poil revêche et ses yeux creusés de profonds cernes noirs, le tout lui donnant un air de déterré. Cette apparition me fait l'effet d'une douche froide et je réprime un frisson. À côté de moi, Clément se raidit.

— Qu'est-ce que tu fais là ?

Tous les deux se mesurent du regard. Le silence pèse sur nous comme une chape de plomb. Hugo s'avance jusqu'au pied des marches et enveloppe l'établissement d'un large geste de la main.

— Désolé, je ne voulais pas interrompre votre roucoulade.

— Je ne répéterai ma question qu'une seule fois, Hugo : qu'est-ce que tu fais ici ?

— Il paraît que c'est soirée d'inauguration, je venais juste voir par curiosité.

— Tu ferais mieux de faire demi-tour. Maintenant.

Clément prend soin de détacher chaque syllabe. Il est tellement crispé que je peux voir les veines de son cou palpiter.

— Rien ne presse, mec, provoque Hugo en sortant une cigarette et un briquet de sa poche. Y a pas le feu.

Tu viens de commettre une belle erreur, mon garçon…

Clément bondit subitement de la terrasse et se poste face à Hugo.

— Tu veux mon poing sur la figure ? le menace-t-il.

J'essaie d'intervenir.

— Clément, arrête !

Mais il ne m'entend même pas, saisissant déjà l'homme par le col.

— Des menaces, encore des menaces ! crache Hugo. Ma parole, tu fais une fixette sur moi, ces derniers temps.

— Tais-toi, lui ordonne Clément, luttant pour conserver son sang-froid. Tu sais très bien ce que tu risques.

Je m'approche doucement d'eux.

— De quoi tu parles, Clément ?

Ce dernier tourne vers moi un regard désolé.

— J'aurais préféré qu'on en parle en d'autres circonstances.

Hugo émet un rire moqueur.

— Ainsi, ta belle ignore que tu me persécutes, hein ?

Les mâchoires de Clément se serrent aussitôt.

— Ne joue pas à ce jeu-là avec moi ! Les flics ne te lâcheront pas.

Mes yeux s'arrondissent d'effroi.

— Oh mon Dieu…, dis-je en couvrant ma bouche d'une main. Est-ce que c'est Hugo, le coupable de…

Le silence de Clément et la façon dont il foudroie son interlocuteur du regard valent tous les aveux du monde.

— Mais pourquoi tu ne m'as rien dit ?

Hugo secoue la tête d'un air détaché.

— Parce qu'il ne peut rien prouver. Ce n'est que du vent.

— Clément ? Dis quelque chose.

Il déglutit et me regarde une nouvelle fois avant de rapprocher son visage de celui d'Hugo.

— Dégage, siffle-t-il entre ses dents. Pars loin et ne reviens jamais.

— Je ne vendrai pas, lui répond Hugo avec aplomb. Hors de question que je cède face à un mina...

Inévitablement, le coup de boule part. Je pousse un cri et fonce dans le restaurant, à la recherche de Mathieu, le pote gendarme de Clément. Il faut absolument les séparer ! Ma grand-mère m'alpague au passage.

— Alors, ma chérie, vous vous êtes réconciliés, ça y est ?

— S'il te plaît, Mamie, écarte-toi. Il faut que je trouve Mathieu, Clément est en train de se battre dehors.

En l'espace d'une seconde, son expression passe de la surprise à l'excitation, et ma grand-mère empoigne Catherine par le bras.

— Viens, il paraît qu'il y a du grabuge à l'extérieur !

Le temps que je déniche Mathieu, en train de s'empiffrer copieusement des restes du fondant chocolat-pralin, la moitié de la salle s'est déjà réunie dehors, les yeux rivés sur Clément et Hugo qui ont à présent roulé par terre. Aucun des deux ne cogne, mais ils s'agrippent fermement et je redoute que cela finisse en drame. Je suis atterrée par la scène qui se déroule devant nous tous, par cette foule qui pousse des « Ho ! » et des « Ha ! » comme s'il s'agissait d'un match de boxe.

— Ça, c'est du combat de coqs ! admire Lulu.

— Tu te battrais comme ça pour moi ? lui demande ma grand-mère, de sa voix la plus sucrée.

— Ils se battent à cause de toi, Léna ? s'enquiert Violette, hallucinée.

— Mais non, pas du tout.

Mathieu se jette enfin dans la mêlée, non sans nous avoir demandé de prévenir la gendarmerie pour qu'on lui envoie des renforts. D'un ton amical, il s'efforce de calmer Clément, lui rappelant ce qu'il risque s'il amoche trop le restaurateur.

— On finira par le coincer, lui promet-il d'un ton rassurant. Il se trahira forcément un jour ou l'autre.

— Embarque-le, bon sang ! crie Clément. Il avouera !

— Tu sais bien que, sans preuves formelles, on ne peut rien retenir contre lui.

— J'ignore de quoi vous parlez, déclare Hugo en se relevant. Je désire porter plainte contre cet homme qui m'a agressé sur la voie publique. Et devant témoin, ajoute-t-il en me désignant, dans un sourire mauvais.

Je secoue la tête, stupéfaite.

J'ignore comment j'ai fait pour être aveugle, depuis tout ce temps.

Comment j'ai fait pour ne pas me rendre compte que Clément *sait*, depuis peut-être des mois, qui a mis le feu au *Café du Commerce*. Et que ça le ronge de ne pas pouvoir le prouver.

22

Dimanche 23 décembre. La veille du réveillon, déjà ! Finalement, ces quelques jours seront passés très vite. Il faut dire que grâce au talent naturel de ma famille pour les rebondissements, je n'ai pas eu le temps de m'ennuyer. Je soupire en songeant que, dans quatre jours, je serai sur le chemin du retour. Je vais retrouver la frénésie de la ville, mon studio situé au cinquième étage d'un vieil immeuble mal isolé du bruit et des klaxons des bus, mes plateaux Netflix-sushis, mes rencards foireux pour tenter de dénicher l'homme qui fera battre mon cœur aussi fort que Clément.

— C'est quoi, cet air tristounet ? s'inquiète ma grand-mère, alors que nous arrivons sur le marché de Noël.

— Je crois que je prends goût aux fêtes de fin d'année.

— C'est plutôt ce que j'appelle une bonne nouvelle, commente Xavier en me décochant un clin d'œil. Quand je repense à une certaine discussion que nous avons eue l'an passé, il y a un net progrès…

Un peu honteuse, je nous revois, tous les deux, plantés dans la cuisine de Mamie, moi en train de geindre sur la nullité de cette période et lui, s'efforçant de me faire relativiser. J'émets un petit sourire.

— Si vous voulez tout savoir, l'idée de rentrer me file le cafard. C'est ici, chez moi.

Du coin de l'œil, j'observe ma mère qui se retient littéralement de ne pas bondir de joie.

— Si c'est ici que tu te sens bien, tu sais sans doute ce qu'il te reste à faire, déclare posément mon père. Cela n'affecterait pas ton travail pour autant.

— J'en ai conscience. Seulement…

— Seulement quoi ? m'interroge Xavier. Tu as peur qu'on t'enrôle de force dans la chorale ou dans le concours annuel de bûcherons ?

— Je crains de rester à jamais célibataire, si je reste dans le coin. De vieillir avec la bouche tordue par l'amertume parce que j'aurais foiré ma vie amoureuse.

Catherine renifle, perplexe.

— Parfois, ce n'est pas si mal de ne pas avoir de bonhomme dans les pattes.

— C'est pour ça que tu m'as demandé de t'inscrire sur Meetic ? lui rétorque Mamie en se gaussant.

— Tu n'es pas obligée d'exposer ma vie privée aux yeux de tous, se froisse sa sœur.

Lulu se tourne vers moi.

— Il ne tient qu'à toi de saisir les occasions qui se présentent, Léna.

Il prononce ces paroles en coulant un œil vers le stand où Clément sert son lait de poule.

— Dis donc, Lulu, tu ne vas quand même pas jouer les entremetteurs, toi aussi ?

— Je ne fais que m'adapter au loisir favori de ta grand-mère, rétorque-t-il en rigolant, ce qui lui vaut un coup de sac à main de la part de la principale intéressée.

Assis sur un banc, Violette, Emma-Lou, Noah et Lucas nous adressent de grands signes. Ils sont en train de déguster des pommes d'amour dégoulinantes de sucre, faisant lentement tourner leurs bâtonnets en bois pour ne pas en rater une seule miette. Xavier entraîne ma grand-mère et Lulu en direction de l'estrade sur laquelle se produira la chorale. Il fait froid, mais la tempête annoncée était moins redoutable que prévu et, finalement, le soleil a brillé toute la journée, faisant fondre un peu de neige. Ma mère s'éloigne pour passer un coup de téléphone à Antoine, et Catherine suit mon père vers le chalet de Clément.

— Tu nous rejoins dans la file d'attente ? me demande-t-il en désignant les quinze personnes qui attendent leur tour.

J'approuve d'un signe de la tête et me dirige vers les jeunes. Ma nièce, les lèvres rougies par le colorant de sa confiserie, bondit vers moi.

— Hugo n'a pas avoué, m'annonce-t-elle sans préambule. C'est Lucas qui me l'a dit.

Je ne dissimule pas mon dépit :

— Je ne devrais pas en être surprise, mais je reconnais que j'espérais un peu le contraire.

— Apparemment, il est tenace. Il sait que, sans preuves, ils ne peuvent rien contre lui.

— Ça m'agace. Clément ne sera jamais en paix tant que ce type ne répondra pas de ses actes.

Violette me jauge avec une attention soutenue.

— Tu lui en veux ? À Clément ?

Si je le savais moi-même…

— Eh bien… Disons que ça m'aurait fait plaisir de savoir qu'il soupçonnait quelqu'un en particulier. Ça m'aurait évité d'agresser Lyne, par exemple. Ou d'imaginer qu'il m'avait plaquée parce qu'il me pensait coupable.

Violette grimace légèrement.

— Je comprends… Mais tu devrais quand même lui laisser une chance, non ?

— Tout dépendra de la qualité de son lait de poule, dis-je en riant.

Douce nuit ! Sainte nuit !

Nos têtes pivotent en direction de l'estrade, où les enfants ont commencé à chanter. Face à eux, Xavier les guide tel un chef d'orchestre. La nuit n'est pas encore tombée et, au-dessus des montagnes, le ciel se découpe en rubans orangés. Nous contemplons un instant la beauté merveilleuse de ce coucher de soleil, puis je m'extirpe brusquement de ma rêverie.

— Je ferais bien d'y aller pour ne pas rater le concert de Mamie.

— Bonne idée, approuve Violette. On file aussi, si on veut avoir une chance de trouver des chaises libres.

Sans plus attendre, je vais retrouver mon père dans la file d'attente.

— C'est presque à nous, dit-il en frottant ses mains l'une contre l'autre pour les réchauffer.

Les enfants enchaînent rapidement un medley des chansons de Noël. Plus que deux personnes à servir et ce sera notre tour. Les effluves de la délicieuse boisson me chatouillent déjà les narines. Catherine se tourne tout à coup vers moi.

— Puisque tu es là, ton père et moi ferions peut-être mieux d'aller chercher des places assises.

— Les jeunes s'en occupent.

— Ils n'en réserveront pas assez, décrète mon père. Catherine a raison.

Les yeux étrécis, je leur fais remarquer :

— On n'est pas non plus à un concert des Rolling Stones.

— Tu nous prends du lait de poule ?

Et, sans attendre ma réponse, tous les deux filent, me laissant seule face *(à mon destin)* au stand de Clément.

— Oh, salut, Léna !

Salut, Clément, alors, t'as passé une bonne soirée, hier ? Et sinon, tu avais l'intention de me parler un jour, à propos d'Hugo ? Embrasse-moi.

— Salut… Je vais prendre euh…

— Je suis désolé pour hier, me dit-il en remplissant un gobelet de lait fumant.

— Oh. Merci.

Tu n'es qu'un crétin, pourquoi ne m'as-tu pas fait confiance, bordel ? Pourquoi avoir tout gardé pour toi ?

Puisque Clément ne lit pas encore dans mes pensées, je rassemble mon courage à deux mains et lui lance :

— Quand même, je suis un peu déçue que tu ne m'aies rien dit plus tôt.

— C'était compliqué. Je ne voulais pas te mêler à ça.

— Tu le soupçonnes depuis longtemps ?

Quelqu'un soupire derrière moi et je m'empresse d'ajouter :

— Il me faudrait deux autres verres, s'il te plaît.

Clément s'exécute tout en me répondant :

— Je l'ai su peu après notre rupture. Au départ, je pensais que c'était l'un des promoteurs de la station de ski qui avait fait le coup. Sa proposition pour *L'Edelweiss* est arrivée si vite !

— Je m'en souviens.

— Par la suite, Mathieu m'a confié que des témoins avaient affirmé avoir vu Hugo remplir des bidons d'essence dans une station-service, la veille de l'incendie. Mais les gendarmes n'ont rien retrouvé chez lui, c'était donc impossible à prouver.

— Pas de vidéosurveillance ? je m'enquiers, étonnée.

Oui, il se peut que je regarde un peu trop Les Experts.

— Si, mais le crime n'étant pas légion par ici, ils effacent rapidement les fichiers.

— Mmmh. Je présume qu'il ne se passera rien, à moins qu'il avoue.

— Malheureusement. Et la seule solution que j'ai trouvée, c'est de faire pression sur lui.

Clément me tend les deux autres gobelets et je me rends compte que je ne vais pas avoir assez de mains pour tout porter.

— Je vais devoir faire deux tours. Je te dois combien ?

— C'est offert. Pour me faire pardonner, précise-t-il en dardant son regard son profond regard dans le mien.

Ma respiration s'accélère face à son large sourire.

— Est-ce qu'on pourrait se voir, juste toi et moi, avant ton départ ? me demande-t-il.

Là, tout de suite, je ne peux pas répondre car mon ventre est occupé à faire un looping.

— Bon, vous vous décidez ? s'impatiente la femme qui attend derrière moi.

Cinq minutes plus tard et un « oui » baragouiné avec un bruit de gorge avant de m'enfuir, je retrouve ma famille, qui m'a gardé une place assise.

— Il était temps ! me souffle ma mère en me désignant le chœur adulte déjà installé sur la scène.

— Elle était avec Clément, lui indique mon père, comme si cela justifiait tout.

— Dans ce cas-là, tu es tout excusée, Léna.

Je me renfonce sur mon siège, dans l'espoir que l'on m'oublie un peu. Sur l'estrade, Xavier s'empare d'un micro et se lance dans un discours. Il nous explique que, cette année, ils ont décidé de se la jouer comme dans le film *Sister Act :* si la chorale conclura le récital par *Il est né le divin enfant*, le reste du spectacle se veut plus attrayant, dans le but de démontrer aux plus jeunes que chanter au sein de l'église ne rime pas forcément avec ennui. Les années soixante-dix sont donc mises à l'honneur. Mon oncle enchaîne en présentant leur nouvelle recrue… Lulu ! Je félicite mentalement ma grand-mère, qui a réussi à convaincre le vieil homme de rejoindre les rangs. Xavier parle du parcours de

Lucien, évoquant ses quelques années qu'il a passées dans la rue, avant de tomber sur ses bienfaiteurs.

— Il semblerait que notre Lulu ait retrouvé l'amour, ici même, termine-t-il en souriant malicieusement.

Les spectateurs applaudissent tandis que Violette et les jeunes hurlent :

— Bravo, Lulu !

Puis le concert démarre. Les chanteurs revisitent des vieux tubes de Maxime Le Forestier, Nicoletta ou encore Michel Delpech. C'est sympa, mais je pense que mon oncle nous a fait un léger excès d'optimisme en s'imaginant conquérir les plus jeunes, qui ont le nez plongé dans leurs téléphones. À la fin d'un tube de Michel Fugain qui a eu le mérite de réchauffer un peu l'ambiance, tout redevient silencieux. Déjà la fin ? Autour de moi, les gens hésitent à applaudir.

Tout à coup, le chœur composé des femmes entonne un rythme de basses :

— *Bop, bop, bop, bop…*

Sur un signe de tête de Xavier, les hommes se lancent :

— *I've got chills / They're multiplying…*

— Mais c'est *Grease* ! murmure ma mère en s'agitant sur sa chaise.

Effectivement, les femmes ne tardent pas à suivre, sur la partie chantée par Olivia Newton-John :

— *You better shape up / 'Cause I need a man…*

Sur la scène comme dans la fosse, chacun commence à se dandiner, sous les vivats des ados.

Le refrain arrive et les voix s'entremêlent dans la confusion la plus totale. J'ai l'impression que celle de ma grand-mère domine toutes les autres :

— *You're the one that I want, ouh ouh ouh !*

Elle chante et ne se prive pas de fixer Lulu droit dans les yeux, dont la température interne doit avoir augmenté de quinze degrés. Derrière nous, toute l'activité du marché de Noël s'est stoppée. Tout le monde est figé, fasciné par le spectacle. À la fin de la chanson, Lucien, sans doute grisé par le succès, s'empare du micro de Xavier et, devant le village entier, se lance dans une véritable déclaration :

— Ma chère Jacotte, tu n'es pas sans le savoir : *you're the one that I want.* Je sais que tu vas être effarée à cause de ta pudeur, celle-là même qui t'empêchait d'annoncer notre amour à ta famille… même s'ils nous avaient un peu grillés, comme disent les jeunes.

Quelques rires discrets résonnent. Lulu regarde tout autour de lui et rive à nouveau son regard sur celui de Mamie. Il ne semble plus aussi sûr de lui, tout à coup.

— Jacotte, mon petit sucre d'orge, reprend-il, la voix tremblante, tu vas certainement me tuer dans les secondes qui suivent, mais j'avais envie de te le demander : veux-tu m'épouser ?

Des cris de surprise et d'hystérie accueillent cette demande. Moi la première, j'ai bondi de ma chaise, les larmes aux yeux et les mains jointes devant ma bouche.

— Dites oui ! lance quelqu'un.

Tout le monde surenchérit aussitôt. Maman me presse la main, elle n'est pas loin de se mettre à pleurer.

Sans se départir de son calme, Mamie quitte son rang et s'avance vers Lucien. Pourvu qu'elle ne lui arrache pas la tête ! Mais elle se contente du micro et se racle la gorge.

— Un deux, un deux, ça marche ? Tout le monde m'entend ? teste-t-elle.

Une salve de rires lui répond. Elle enchaîne :

— Bon, alors, Lulu, non, je ne vais pas te tuer. Mais heureusement que je t'avais conseillé de te tenir en public. Pour la peine, c'est toi qui farciras la dinde, demain.

Ma grand-mère est en train de détrôner Florence Foresti au rang des comiques nationaux.

D'un regard, Xavier la presse de répondre. Il fait de plus en plus froid et il leur reste encore le final à chanter.

— Je crois que mon fils est pressé de nous marier, constate-t-elle en désignant mon oncle. J'avais pourtant juré qu'on ne m'y reprendrait pas… mais c'est oui !

— Le bisou ! Le bisou ! scande la foule.

Papa pleure comme une madeleine. Violette se blottit dans les bras de Lucas et je l'entends lui recommander :

— Ne me fais jamais un coup pareil !

— Mais quand même, répond-il, ému, c'est beau.

La suite nous démontre qu'un glacial soir de décembre peut devenir une fête.

***

Le lendemain, la main plongée dans les entrailles de la dinde prévue pour le dîner, Lulu rouspète :

— Quelqu'un peut me dire pourquoi j'ai accepté de farcir ce foutu volatile ?

— Parce que tu es prêt à tout par amour pour moi ! clame ma grand-mère tout en éminçant de l'ail.

Assise dans la cuisine, j'aide ma mère à préparer un sapin en pâte feuilletée, bien contente de pouvoir échapper à la tâche la plus ingrate de la journée.

— Désolée, Lulu, on ne peut rien faire pour toi.

Mon oncle entre à ce moment-là, déjà vêtu pour le réveillon. Il porte le pull que lui a tricoté Mamie il y a quelques années, avec un Père Noël dessus. « Tu n'auras qu'à t'imaginer que c'est l'Enfant Jésus », lui a-t-elle suggéré en lui offrant.

— Xavier, tu veux m'aider ? tente Lucien.

Ce dernier jette un coup d'œil à la dinde, puis secoue la tête.

— Non, merci. J'entame à l'instant un régime végétarien par convictions religieuses.

Emma-Lou lève le nez de sa tasse de café et toise mon oncle comme s'il était son nouveau héros. Violette se redresse, non sans pousser un long soupir excédé.

— Vous êtes vraiment relou, maugrée-t-elle. Allez, je me dévoue, sinon on ne mangera jamais ce soir.

Je me retiens de rire en la voyant réprimer difficilement une grimace de dégoût.

— C'est trop dégueu, en vrai.

— En tout cas, ça sent bon la pâtisserie, déclare Xavier en humant l'air.

Et comment ! La cuisine est emplie de l'odeur des petits biscuits préparés par Maman. La chaleur du four nous enveloppe, c'est aussi douillet qu'un bain chaud. Même Memphis dort profondément dans son panier, pattes en l'air, au lieu de sauter autour de la cage des oiseaux.

Tout à coup, le timbre de la porte d'entrée retentit. Mamie relève la tête, étonnée :

— Je me demande qui ça peut-être…

— J'espère que ce n'est pas ma mère qui rapplique, fait Noah, embarrassé.

— Je vais voir, annonce mon père.

Saisissant le regard inquiet de Noah, je m'efforce de le rassurer.

— Tu es majeur, je ne vois pas pourquoi ta mère débarquerait soudainement pour te récupérer.

— On voit bien que tu ne la connais pas. Elle peut être tellement mère poule parfois, elle se fait une montagne d'un rien !

Au bout de quelques secondes, Papa revient dans la cuisine, un grand sourire aux lèvres.

— C'est pour toi, Léna.

— Pour moi ?

Intriguée, je me lève, essuyant mes mains pleines de farine sur mon jean, et me dirige vers le corridor. Dans l'encadrement de la porte d'entrée, Clément attend. Mon cœur se bloque et je m'entends croasser :

— Clément ? Tout va bien ?

Les traits apaisés, il opine doucement du chef. Deux idées traversent simultanément mon cerveau. La première : j'espère qu'il n'est pas venu m'annoncer qu'il a tué Hugo. La deuxième : s'il me fait un truc à la *Love Actually*, avec des messages d'amour inscrits sur des feuilles de papier, je jure que je vais m'évanouir.

— Léna…, chuchote-t-il en avançant vers moi.

Je tremble de tout mon corps. Et le fait qu'il prenne mon visage en coupe entre ses mains n'arrange rien du tout, bien au contraire.

— Je voulais te dire que tu me manques.

OK. On se rapproche plus de *Love Actually*. Dans trois secondes, le sol va m'engloutir.

— La lumière que tu apportais à ma vie me manque, complète-t-il avec émotion.

D'une voix rauque, j'essaie de lui répondre :

— Clément, toi aussi tu…

— Chut, me coupe-t-il en posant délicatement son index sur mes lèvres.

Ses mains redescendent au niveau de mes épaules et je me force à reprendre ma respiration. Je n'ai jamais été douée pour l'apnée.

— Un jour, tu m'as demandé pourquoi je t'aimais, poursuit-il. Alors, je suis là pour répondre à ta question. Pour te dire quelles sont toutes les raisons qui font que je t'aime toi, tout entière. Pourquoi je t'aime autant que tu aimes les sushis et le lait de poule.

Les larmes aux yeux, je me mords la lèvre pour ne pas rire.

— Je t'aime parce qu'avec toi, la vie est d'une simplicité désarmante. Enfin, globalement. C'est simple quand tu ne me ruines pas une porte de toilettes, quand tu ne bois pas plus de deux verres d'alcool et quand tu ne te pointes pas devant moi avec un type rencontré sur Meetic.

La voix de ma grand-mère nous parvient depuis la cuisine :

— Pour le rencard, c'était de ma faute ! Continue, petit.

Nous pouffons et le rire chaleureux de Clément me vrille de désir. Mes jambes menacent de flancher et je m'agrippe à son manteau pour ne pas ciller.

— En fait, je t'aime parce qu'avec toi, la vie est semblable à du pop-corn qui éclate et à l'odeur de l'herbe qu'on vient de couper. J'aime ma vie quand tu t'en mêles et je suis un idiot d'avoir quitté une femme comme toi.

Mes yeux sont embués de larmes, mais je respire toujours.

— Et j'aimerais beaucoup, mais alors beaucoup, beaucoup, que tu m'accordes une nouvelle chance, termine-t-il.

Oui ! Oui, je le veux !

— Bon, bah alors, réponds-lui ! s'impatiente Lulu.

Le problème, c'est que ma tête est vide de toute pensée structurée. Alors, pour seule réponse, je laisse ma bouche aller à la rencontre de la sienne. Clément m'entoure aussitôt de ses bras et je retrouve naturellement ma place, celle où j'aimerais me trouver si le monde devait toucher à sa fin. Il m'embrasse et son baiser me plonge dans un océan d'émotions. Une vague intense envahit chaque parcelle de mon corps.

— Ça a l'air d'aller mieux ! lance tout à coup Violette. Ils se font des bisous.

Clément pose un sourire sur ma bouche.

— Ce que j'aime avec ta famille, murmure-t-il, c'est le degré d'intimité qu'ils nous laissent toujours.

Je ris et le prends par la main pour l'entraîner dans la cuisine. Ma grand-mère se rue sur nous.

— Comme ça me fait plaisir ! s'écrie-t-elle. J'ai cru que je ne vivrais jamais assez longtemps pour vous voir rabibochés !

— Mais enfin, Mamie, ça ne va pas, de dire des trucs pareils ?

Elle balaie ma remarque d'un geste de la main.

— Mon petit Clément, tu restes réveillonner avec nous ? interroge-t-elle, les yeux emplis d'espoir.

— Je suis désolé, répond-il en lui adressant un sourire à damner un saint, mais à vrai dire j'ai d'autres plans pour Léna et moi…

Soudain, Emma-Lou pousse un cri retentissant.

— Merde, le chat !

Nous pivotons en direction d'Oscar, apparemment réveillé de sa sieste. Oscar qui vient de sauter sur le ventre de Memphis, toutes griffes dehors, tel un prédateur fondant sur sa proie. Le Jack Russell pousse un couinement indigné, roule sur le flanc et se dresse hors de son panier. Sans prévenir, il fonce droit sur la cage des inséparables, poursuivi par le chat, et se met à donner des coups de truffes humides contre les barreaux, terrorisant les oiseaux. Memphis saute après les volatiles, Oscar saute après Memphis. La scène forme un tableau surréaliste.

— Ça recommence ! gémit ma mère, qui tente d'attraper son chien par le collier.

Prise d'un irrésistible fou rire, je me tourne vers Clément :

— J'espère que tu ne vois aucun problème à revenir dans une famille dysfonctionnelle où un chat sujet à l'embonpoint attaque un chien un peu bête et hyperactif, qui ne pense qu'à croquer deux perruches.

— Oscar n'est pas sujet à l'embonpoint ! proteste Catherine, l'animal se débattant entre ses bras.

— Mes oiseaux sont des inséparables, pas des perruches ! s'exclame Mamie en même temps.

— Et mon chien n'est pas bête ! renchérit ma mère.

Clément me soulève du sol et nous fait tournoyer sur nous-même.

— Je sens que je vais adorer, murmure-t-il au creux de mon oreille.

Je viens de recevoir mon plus beau cadeau de Noël.

ÉPILOGUE

11 mai 2019

L es cloches de l'église sonnent à toute volée alors que nous suivons les jeunes mariés. Tous les deux s'arrêtent devant la porte de l'édifice et, avant de poser pour la tradition-nelle photo, saluent les villageois, réunis au bas des marches. Sous le soleil printanier et les accla-mations, les grains de riz volent et des centaines de mains applaudissent.

Mamie est magnifique, dans son tailleur bleuté et son chapeau assorti. Elle serre contre son cœur le bouquet de roses qu'elle lancera plus tard, dans la soirée.

— Tu as intérêt à le rattraper ! m'a-t-elle préve-nue, d'un air convenu.

Violette, Emma-Lou et moi rejoignons le reste de notre famille. Toutes les trois, nous avons eu la chance d'endosser le rôle de demoiselles d'honneur. Noah et Catherine n'ont pas été en reste, puisque l'un était chargé de porter les alliances jusqu'aux futurs mariés, et l'autre était le témoin de Mamie (celui de Lulu étant un de ses copains de chorale). Mon père, les yeux embués, a conduit sa mère jusqu'à l'autel. Xavier a mené une cérémonie religieuse pleine de tendresse et d'émotion.

— C'était magnifique ! me dit Clément, tout en m'entourant de ses bras. Je n'ai plus qu'une envie, à présent : passer chaque minute de chaque jour à t'embrasser, jusqu'à la fin des temps.

— Oui, bah, allez vous papouiller ailleurs, grogne Noah en nous gratifiant d'une grimace. Vous êtes indécents.

Comme je sais que mon demi-frère déteste ça, je lui ébouriffe les cheveux.

— Arrête ou je demande à notre père de te renier ! me menace-t-il.

— Renier ma seule fille ? intervient ce dernier. Jamais de la vie.

Céleste se tient étroitement serrée contre lui et je souris devant toute cette bonne humeur retrouvée. Il a fallu un moment à mon père avant de trouver le cran de téléphoner à Céleste pour lui parler, pour oser enfin lui avouer les raisons de sa fuite. Céleste étant d'une patience d'ange, elle a su lui pardonner, l'encourageant à nouer une véritable relation père-fils avec Noah. Grâce à elle, Papa a enfin accepté l'idée que tout le monde a le droit de se cogner à la vie. Même lui. Il n'a pas encore officiellement reconnu Noah, tous les deux souhaitaient passer davantage de temps ensemble pour apprendre à se connaître, mais les choses sont en bonne voie.

Clément dépose un nouveau baiser sur le haut de mon crâne.

— Non, mais regardez-vous ! déclare Violette. Ça fait quatre mois que vous vivez ensemble et on dirait que vous venez juste de vous rencontrer. Vous êtes pathétiques.

Dans un éclat de rire, je lui demande comment se portent ses amours avec Lucas.

— Ses quoi avec qui ? intervient Tom, qui a l'art de toujours tomber à pic.

Néanmoins, Aniata, ma belle-sœur, le rappelle vite à l'ordre en lui tirant vivement l'oreille.

— Aïe ! proteste-t-il douloureusement. C'est bon, je plaisantais. Lucas sait qu'il pourra demander notre fille en mariage quand elle fêtera ses cinquante ans !

— Ah ah ! Très drôle, Papa ! se moque Violette.

Mamie se trouve à présent au bas des marches et pose de bon cœur pour les photographes.

— Dites, les tourtereaux, que diriez-vous de quelques clichés sous les oliviers, le long du chemin pavé ? propose le photographe officiel.

— Je vais devoir ôter mes chaussures, si je ne veux pas me tordre une cheville ! déplore ma grand-mère.

— Je vais te porter, mon petit sucre d'orge ! lui répond Lulu, que je soupçonne d'avoir bu un ou deux coups avant le début de la cérémonie.

— Oh, ce qu'il est charmant ! fond-elle. Vous voulez savoir ce qui me fait vibrer, chez lui ?

— Non, on n'y tient pas tant que ça, réplique Emma-Lou en frémissant.

Je lui expédie un clin d'œil de connivence.

— Cette petite s'est métamorphosée, me fait remarquer Maman, qui a surpris mon geste.

— En grande partie grâce à moi, je vous rappelle ! fait Violette, d'un ton sans modestie.

Je sais que sa vantardise n'est que feinte et cache bien plus d'émotions qu'il n'y paraît. Les liens entre ma nièce et notre cousine sont passés de l'inimitié à une solide complicité. Emma-Lou a réintégré un cursus scolaire normal, dans le même lycée que Violette. Étant donné les circonstances, la dérogation a été acceptée sans peine. Ses parents restent très préoccupés par le sort de leur entreprise, mais ils s'efforcent de faire plus attention à leur fille, qui, avec l'aide d'un nutritionniste, a déjà perdu trois kilos. Je pense que Catherine n'y est pas étrangère. Le fait d'avoir parlé à cœur ouvert du passé familial avec sa sœur a débloqué beaucoup de choses chez elle. Elle lâche davantage de lest et passe désormais plus de temps à multiplier les occasions de rencontrer un homme qu'à frémir en lisant les faits divers dans les journaux.

Clément m'embrasse une dernière fois, avant de monter au restaurant.

— Je dois aller vérifier que Rémi et Solveig s'occupent bien du vin d'honneur.

— Tu penses qu'ils pourraient être en train de fabriquer un bébé ? dis-je en ne plaisantant qu'à moitié, tous les deux s'étant déclaré leur flamme en février dernier.

— J'espère bien que non, ils sont censés former la nouvelle serveuse !

Ce soir, nous dînerons tous à *L'Edelweiss*. Le restaurant a enregistré un excellent chiffre d'affaires durant la saison hivernale (la porte des toilettes a été réparée quelques jours après mon petit incident) et les garçons se sont décidés à recruter une employée supplémentaire, les prochains projets étant à présent braqués sur l'été, où ils comptent exploiter tout le potentiel de la terrasse avec vue sur les montagnes, en proposant des petits déjeuners gourmands, concoctés avec les produits régionaux. Nous sommes très enthousiastes à cette idée, d'autant plus que l'inespéré a fini par se produire il y a deux mois : Hugo a avoué sa culpabilité dans l'incendie qui a ravagé *Le Café du Commerce*. Oh, bien sûr, ça ne l'a pas pris comme ça, un matin, parce qu'il se sentait rongé par le remords, non. C'est une escalade vers la déchéance qui a finalement eu raison de sa ténacité. Ses affaires ont commencé à péricliter sérieusement et sa femme, ne supportant plus de le voir s'enfoncer, a fini par plier bagage, avec leurs enfants sous le bras. Après une nuit de beuverie, Hugo s'est rendu de lui-même à la gendarmerie. « C'était ça ou je me flinguais », a-t-il déclaré, reconnaissant la préméditation de son acte, dans le but d'éliminer son principal concurrent. Triste histoire, qui se réglera très vite devant les tribunaux. En attendant, je savoure ma décision d'être revenue vivre dans le coin. C'est un véritable bonheur de travailler au cœur de la nature, de vivre dans une maison en pleine forêt, avec vue sur le lac. Qui plus est, en compagnie de l'homme de ma vie.

Clément m'envoie un clin d'œil complice et ajoute :

— Et puis, on a dit que le prochain bébé dans la famille, ce sera le nôtre.

Je le fais taire en plaquant mon index sur sa bouche.

— Chut ! Personne n'est encore au courant de ce projet. Tu les connais, ils vont s'emballer…

— Un bébé ?! s'écrie Mamie que je croyais en route pour le champ d'oliviers. Vous voulez faire un bébé ?

Elle se tourne vers le reste de l'assemblée et répète, comme si ses cris extatiques avaient pu leur échapper :

— Vous avez entendu ça ? Léna et Clément veulent avoir un bébé !

À cet instant, je sais que la vie peut devenir une joie, si c'est ce que l'on décide d'en faire. Une joie contagieuse, une joie qui se donne, entière. Une joie dessinée par des cœurs bienveillants. Parce qu'au-delà des peines et des douleurs, la vie est belle et drôle à la fois.

REMERCIEMENTS

Nous y voilà. La fameuse page symbole d'un nouveau roman mené à terme. L'écriture d'une nouvelle histoire est toujours une aventure, dont l'issue peut parfois nous paraître incertaine. Parce que je suis cette romancière qui rend souvent ses manuscrits avec un, voire deux mois d'avance, et qui est pourtant persuadée qu'elle sera en retard, qu'elle n'aura pas le temps et qu'on court droit à la catastrophe. Je remercie mon éditrice, Laury-Anne Frut, d'avoir su rassurer mes doutes lorsqu'ils devenaient trop envahissants. Merci d'avoir soutenu ce nouveau projet avec cet enthousiasme qui te caractérise tant (même si au bout de trois mois tu ne savais toujours pas de quoi j'allais parler) !

Merci également à toute l'équipe des Éditions Charleston : Karine Bailly de Robien (en souvenir d'un Manhattan au Lutetia) et Pierre-Benoît de Veron pour leur confiance renouvelée, à Christine

Cameau qui, malgré mes expressions parfois un peu vieillottes, porte toujours un regard attentif et plein de justesse sur mon travail, à Alice Bercker, Caroline Obringer, Églantine Gabarre, Aurélien Fleureau, Clémence Seibel, Virginie Lancia et Laure Paradis, qui sont un précieux soutien pour le travail de communication autour de mes romans.

Un merci spécial aux habitants d'Annot, en Haute-Provence, pour le chaleureux accueil qu'ils réservent aux personnes de passage dans leur village. Si vous avez l'occasion d'aller y flâner, il se peut que les ruelles aux maisons fleuries, le *Café du Commerce*, l'hôtel abandonné, le village de chalets, le chef du restaurant Le Pré Martin, la place de la mairie ou encore l'énergie des villageois à faire vivre leur communauté vous rappellent quelque chose…

Merci à ma famille et mes amis, si patients quand je m'enferme durant des heures dans ma bulle créatrice, de croire en moi et de me soutenir avec tant de ferveur à chaque nouvelle parution : Steeve, Armaël, mon père et Christine, Manon, Pascaline, Solène et Julie, et mes cousins d'un peu partout en France. Merci à ma grand-mère et à Michel de nous accueillir parfois jusqu'à quinze durant les vacances d'été, dans la campagne berrichonne. Ces joyeux moments en famille constituent pour moi le ressourcement nécessaire favorable à l'inspiration. Merci aussi à Solène et Stéphanie qui se sont relayées pour garder mon fils afin que je puisse travailler.

Merci aux libraires, aux blogueurs, aux Instagrammeurs et aux commerciaux (tu vois Damien, que je pense à vous !), qui défendent mes romans avec tant de passion ! Je ne répéterai jamais assez à quel point votre soutien m'est précieux !

Enfin, merci à vous, mes chers lecteurs et chères lectrices, qui attendez mes nouveaux romans avec impatience et qui décidez de passer quelques heures en compagnie de mes personnages. J'espère que vous adorerez retrouver Léna, Clément, Violette et tous les autres, et que vous vous amuserez autant à lire leurs aventures que j'ai pris de plaisir à les écrire. C'est grâce à vous que j'ai pu faire de l'écriture mon métier et c'est vous qui me donnez envie de vous offrir de belles histoires. Continuez à m'écrire et m'envoyer vos photos sur les réseaux sociaux : vous lire est toujours un plaisir !

VOUS AVEZ AIMÉ CE LIVRE ?

Retrouvez les autres livres de la même autrice !

Après des années d'absence, Valentine est de retour à Vallenot, le village de son enfance qu'elle a quitté très jeune pour se marier. Un mariage pour lequel elle a sacrifié toutes ses propres aspirations, obnubilée par l'idée de construire une « famille », loin du schéma familial qu'elle a connu, de sa mère et sa grand-mère qui ont élevés leurs enfants seules. Mais c'est bien seule que Valentine revient aujourd'hui, ou plutôt, uniquement accompagnée de son fils adolescent, car le mari, lui, a préféré continuer sa route avec une autre… En cette période de fêtes, elle va croiser le chemin d'un Anglais récemment installé au village, de Rémi, co-gérant du restaurant du coin… et d'une vieille photo représentant un beau jeune homme marocain, qui aurait vécu à Vallenot dans les années 1950/1960, avant de disparaître du jour au lendemain…

384 pages
19 €

Léna n'en revient pas. Comment sa mère, qui l'a convoquée pour passer Noël dans la maison de son enfance, a-t-elle pu disparaître en ne lui laissant que ce message sibyllin ? La voilà donc coincée dans le petit village de Vallenot au cœur des Alpes de Haute-Provence et condamnée à passer la fête qu'elle hait plus que tout, entourée de sa famille pour le moins… haute en couleur !

Mais les fêtes de famille ont le don de faire rejaillir les secrets enfouis. Les douloureux, ceux qu'on voudrait oublier, mais aussi ceux qui permettent d'avancer…

336 pages
8,50 €

2018.
À la suite d'un accident, Jo apprend qu'elle risque la rupture d'anévrisme, et que l'opération qui pourrait la sauver n'est pas sans risques. Persuadée qu'elle va mourir, elle se réfugie chez son grand-père. Elle découvre alors qu'il a reçu quinze ans plus tôt un pendentif, accompagné de quelques mots griffonnés : « De la part de Charlotte, qui n'a jamais oublié Gabriel. Ce souvenir vous revient de droit. » Déterminée à percer ce secret de famille, Jo se rend en Angleterre, sur les traces du mystérieux bijou.

1929.
Charlotte et son mari se rendent à New York en voyage d'affaires. Là-bas, la jeune femme s'éprend du charmant Ryan… Lorsqu'il apprend qu'elle l'a trahi, son époux, pris d'un violent accès de rage, la laisse pour morte. À son réveil, Charlotte comprend, effondrée, qu'il est parti avec ses papiers : il lui est désormais impossible de rentrer en France et de rejoindre son fils Gabriel.

368 pages
19,90 €

Cet ouvrage est composé de matériaux issus de forêts gérées durablement certifiées PEFC^{TM}.
Le Programme de reconnaissance des certifications forestières (PEFC^{TM}) est le plus grand organisme mondial indépendant de contrôle pour une gestion durable des forêts. Pour en savoir plus, consultez le site *www.pefc-france.org*

Achevé d'imprimer en août 2020
par Novoprint
Dépôt légal : octobre 2020
Imprimé en Espagne